suhrkamp taschenbuch 3752

Augusta, Journalistin in München, erfährt durch den Anruf der Mutter vom Tod des Vaters. Die Frage: Kommst du zur Beerdigung? Der Vorwurf: Du hast ihn auf dem Gewissen. Die Fahrt nach Hause über die Autobahn von München nach Ostholstein wird zu einer Reise in die Vergangenheit, zu einem Stück Trauerarbeit. Der Tod des Vaters ruft Erinnerungen wach: an eine Kindheit und Jugend auf dem gräflichen Gut, an Eltern, die standesbewußt auf Distanz hielten.
»Als Form der intellektuellen Auseinandersetzung und Abrechnung mit einer Vätergeneration, deren Kennzeichen die Angst vor der Freiheit ist, die sie predigt, ist Elisabeth Plessens Roman auf einzigartige Weise geglückt.« *Lothar Baier, Süddeutsche Zeitung.*

# Elisabeth Plessen
# Mitteilung an den Adel
*Roman*

Suhrkamp

2. Auflage 2019

Erste Auflage 2006
Erstveröffentlichung 1976, Benziger Verlag Zürich, Köln
suhrkamp taschenbuch 3752
© Suhrkamp Verlag Frankfurt am Main 2006
Suhrkamp Taschenbuch Verlag
Alle Rechte vorbehalten, insbesondere das der Übersetzung,
des öffentlichen Vortrags sowie der Übertragung
durch Rundfunk und Fernsehen, auch einzelner Teile.
Kein Teil des Werkes darf in irgendeiner Form
(durch Fotografie, Mikrofilm oder andere Verfahren)
ohne schriftliche Genehmigung des Verlages
reproduziert oder unter Verwendung elektronischer Systeme
verarbeitet, vervielfältigt oder verbreitet werden.
Vertrieb durch den Suhrkamp Taschenbuch Verlag
Printed in Germany
Umschlag: hißmann, heilmann, hamburg
ISBN 978-3-518-45752-8

# Unter dem Glassturz

I

Das Ritual hatte begonnen. Sie hatte *ja* gesagt, *ja natürlich*. Es war der 19. Mai. Nach Büroschluß fuhr Augusta die Leopoldstraße hinunter, um sich ein schwarzes Kleid zu kaufen. Sie fand eines, das hochgeschlossen war und lange Ärmel hatte, und sie kaufte eine dünne schwarze Strumpfhose. Brauchte sie auch schwarze Unterwäsche? Unschlüssig stand sie im Laden. Die Verkäuferin musterte sie. Entschuldigen Sie, sagte sie, nahm die Tüte mit Kleid und Strümpfen und verließ den Laden.
Ihre Mutter hatte durch den Türspalt ins Zimmer gesehen. Er hatte ruhig auf dem Rücken gelegen. Die Vorhänge waren noch zugezogen. Mit der Teetasse war sie an sein Bett getreten und hatte ihn gerufen.
Ich habe ihn ein paarmal gerufen – dann weinte Olympia, Augusta hörte das Stammeln ihrer Mutter – und dann, dann bin ich – sie verstand Olympia erst wieder, als sie sagte: Der Arzt war gleich da.
Übertrieben, wollte Augusta behaupten, sie hätte die Nachricht vom Tod ihres Vaters wie eine Wasserstandmeldung entgegengenommen. Sie spürte kein Echo in sich. Was Olympia gesagt hatte, war beliebig, fremd.
Gleich darauf war ihre Schwester am Telefon gewesen und hatte sie beschuldigt, sie, Augusta, habe den Vater auf dem Gewissen. Johannas Stimme überschlug sich vor Erregung. Wieso ich? Plötzlich hatte Augusta Angst vor ihrer jünge-

ren Schwester oder vielmehr vor dem, was an Anschuldigungen in Einhaus auf sie wartete.

Augusta ging mit ihrer Tüte zum Auto zurück. Herzversagen. Knapp und trivial. Benachrichtigungen. Telegramme. Sätze per Telefon; Hunderte von Briefen. Zeitungsanzeigen. Die Beerdigung. Kommst du? *Ja natürlich*. Es würde ihre zweite sein. Sie fuhr die Leopoldstraße in Richtung des Siegestors, sie dachte an die alte schwarze Kutsche: Neunzehnhundertvierundfünfzig hatte sie darin gesessen mit ihm, Olympia, dem Bruder und Johanna, sie waren in dem schwarzen, geschlossenen, von zwei Pferden gezogenen Coupé hinter dem Erntewagen hergefahren, auf dem seine Mutter, ihre Großmutter, gelegen hatte unter Kränzen mit Schleifen in Wappenfarben, unter Blumengestecken in Wappenfarben, unter Schleifen, die mit Wappen und Kronen bedruckt waren. Ein langer Zug von Pferdefuhrwerken war über Land gefahren, kilometerweit. Und sie erinnerte sich, daß sie beim Auszug aus der Kirche den Anschluß an die Eltern und Geschwister verpaßt hatte, weil sie auf ihrem Platz im Chorgestühl der Toten immerfort weinend versicherte: Wir sehen uns wieder, und am Fuß des Hünengrabs, auf dem die Großmutter liegen sollte, hielten die Fuhrwerke an. Die Leute formierten sich hinter dem Priester in Gummistiefeln und seinem Meßknaben in Gummistiefeln. Alle stiegen an diesem kalten, regnerischen Märztag den Hügel hinauf, warfen ihre Blume und die Erde in die ausgehobene Grube, in hierarchischer Reihenfolge: zuerst ihre Eltern, Geschwister und sie, dann die weiteren Familienangehörigen, dann Gutsbesitzer und Freunde aus der Umgebung, dann Leute, mit denen C. A. und Olympia obenhin verkehrten, Geschäftsleute, Honoratioren aus der Gemeinde, schließlich die Gutsangestellten, zu allerletzt die

Arbeiter. Sie hatten freibekommen für den Tag. Bezahlter Feiertag. Es hatte sehr lange gedauert. Damals war Augusta zehn gewesen.

Sie schloß die Wohnungstür auf und stolperte über einen Stapel Zeitungen und Illustrierte, den sie am Morgen für die Müllabfuhr bereitgelegt hatte. Sie machte Licht, schob die Zeitungen zusammen, knipste das Licht wieder aus und legte sich aufs Bett, die Arme hinter dem Kopf.
Nicht erdrosselt, nicht erschossen, wie er es sich immer ausgemalt hatte. Solange Augusta sich erinnern konnte, hatte er seinen Tod durchgespielt, und sie hatte ihn durchgespielt, anders und später, viel später. Wann sie angefangen hatte, seinen Tod zu wünschen, wußte sie nicht mehr. Sie hatte sich vorgestellt, wie sie sich verhalten würde. Seltsam: Weil sie C. A.s Tod so oft erfunden und mit dieser Erfindung gelebt hatte, kam ihr die wirkliche Nachricht von seinem wirklichen Tod unwirklich vor. Weshalb gerade heute, Olympia, hättest du in ein paar Tagen angerufen, wäre es immer noch früh genug gewesen, oder vorgestern war doch auch schon ein Tag, und es gab viele Tage davor, wo du es hättest sagen können. – Damit war es vorbei. Jetzt war es das: Du hast ihn auf dem Gewissen. Deinetwegen. Du hast ihn umgebracht. Johannas Vorwürfe. Die Fahnen für die München-Seiten auf dem Schreibtisch hatten vor ihren Augen getanzt. Sie hatte die Hand auf die Fahnen gelegt, den Kopf gehoben, und vor dem Fenster tanzte die Deutsche Bank. Sie hatte den Hörer aufgelegt und zugesehen, wie sie tanzte.

*Bezahlter Feiertag für alle, die an meinem Begräbnis teilnehmen.* Der Anschlag im Schaukasten in der Torhausdurchfahrt,

Mäntel aus den Jahren des Schnees, grauer, dämmriger Nachmittag, Zylinder, Cuts, Ostholstein mit alten, grindigen Eichen, die Knicks: schwarze Risse in dem runden Land, umflorte Hüte, hüftlange Schleier, der leicht keuchende Priester mit dem Licht in der Hand, wie er den Zug hügelan führt, das schwarze Coupé, der schwarze, glänzende, mit Dreckspritzern besetzte Reitstiefel der toten Großmutter, der dem Pferd von der Seite hängt, und auf der Kirchenbank sitzt Augusta neben Johannes und Johannes neben Olympia und Olympia neben C.A. und auf Augustas anderer Seite sitzt Johanna und neben Johanna sitzen die Tanten und Onkel, und Augusta stellt sich das Wiedersehen mit der Großmutter vor im Paradies: Sie läuft auf sie zu, die Großmutter will etwas sagen und bringt es nicht heraus, ist stumm wie sie, wie alle um sie herum, die Augusta nicht kennt. Sechzehn Jahre war das her.

Sie hatte *ja* gesagt, sie würde nach Einhaus fahren. Sie rief Max Kehl, einen Kollegen in der Lokalredaktion, an. Er war bereit, sie während der Woche zu vertreten. Sie sagte, daß sie am Montag zurück wäre. Einhaus und C.A. Sie wollte es Felix sagen. Sie rief ihn an, aber entweder war er noch nicht zu Hause oder er war da und nahm den Hörer nicht ab. Scheißkerl, sagte sie und legte sich wieder aufs Bett. Bilder tauchten vor ihren Augen auf und verschwammen.
Es klingelte an der Haustür. Sie machte auf.
Thomas Demmler, zwei Köpfe größer als sie, stand in der Tür. Hallo, sagte er, er sei gerade vorbeigefahren und dabei sei ihm eingefallen, daß er Augusta um dreißig Mark anpumpen könnte, er sei wieder mal blank.
Komm rein, sagte sie und gab ihm das Geld.

Sein Vater hatte ihm vor einem Dreivierteljahr den monatlichen Wechsel gestrichen, weil er von dem achtundzwanzigjährigen, Philosophie studierenden Sohn endlich Abschlußleistungen hatte sehen wollen. Ihm schwebte eine Unternehmerkarriere vor für den Sohn, so erfolgreich und steil, wie er selber sie als Bauunternehmer gemacht hatte.
Thomas Demmler lächelte. Danke, sagte er.
Nach der Auseinandersetzung mit dem Vater hatte er mit der Kritischen Theorie gebrochen und auf einem oberbayerischen Bauernhof gearbeitet. Eine Kuh versetzte ihm nach zwei Wochen einen Tritt vor die Stirn, so daß er mit schwerer Gehirnerschütterung und Platzwunden über dem Auge ins Krankenhaus kam. Drei Wochen lag er dort. Danach fuhr er Taxi. Seit zwei Monaten arbeitete er bei BMW, wo er Akten abstaubte, die aus einem Kellerarchiv in ein anderes verlagert werden sollten. Wurde ihm die Abstauberei zu blöd, las er Krolow-Gedichte.
Ich wollte die Bücher verkaufen, sagte er, statt dessen habe ich sie in Kisten bei Freunden auf den Dachboden gebracht.
Wenn du Bier oder Wein willst, sagte Augusta, es steht beides in der Küche.
Ich habe nicht viel Zeit, sagte Thomas Demmler, aber er ging und kam mit der Weinflasche und zwei Gläsern aus der Küche zurück. Er setzte sich in den Fledermausstuhl und stellte Flasche und Gläser auf den Fußboden. Augusta saß auf dem Bett. Er gab ihr ein Glas.
Das Telefon klingelte. Augusta nahm den Hörer ab.
Es war Olympia. Sie hatte die Anzeige aufgesetzt, ob Augusta einverstanden sei.
Olympia, bitte, sagte Augusta, ich kann mit so etwas nichts anfangen, aber Olympia las bereits vor.

*Nach schwerer Krankheit ist heute mein lieber, treuer, unvergeßlicher Mann, unser innig-* undsoweiter, dann hörte sie Olympia Vornamen, Titel, Namen sagen, es folgte das *sanft entschlafen*, schließlich die Kinder Johannes Leopold Anton Gustav und Augusta Margarete und Johanna Asta Mathilde *in tiefer Trauer*. Das Muster war ausgefüllt. Sie schwieg. Was sollte sie sagen. Ich würde nicht *nach schwerer Krankheit* schreiben, er war nicht krank, sein Leben war eine Krankheit. Sollte sie boshaft sein und sagen, ich würde, wenn schon, schreiben *nach einem arbeitsreichen, erfüllten Leben*, was auch nicht zutraf, aber es ist genauso leicht und abfällig wie das *sanft entschlafen*.

Ich bin gegen diese Anzeigen, ich kann damit nichts anfangen, wiederholte Augusta. Das müßt ihr allein machen.

Ich wollte es gerade dir überlassen, sagte Olympia, und dann legte sie auf.

Thomas Demmler blies Zigarettenringe in die Luft, einer nach dem anderen stiegen sie auf: kreisrund, schwingend und größer werdend.

Sie sind sehr schön, deine Ringe, sagte Augusta. Sie hielt ihren Finger in einen Ring hinein und machte ihn kaputt. Dann machte sie alle kaputt. Ich gehe, sagte Thomas Demmler. Ich falle dir auf die Nerven, und ich muß ja noch Blumen für Katrin kaufen, bevor die Geschäfte schließen. Übrigens: Ich will jetzt Architektur studieren. Wenn ich das meinem Vater mitteile, kriege ich vielleicht wieder Geld. In meinem Alter ein großartiger Neuanfang, nicht wahr?

Augusta trank einen Schluck von dem Wein und dachte an ihren Vater und die drei oder mehr Händevoll anderer Söhne und Töchter reicher Väter, die sie kannte, auf der Suche nach der verlorenen Mutterbrust wie Thomas

Demmler, und die sie nicht mehr suchten, gingen mit den Müttern und Vätern in die Kirche wie aufs Klosett, und viele hatten die Revolution im Kopf und gingen mit der Revolution aufs Klosett, und irgendwo dazwischen sah sie sich hängen, und neuerdings war Knoblauch das Gütezeichen, Felix hatte es das Etikett der fausse prolétarienne genannt, und ihr fiel ein, wie sie vor drei Wochen mit Thomas Demmler in diesem Zimmer gesessen hatte wie jetzt und ihm gesagt, daß er seinen Vater nicht für alle Mißerfolge und Fehlentscheidungen verantwortlich machen solle. Er wollte das nicht hören. Was immer ich gemacht habe, sagte er, habe ich gemacht, um mich von meinem Vater abzusetzen. Was immer ich machen werde, mache ich, um mich von ihm abzusetzen. Weil er Bauunternehmer ist, studiere ich Philosophie und spiele den Intellektuellen, versage. Weil er Bauunternehmer ist, gehe ich zum Bauern, lande im Krankenhaus. Darum fahre ich Taxi, staube ich Akten ab.
Du wirst dir eine Gehirnerschütterung nach der andern holen, wenn du so weitermachst, hatte Augusta gesagt.
Jetzt sagte sie: Thomas, bitte, ich kann dir nicht helfen.
Thomas Demmler sah auf seine großen Füße.
Es ist gleich halb sieben, sagte er und ging.
Sie lief hinunter und holte den Shell-Atlas aus dem Auto.
München Nürnberg Würzburg Kassel Göttingen Hannover Hamburg Einhaus achthundertsechsundachtzig Kilometer
München Augsburg Ulm Stuttgart Frankfurt Kassel Göttingen Hannover Hamburg Einhaus achthunderteinundsechzig Kilometer
Johannes rief an, Augusta möge über Baden-Baden fahren und die Großtante mitnehmen, die dort kurte. Tante Hariett

wisse Bescheid, sie hätten ihr telegrafiert. Badhotel zum Hirschen. Vormittags sei sie immer zu erreichen.

Ich werde sie mitbringen, sagte Augusta. Sie mochte Tante Hariett. Trotzdem das Gefühl: du kommst, du reichst den kleinen Finger, schon langen sie nach der ganzen Hand.

Sie fragte, was sie in Einhaus machten. Olympia und Johanna schrieben Adressen aus C.A.s Adreßbuch heraus, hörte sie (und sah die beiden in einem der Salons zwischen Papierbögen sitzen, für A ein oder zwei oder drei Blatt, dann kam B dran).

Wie er sich fühle, fragte Augusta.

Als habe er C.A. bestohlen, er fahre umher, gehe durchs Haus, immer mit diesem Gefühl, sagte er.

Du und er, drängte sie.

Und er und du, drängte er.

Und Johanna?

Das laß jetzt.

Was sie mit den Adressen machten, fragte sie da.

Johannes sagte, morgen nachmittag kämen die Couverts mit dem Trauerrand, dann könnten Olympia und Johanna tippen, achthundert Adressen würden es sicherlich werden.

Gebt sie in ein Schreibbüro, schlug Augusta vor.

Olympia will es nicht, sagte Johannes. Außerdem kommt Maria aus Iburg herüber, die hat Routine, sie hat es schon zweimal gemacht.

Augusta schüttelte sich bei dem Gedanken. Maria war eine unverheiratete Cousine.

Felix meldete sich nicht. In seiner Stammkneipe in der Türkenstraße fand sie ihn nicht. Sie fuhr in die Düsseldorfer Straße und klebte einen aufgerollten Zettel über den Klingelknopf unter dem Namensschild. *Bin weg bis Montag, viellieb Augusta.* Einen Moment überlegte sie, ob sie Felix hätte schreiben sollen, wohin sie fuhr.

MÜNCHEN BADEN-BADEN     350 KM
BADEN-BADEN KARLSRUHE    30 KM

Traumstück: Olympia tritt aus einem von Arkaden umsäumten Innenhof aufs Trottoir. Augusta will an ihr vorbeigehen. Die Mutter hält sie zurück. Sie sagt: Ich bin getröstet. So schnell? Das ist es ja, sagt die Mutter, ich war beim Erzbischof. Augusta begreift sie nicht: Du mußt dich geirrt haben, wir sind nicht katholisch, nur Großmutter war es.
Olympia schüttelt den Kopf: Nein, nein, sagt sie, die können es besser, und weist mit der Hand zurück. Sie läßt Augusta stehen. Augusta sieht ihr nach. Wie ein junges Mädchen aus dem Töchterpensionat mischt sich Olympia unter die Passanten, hakt sich bei jemandem ein. Augusta blickt ihr nach, bis sie das schwingende blaue Sommerkleid nicht mehr sieht.
In einem zweiten Bild verwechselt sie Olympia. Sie verwechselt sie mit Barbara Valentin, die C. A. auf dem Foto in der Eleganten Welt an der Hand gehalten hatte.


## 2

Obermenzing, Autobahnkreisel. Überholende PKWs wischen vorbei; ein Geräusch, das anschneidet, davonzieht. Ausfahrt Dachau. Maibäume neben Häusern. Zwiebeltürme, grau, giraffig; hinter einer Erdfalte ein angeschnittener Turm gelb in der Sonne flimmernd. AUGSBURG 23 KM – FUGGER BANK FUGGER BIER. Der Fugger Onkel. Augusta biß sich auf die Lippen. Der Onkel würde in Einhaus sein. C.A.s Vorbild, C.A.s beneideter Vetter. Der homme à femmes, der Elegant. Ihr pflegte er auf seine und ihre Armeslänge entfernt die Hand zu geben. Keinen Schritt näher. Solcher Allüre war sie nicht gewachsen.

Einhaus, sagte sie, ich fahre nach Einhaus, und dachte sich schnell, förmlich gegen das Wort, eine blecherne Fassung aus, wie jemand, der es mit uninteressiertem, müdem Blick betrachtete: den hellen Kasten, Herrenhaus oder Schloß, in einem Park mit weit stehenden Bäumen, vom Wirtschaftshof durch eine Mauer aus Klinker abgeschirmt, hinter der Mauer ein großer, gepflasterter Hofplatz, den Wirtschaftsgebäude aus dem letzten und vorletzten Jahrhundert einfassen, um die ganze Anlage der Wassergraben, zwei Torhäuser und zwei Brücken führen heraus, an den Straßen, die ins Land gehen, Ställe und Schuppen und in etwas größerer Entfernung Häuser aus Klinker und Fachwerkkaten, in denen Landarbeiter wohnten. Zu Einhaus gehörten dreitausend Morgen Land. Ihre Blicke suchten das Haus. Sie sah es von einer Anhöhe aus weiß durch die Bäume schimmern, von einem alten, halb verfallenen Turm aus zwischen entlaubten Bäumen, vom leeren Wirtschaftshof her im Einschnitt zwischen den Ställen, verschneit oder im Nebel.

Einhaus, die Gramspelunke, Einhaus, die Leere. Zu Felix hatte sie gesagt: Das Nachtstück, die dunkle Drohung, die Feste der Leere, ich werde mit dieser Drohung nicht fertig, ich werde mit der Leere nicht fertig – der Leere des riesigen Hauses, der Leere der Hofwohnungen und der Leere des Hofes.

Rechenstück aus den Nachkriegsjahren: 3 Küchen auf dem Hof, die Flüchtlingshaushalte im Haus nicht mitgezählt. 3 Köchinnen: 2 Wirtschaftsköchinnen, 1 Herrschaftsköchin. 4 Tische, in hierarchischer Aufstellung, aufstiegslos: 1 Tisch für Verwalter, Vogt, Eleven, Sekretärin. 1 Tisch für Landarbeiter, Waldarbeiter, Pferdeknechte, Gärtner, Melker, Schäfer. 1 Tisch fürs Haus- und Küchenpersonal: 3 Hausmädchen, 3 Küchenmädchen, 1 Schuhputzer, 1 Beschließerin, 1 Diener, Waschfrauen. Der vierte Tisch war der Herrschaftstisch.
Kellerstück von damals: ein gewölbter Gang. Der Schuhputzer wohnte neben der Gemeinschaftsküche für die Flüchtlinge. Er stammte aus Sachsen, war Schreiner von Beruf und während des Kriegs als Marine-Funker ins Haus gekommen. Er blieb in Einhaus hängen. Sein Sohn war in Rußland gefallen. Er besaß ein Foto von ihm: zu Pferd, in Uniform, salutierend. Der Junge war nach dem Vater geschlagen, der wie Hans Albers aussah: blauäugig, weißblondes, glattes Haar. Hermann Ludwig lispelte. Seine Zunge, im Unterkiefer angewachsen, stieß beim Sprechen an. Die Frau war ihm weggelaufen. So lebte er – deutscher Wertarbeiter, Sturheit in Person, Märsche und Kirchenlieder auf den Lippen, mit den Jahren zum Sadisten geworden – für einen höhnischen Trost: er sparte auf einen guten Friedhofsplatz. Neunzehn Jahre putzte er Stiefel, Schuhe, Messer und hackte Holz für die Öfen im Haus. Für die Seele hatte er einen Kater. Es waren immer neue Kater, weil der Jägerein nach dem anderen abschoß. Sein Kellerloch: eine Pritsche, darüber das Foto vom Sohn, ein ausgebeultes, von den Katern zerkratztes Sofa, ein ausrangierter Sessel, schwere Eisenstäbe vor dem Fenster, schwarze Tuchvorhänge aus der Verdunklungszeit, eine Teekanne

(deren Inhalt, einmal auf dem Ofen im Zimmer aufgekocht, für die Woche reichte), und alle Fliegen der Welt. Die Leimstreifen, die von der Lampe hingen, halfen nicht. Seine Kater schliefen mit ihm auf der Pritsche, oder sie lagen neben der Zeitschriftenmappe *Wissen ist Macht* auf dem Tisch. Es roch nach abgestandenem Zigarrenrauch, nach Fisch, Schuhcreme, feuchten Sektkorken, Katerscheiße und nach den Küchendünsten von nebenan.
Oft hatte er mehr als fünfzehn Paar Schuhe am Tag zu putzen. Ob Stiefel oder Schuhe, er gab sie erst aus der Hand, wenn die Sohlen mehr glänzten als die Aufsichten oder der Schaft. Er putzte die rostigen Messerklingen, indem er Asche und Wasser auf einem Holzbrett anrührte, das Gemisch mit einem alten Sektkorken auf die Klingen auftrug und, Kirchenlieder singend, so lange rieb, bis der Rost herunter war. Er zeigte Augusta, wie er es machte. Aus Spielerei tat sie es ihm nach.

BITTE RASTPLATZ SAUBERHALTEN
KÖNNER TRAGEN GURT

Hinter den Türen, in den dunklen Kellergängen, wenn sie Kleinholz holten, lauerte Hermann Ludwig den Haus- und Küchenmädchen auf. Er mußte sie hänseln, puffen, demütigen, quälen. Er hatte Frauen nie gemocht. Daß seine weggelaufen war, hatte ihm den Rest gegeben. Ging er zu Olympia ins oberste Stockwerk, ein paarmal im Jahr (an ihrem Geburtstag, zu Ostern, Pfingsten, Weihnachten, Neujahr, einen Strauß Blumen in der Hand), zog er seinen schwarzen Anzug an. Aber er zog ihn auch an, wenn er jede Woche für seinen Kater Fisch in der Kleinstadt kaufen ging.

Er war einer der ersten Fremden im Haus und einer der letzten, die es verließen. Die Aktentasche in der Hand, im weißen Hemd und schwarzen Anzug, frisch rasiert, singend, kam er aus der Stadt zurück, den Fisch in der Tasche. Er hatte im Hochsommer bei stechender Sonne sechs Kilometer zu Fuß gemacht, pfiff und rief den Kater, nahm die Bücklinge aus der Aktentasche, legte sie in die Blechschüssel, setzte sich in den abgewetzten Sessel, sah, wie der Kater den Bückling verschlang, zündete sich eine Zigarre an, sass da, zufrieden, weil es dem Kater schmeckte, saß da im schwarzen Anzug, weißen Hemd, sah zu, still, und *blieb weg*, wie die Leute in Holstein sagen. Die Zigarre fiel zu Boden, lag schwelend auf den Fliesen. Den Kater kümmerte das nicht, er fraß auch noch, als der Diener die Messer holen kam. Der sah den Schuhputzer starr auf den Kater blicken.
Nun mach schon, Hermann, sagte der Diener, ich brauche die Messer, ich brauche noch fünf, es kommen Gäste.
Bei den Küchenmädchen hieß es später: Wenigstens einen schönen Tod hat der alte Giftzahn gehabt.
Parterrestück: Im Gelben Salon wohnten die sechs Krause-Mädchen und ihre Mutter, die mit dem Handwagen aus Pommern gekommen waren. Familie Martin aus Dresden lebte im Blauen Salon. Den durch einen Vorhang unterteilten Grünen Salon bewohnten die Familien Krupin und Wachowski, die aus Allenstein geflohen waren. Im Eßzimmer hausten die Roberts aus Dorpat. Sie schliefen mit ihren vielen Kindern in doppelstöckigen Betten und hielten Gänse, Hühner, Karnickel auf dem Parkett. Sie spannten Leinen von den Türen zum Kronleuchter und vom Kronleuchter hinüber zu den Stuckkronen über den wandhohen dänischen Königsporträts und trockneten daran ihre Wä-

sche. Hinter der Bretterwand im Roten Salon lebte ein Lette, ein schwerer, deftiger Mann mit Holzbein. Der angelte die Karpfen im Teich für die Herrschaftsküche. Er zog als erster der Flüchtlinge fort, nach Kaiserslautern, wo er Angehörige ausfindig gemacht hatte. Der Rest des Roten Salons blieb Durchgang für die Familie zur Terrasse.

Liebesspiel zweier Falken über der Autobahn: ihr Sacken, Kehren, Steigen, Fastberühren, Scheren, Aufeinanderzu beinah ohne einen Flügelschlag.

Etagenstück (1. Stock): vierzehn Zimmer, geflüchtete Ritterschaft und entfernte Verwandte – Augustas Großonkel, Großtanten, Urgroßtanten – auch einige Bürgerliche. Olympia überging die Familien, die keinen Titel hatten; aber sie mochte auch nicht die Herren und Frauen von XY aus Mecklenburg und Pommern, die unter Kohl- und Tabakwolken Canasta spielten. Sie grüßte sie kaum, wenn sie ihnen einmal im Treppenhaus begegnete. Und da Johannes und Augusta in diesen Jahren mit Liebe an ihr hingen, machten sie es wie sie, herablassend, schnell vorbei. C. A. verhielt sich anders: Er küßte den entgüterten Damen die Hand, fragte die eine, wie es mit der Entschädigung stehe, die andere, wie der Laden gehe, den sie und ihr Mann im Torhaus aufgemacht hatten, stellte die Tochter einer dritten als Hilfskraft in seinem Büro ein. Er wußte, hätte er sein Gut gehabt, wo sie ihre Güter gehabt hatten, wäre es ihm vielleicht schlimmer, zumindest nicht anders ergangen. Seine pantomimische Begabung, sich als interessierter Zuhörer auszugeben, nahm die Ritterschaft für ihn auch gegen Olympia ein, hinter deren Rücken sie über ihren Hochmut, die Unterschiede, die sie innerhalb der eigenen Klasse machte, herzogen.

In einem geräumigen Eckzimmer wohnte der hagere Onkel aus Berlin, der Frauen- und Englandfeind, hoch auf dem Tisch. Mit Hilfe einer Fußbank stieg er hinauf und zog sich dort oben in einen Sessel zum Lesen oder Schlafen zurück. Fragte Augusta ihn, weshalb er das mache, es sei doch genug Platz da, so antwortete er: Weil die Wärme nach oben steigt, mein Kind. Er besaß einen einzigen dunkelblauen Anzug; um ihn zu schonen, zog er ihn selten an, verwahrte ihn eingemottet in der Truhe. Wenn ihn seine in Kopenhagen verheiratete Schwester auf sein ausdrückliches Geheiß besuchen kam, quartierte er sie zwanzig Kilometer entfernt bei andern Verwandten ein und ließ sie Tage warten, ehe sie ihn *sehen durfte*. Augustas Namen hatte er sich nie merken wollen. Wer bist du, mein Kind, fragte er oft, und wenn Augusta sagte: Augusta, Johannes' Schwester, sagte er: Ach so, Johannes' Schwester. Ihr Bruder durfte, wann immer er wollte, zum Onkel ins Zimmer, und dem erzählte er dann, daß er Weihnachten am liebsten im Anhalter Bahnhof verbracht habe, in der zugigen Halle, und daß er in Berlin immer noch gespielt habe, als die Nazis das Jeuen längst verboten hatten, und wie sie ihn im Tiergarten angefallen hatten, nachts, zwei Kerle, und sie hatten ihn zu Boden geworfen und seine Taschen durchsucht. Aber meine Herren, hatte er gerufen, ich habe nichts bei mir, ich habe alles verloren. Sie hatten aber nicht ablassen wollen, und er hatte nicht verstehen können wieso nicht.

Dem Onkel gegenüber wohnte eine Großtante, kinderlos, verwitwet. Sie erstickte Augusta mit Zärtlichkeiten. Augusta fürchtete sich vor ihren dürren, mit Leberflecken übersäten Armen. Sie ekelte sich vor ihren karminrot geschminkten Fischmaullippen, die ihr Gesicht abschleckten und das Gefühl von Zugluft zurückließen. Aber sie durfte

sich nicht wehren, durfte nicht ausspucken, nicht weglaufen. Nur hinterher rannte sie zum Ausguß und hielt das Gesicht unter den kalten Wasserstrahl.
Von Olympia bekam sie keine Küsse. Die nahm sie nur manchmal bei der Hand auf Spaziergängen, wenn Augusta vom Gehen müde war. Olympia war stolz auf Augusta. Sie hatte ihre Zähne, ihre Ohren, den Schwung ihrer Nase geerbt.
Ein Zimmer weiter wohnte die Witwe Tirschtiegel, die aus Wismar gekommen war. Wenn sie bei zugezogenen Vorhängen Mittagsschlaf hielt, schlichen Johannes und Augusta zu ihr hinein, um sich einen Keks aus der Kristallschale zu stehlen, die auf dem Tisch vor der Chaiselongue stand. Die Frau lag auf der Chaiselongue, behäbig, den Rücken gegen die Wand. Sie dachten, sie schliefe, hoben leise den Deckel von der Dose, aber die Frau klappte ein Auge auf und beobachtete sie scharf und unheimlich, als passierte ihr das ganz natürlich im Schlaf. Die Witwe Tirschtiegel hatte die Kekse gezählt. Sie sagte hinterher nichts, nur wenn die mit Schokoladenguß überzogenen Kekse fehlten, beschwerte sie sich bei der Kinderschwester, und Frieda Dibbers besorgte Erziehung durch Schläge.
Man soll nicht rücksichtsvoll sein und leise auftreten wollen, sagte Johannes, nicht auf Zehenspitzen, das wird gemerkt.
Also stürmten sie das nächste Mal das Zimmer. Frieda Dibbers zahlte doppelt heim.

LEIPHEIM / NEU-ULM
Die Donau schmal und gerade, ein Wasserstrich zwischen Bäumen.
KARLSRUHE 149 KM

Etagenstück (2. Stock): Ganz oben wohnte die Familie, wohnten die Kinderschwester, der Jäger, der die Kater des Schuhputzers erschoß, ein Professor, ein Unterverwalter, zwei Landwirtschaftseleven und ein paar alleinstehende gräfliche Fräulein. In den Nachkriegsjahren lebten einhundertsechs Leute in Einhaus. Unzählige Küchengerüche durchzogen das Treppenhaus, ein Gemisch aus Kohl, Rüben, Erbsen, Bratkartoffeln. Sie stiegen aus dem Keller auf, quollen durch die Türritzen auf die Flure, wenn die Flüchtlinge auf ihren Zimmern kochten. Die Familie hatte ihre Küche in einem Nebengebäude. Im Haus sollte es nicht nach Essen riechen. Darauf legte Olympia größten Wert. Für Diener und Hausmädchen bedeutete dies Fußmärsche und lahme Arme. Das Essen war stets kalt. Vor Gästen ließ sich das entschuldigen. Olympia erklärte, die Küchenverhältnisse wären nun einmal so übernommen, und die Tradition müsse fortgesetzt werden. Ihr Anspruch wies die Märsche, das kalte Essen, die Gerüche im Haus aus der Welt. Die Gäste widersprachen nicht. Sie fügten sich oder waren Olympias Meinung.

Zu den Mahlzeiten zog sich die Familie um. Auch Diener und Hausmädchen zogen sich um, sie stiegen von einer Wirtschaftskleidung in die andere und trugen die Speisen auf Tabletts aus dem Küchengebäude über den Hof ins Haus. Da alle Speisen ein zweites Mal gereicht wurden, trugen sie die silbernen Schüsseln und Platten leer über den Hof zurück in die Küche und von dort wieder ins Haus.

RASTHOF AICHEN 5 KM
RASTHOF AICHEN 600 M

Augusta dachte an die Schweinekartoffeln, aufgeplatzte, dampfende, blaugrüne Dinger, die Johannes und sie als

Kinder hinter der Meierei gegessen hatten. Sie holten sie sich von dem schwelenden Berg, den die Arbeiter aus einem großen Kessel aufschütteten und abkühlen ließen, bevor sie diese den Schweinen in die Buchten schaufelten. Die Arbeiter lachten und fragten, ob sie zu Hause nichts zu essen kriegten. Und Augusta dachte daran, daß sie mit zehn Jahren botanisieren gewollt hatte, und dann war alles anders gekommen. Warum bin ich nicht Gärtnerin geworden? Meine Eltern, die ich zu Besuch gebeten hätte hinter meinen Gartenzaun. Mein Garten, mein Baum, meine Mohrrüben. Diese besitzanzeigenden Fürwörter. Ihr Verhältnis zu Besitz und Besitzanzeigendem und Besitzenden und Besitzen. In der Schule hatte sie mit *Ei* und *Hase* angefangen. Brav kamen dann *das* Ei und *der* Hase, und die nächsten Beispiele waren so pfiffig vertrackt, daß es sie nicht reizte, *mein* Gustav und *meine* Ida ins Schulheft zu schreiben. Sie übersprang das Possessivum zugunsten des Demonstrativums, konnte nicht einmal *mein* Brei schreiben, obwohl sie *diesen* Brei, *diesen* Griesbrei, der morgens gekocht, abends eine Kugel zum Häuserumstürzen war, jeden Abend auskotzte, sechs Jahre lang, bis die Kinderschwester ihn abschaffte, nachdem alle Versuche, Augusta den Brei einzuprügeln, mißlungen waren. Augusta schwor, sie habe in ihrem Leben nie wieder Brei gegessen (was in dieser absoluten Form eine Lüge ist).

2. Etagenstück (2. Stock): Die Kinder aßen nicht mit den Eltern. Sie und Frieda Dibbers aßen mittags später, wegen der Schule, und abends aßen sie früher. Das bedeutete für Diener und Hausmädchen ein extra Essenholen aus der Küche und ein extra In-die-Küche-zurücktragen und ein extra Treppensteigen mit den Tabletts. Für die Mädchen änderte es nichts, daß sie ihnen weder Hasenbraten noch

Rehrücken brachten, sondern Brei, Griesbrei, *diesen* Brei. Sie, die Extras, aßen extra, wuchsen inmitten von Extras auf. C. A. hatte damals große Pläne für Einhaus. Selten ließ er sich im Haus blicken, selbst dann nicht, wenn er sich im Haus aufhielt. Schlösser waren dazu da – er kannte es nicht anders –, daß sich ihre Bewohner in Ruhe aus den Augen verloren. *Schloß* verband sich ihm mit *Weite*, die ihn er selber sein ließ; er hingegen lebte beengt, eingezwängt in die hundertköpfige Menge geflohener Fremder und Verwandter. Das Gerenne auf den Fluren, das Gerede hinter den Türen, streitende Parteien, die sich alle an ihn wandten, Aufregung und Wirrwarr – das war etwas, das für sein Gefühl in ein großstädtisches Mietshaus gehörte. So blieb das Bett der sicherste Winkel. Dorthin floh er, dort störte ihn niemand, weil niemand ihn dort stören durfte, dort liegt er – zwanzig Minuten, länger, eine Stunde, zwei Stunden – und schon will ihm scheinen, es seien paradiesische Jahre gewesen. Dabei hat er sich in den Kopf gesetzt, den ihm nicht schuldenfrei vererbten väterlichen Hof, auf dem sechzig Ackerpferde in den Ställen stehen, wenn C. A. die Fohlen mitrechnet, aber nur zwei Traktoren und eine Raupe, in einen modernen landwirtschaftlichen Betrieb umzuwandeln. Je höher die Anforderungen an sich selber, desto länger und heimsucherischer überfallen sie C. A. im Bett. Kurse und ein landwirtschaftliches Praktikum hat er hinter sich, nun studiert er Broschüren und Magazine – eines Tags wird er nach Amerika reisen, nach Kanada – jetzt nimmt er Bankkredite auf und ist (nicht nur in Gedanken) überall: im Büro, auf dem Hof, in den Ställen, bei der Feldarbeit. Keiner soll davon viel Aufhebens machen, keiner soll ihn dafür loben. Was er tut, erachtet er als seine Pflicht. In den Schlupfwinkel des Bettes versenkt, sieht er sich auf Einhaus herabblicken, ein Vogel, der über seinem Territorium kreist. Er braucht einen fortschrittlich gesinnten und aufgeschlossenen jungen Verwalter, den er heranbilden kann, um ihn dann selbständig, fast selbständig, arbeiten zu lassen. Der jetzige stammt aus der Zeit seines Vaters, ein eigensinniger, schlohmähniger, am Stock hinkender, besserwisserischer Alter; der Vogt stammt ebenfalls aus der Zeit. C. A. wird nach dessen Pensionierung den Posten nicht wieder besetzen. Die Pferde werden einem Maschinenpark weichen. Die Raupe applaniert bereits die das Land in kleine Felder zerteilenden Knicks, so daß für den Anbau von Getreide, Rüben, Raps und Kartoffeln bis zu zwanzig Hektar große Flächen frei werden. C. A. unterrichtet sich. Er bespricht sich. Er beobachtet. Man sieht ihn allein oder in Begleitung des jungen Verwalters neben den pflügenden, vom Vater übernommenen Traktoren reiten. Er betrachtet die Reifenprofile, beobachtet den Tiefgang der Pflugscharen, die Anzahl der Scharen. Er wird einmal stärkere Traktoren kaufen und Pflüge, die eine automatische Steinauslöservorrichtung haben. Er sieht zu, wie die Arbeiter mit Pferdegespannen – fünf, sechs nebeneinander – eggen. Die Pferde gehen schwer, weil der Boden schwer ist, und die Eggen sind schmal. C. A. wird fast doppelt so breite, von Traktoren gezogene Eggen besitzen. Noch fahren die Arbeiter Mist mit Pferd und Wagen auf die Felder hinaus, sie verzetteln ihn mit Mistgabeln, und Kunstdünger streuen sie mit der Hand, und zu Fuß über die Äcker gehend, aus. Maschinen werden eines Tages die Arbeit übernommen haben.

Vogelwolken. Zwei kleine Jungen im Heck eines weißen Mercedes. Sie winken Augusta zu, schneiden Grimassen.

C. A. reitet die aufgehenden Saaten ab. Die Natur hat wenig Chancen: Wilder Mohn und Kornblumen, die das Getreide verunkrauten und beim Verkauf im Preis herabsetzen, werden ausgerottet sein, indem man bald nach der Aussaat spritzt.

*Johanna sagt –*

Die reihenweise die Kartoffelfelder nach Käfern absuchenden Schulkinder, der sie dabei beaufsichtigende Dorfschullehrer und die Sekretärin, die den Kindern zwanzig Pfennig pro Kartoffelkäfer auszahlt, werden der Vergangenheit angehören. Noch wird Korn gemahlen in der Mühle auf dem Hof, auch für die Arbeiter- und Flüchtlingshaushalte.

*Scham, und Johanna sagt –*

Noch wird Brot gebacken, zweimal die Woche, in der Backstube auf dem Hof, noch gibt es einen Nachtwächter, der abends ab zehn Uhr durch die Ställe und über den Hofplatz geht und die Stunden aussingt, noch wird der gepflasterte Hofplatz jeden Samstag mit Reisigbesen gefegt.

*Scham, dieses zwiefache Sehen –*

C. A. inspiziert das Getreide: Er geht ein paar Schritte in das Roggenfeld hinein, um zu fühlen, ob die Ähren bis in die oberste Spitze mit prallen Körnern gefüllt sind. Wo das Korn geschnitten, gebunden und zum Trocknen in Hocken aufgestellt wird, ist er. Er fährt hinter dem Zug der Pferdewagen her, die die Ernte einbringen. Er steht beim Dreschen daneben. Er probiert neue Saatgutsorten. Vorzeitiger Frost, Hagel, Mißwuchs werfen zurück. Er träumt von Mähdreschern, die von zwei Männern und sogar nur von einem Mann bedient werden.

*Dieses zwiefache Sehen, als schaute ich mir selber von überallher und zugleich in die Augen.*

Er fährt zu den Wiesen, auf denen geheut wird. Die Arbeiter

mähen mit Pferden, sie wenden das Heu mit Pferden, sie fahren die Fuder mit Pferden in die Scheunen ein. Eines Tages sind die Wiesen vielleicht in Äcker umgebrochen, aber noch bestimmt C. A., daß verlandende Gräben neu und breiter ausgehoben und welche Zäune geflickt, welche Gatter repariert werden. Bei jedem Wetter ist er draußen.
*Und Johanna sagt, ich hätte ihn auf dem Gewissen.*
Bei den unter bedecktem Himmel in Kolonnen Rüben verziehenden oder im Regen Kartoffeln erntenden Frauen aus der Stadt bleibt er stehen und macht sich ein Bild, wie viele dem Arbeitsangebot folgen. Olympia kümmert wenig, was er tut. C. A. redet auch kaum darüber. Er kennt die Namen aller Koppeln, Wiesen und Äcker. An die Fruchtfolge erinnert er sich weniger genau, dafür hat er den jungen Verwalter. Umsorglich geht er und sammelt Steine vom Feld, Findlinge bis zu der Größe, die er gerade noch tragen kann. Er sucht Wilderern das Handwerk zu legen, er hat einen Blick für die Hasen- und Kaninchenschlingen, die die Flüchtlinge unter den Einhäuser Landarbeitern hie und da in Zäunen knüpfen oder auf Böschungen auslegen. Er ist voll hausväterischer Fürsorge. Er wird es der Verwandtschaft (und auch Olympia) beweisen. Er geht mit dem Schweinemajor durch die Schweineställe, er geht mit dem Haushalter durch die Kuhställe, er inspiziert die Tafeln, auf denen mit Kreide angeschrieben ist, wieviel Liter Milch jede Kuh pro Tag gibt. Die Kuhherde eines Nachbarguts ist an der Maul- und Klauenseuche erkrankt. C. A. fürchtet, daß die Seuche auf seinen Rinderbestand übergreifen könne. Sie greift über. Der Tierarzt stellt bei einigen Tieren Tuberkulose fest. Sie müssen geschlachtet werden. Der Zuchtbulle hat einen Melker angegriffen, der Mann war ohne die Eisenstange zu ihm in die Box getreten. Der Melker ist so

schwer verletzt, daß ihm ein Bein abgenommen werden muß. C. A. hat für dessen sechsköpfige Familie Unterstützungsgeld zu zahlen.

*Von Sätzen zerrissen wie von Hunden und von dem Klang der Worte zerrissen und zerrissen von Augen von überallher und wie von Hunden gejagt.*

Arbeiterwohnungen sind zu renovieren, sagt der Verwalter. Den Maurer bestellen, den Stellmacher bestellen, den Klempner, den Maler, oder noch warten bis zum Herbst? Ein Schuppen brennt ab. Die alte Kiesgrube ist erschöpft, eine neue muß gefunden werden. C. A. hat eine trockene, ihm nicht weiter brauchbar erscheinende Grenzkoppel an einen Bauern verkauft. Der Bauer nutzt sie ebenfalls nicht für Vieh, er findet Sand, mehr Sand, als er vor dem Kauf kalkuliert hatte, und er verkauft den Sand mit großem Gewinn an die Gemeinde und an C. A. Scheunen- und Stalldächer müssen mit Ried ausgebessert werden, sagt der Verwalter. Ein Brunnen ist erschöpft. Eine Tante versteht sich aufs Wünschelrutengehen. C. A. schreibt ihr, er holt sie von der Kleinbahn ab und führt sie auf die Wiese, die sie dann für ein paar Stunden knöchern wie die schwarze Fee der Märchen durchstreift. Die Rute vibriert in ihrer Hand, dort, wo sie am heftigsten ausschlägt, wird gegraben. Die Tante irrt sich von fünf Malen zweimal, aber C. A. glaubt unerschütterlich, scheu an ihre geheimnisvolle Kraft. Aus der Ferne, am Gatter zur Wiese stehend, sieht er ihr zu, wie sie, die Rute vor sich her, durch das Gras streift. Der Verwalter rechnet ihm die Kosten für die Fehlgrabungen vor.

C. A. liegt dösend am Waldrand, verfolgt unter halb geschlossenen Lidern den Weg dreier Milchwagen, die von den Kuhweiden nach Einhaus zurückfahren. Die leeren Eimer klappern, die vollen Kannen schlagen dumpf aneinander, die Wagen fahren in scharfem Tempo, weil der LKW der Molkerei vor der Meierei schon auf sie wartet. C. A. träumt von einer elektrischen Melkanlage nicht nur in den Kuhställen, sondern auch in den Unterständen auf den Koppeln, und er wird, dies nur in den Ställen, Lautsprecher montieren lassen: So werden Schlager, Gottesdienste, Nachrichten, Konzerte übertragen – ein Experiment, denn C. A. hat gehört, daß ständige Radioberieselung die Tiere beschwichtige, was zu erhöhter Milchleistung führe. Und er wird Silos bauen lassen für Klee und Rübenblätter; die mit Erde oder einer Plane überdachten Mieten werden verschwinden. Er sitzt im Büro, in Papiere vertieft, legt die Ausgaben neben die Einnahmen, vergleicht, kalkuliert, spricht sich mit dem Verwalter ab. Auch die kostspielige Haushaltung will er vereinfachen und zwei Köchinnen einsparen. Nur wird es seine Zeit brauchen, ehe die Zahl der Esser geschrumpft ist. Noch wagt er kaum, mit dem von Generation zu Generation tradierten Satz: *Mein Sohn, es ist alles für dich bereitet* in Gedanken zu spielen, dafür hat er sich vom Sohnsein noch zu wenig gelöst. Aber eines Tages wird er ihn aussprechen können, als derjenige, der dies *alles* bereitet hat. Daß die Zeit dafür vielleicht nicht reichen werde, die Zukunft sich weiter dehne als die eigene – viel Angst kommt von daher. Angst, mit der er allein fertig werden muß, denn C. A. weiht Olympia nicht in seine Sorgen ein, lieber zieht er Prinzipien heran: *Unmöglich, der Mutter seiner Kinder zu erklären, was ihr unbegreiflich ist.* Und Olympia benimmt sich, als gehe es gar nicht um das Imponieren, als sei C. A.s ständiges Imponiergehabe nicht der wesentlichste Inhalt ihres Lebens. Gäste lenken sie ab. Einladungen in umliegende Gutshäuser, und der Einfluß früherer Freunde auf sie ist stark. Ein Leben auf dem Lande hat sie, die Tochter eines Diplomaten, sich weniger bäurisch vorgestellt. Daß C. A. nach Stall, nach Schwein, Schaf oder Kuh riecht, wenn er von draußen hereinkommt zum Tee, verletzt ihren Geruchssinn. *Unmöglich, zu erklären* – begriff sie tatsächlich nicht, daß der Geruch von den Tieren stammte, von denen er und sie lebten, oder wollte sie nur nicht wahrhaben, daß es so war? C. A. mimt Interesse, aber eine heimliche Schwäche für Olympias städtische Ansprüche kommt dieser Fiktion entgegen. In kleinmütigen Momenten allerdings verliert er sich in bloß dunkles Gefühl wie einer, der nur noch einen einzigen Ton auf dem Klavier anschlägt, und in solchen Augenblicken besinnt er sich auf die Pistole, die er noch aus dem Krieg besitzt. In einer Lade des Schreibtisches ist die handgroße Browning verwahrt, allen zugänglich.

Ein Polizist vor dem Peterwagen auf der Kriechspur der Fahrbahn, einer bei zwei Männern in der Wiese. Augusta sah wenig mehr als die Köpfe. Die Wiese lag tief.
Sie hatte einen Zustand erreicht, da alles Erinnerung schien, weit weg und unverbindlich. Es war ein Zustand, der sie auch von Felix trennte. Daß Felix aus München fortziehen und in ein Frankfurter Anwaltsbüro eintreten wollte, schien Erinnerung, und Erinnerung war es auch, daß er vielleicht doch in München bleiben wollte, weil er dort schon häuslich eingerichtet war. Eine andere Erinnerung war es, daß er sich gleichzeitig in der Vorstellung gefiel, statt nach Frankfurt nach Berlin zu ziehen. Auch daß Augusta Felix seit Tagen nicht erreichte, schien nicht mehr wichtig. Und doch war es ein beängstigendes Gefühl, den Nächsten so entfernt zu sehen und sich selber so abgesondert, nur auf sich verwiesen. Den Kopf abnehmen, Felix, und ins Fenster

stellen, am liebsten gleich davonlaufen, entlassen oder nicht entlassen, was bin ich, und falls entlassen, wohinein?

C. A. ließ sich damals selten blicken. Wenn er nicht schlafend oder grübelnd im Bett lag und auch bei der Feldarbeit nichts zu kontrollieren hatte, fuhr er im offenen Volkswagen durch den Wald und sang Großergottwirlobendich. Er bekam einen roten Kopf vom Singen, und sein Kopf war, von einem schmalen Haarkranz abgesehen, kahl wie ein Ei. Die Haare waren ihm schon ausgefallen, als er Mitte zwanzig war. Er schob es aufs Stahlhelmtragen.
Für seine Kinder war er nicht da. Johannes, Augusta und Johanna fielen nicht in seinen Aufgabenbereich, sondern in den der Kinderfrau. Sie hatte die Kinder zu beaufsichtigen und zu erziehen. Die Rollen waren verteilt, die Welt des Hauses zerfiel in die der Erwachsenen und die der Kinder, und C. A. lag der Gedanke fern, daß er solche Trennung antasten könnte. Er wollte nicht gestört sein. Für seine Kinder blieb er der große Unsichtbare, der Fremde. In der Regel sahen sie ihn abends für fünf Minuten, bevor sie ins Bett geschickt wurden. Sie durften ihm gute Nacht sagen, wenn für ihn und Olympia das Abendessen schon angerichtet war. Ins Kinderzimmer kam er nicht. Geschichten erzählten andere: die Kinderschwester, die Hausmädchen, der Diener. In den Arm nahmen sie andere. Daß C. A. von sich aus gekommen wäre, hätte in seinen Augen bedeutet, daß sie von sich aus auch zu ihm hätten kommen müssen. Er zeigte seine Gefühle nicht. Er wiederholte, was er kannte: Er entzog sich und entzog so den Kindern die Zuneigung und Beachtung, die ihm selber entzogen worden waren. Kinder ähnelten Gegenständen, mit dem störenden Unterschied, daß sie umherkrabbelten (aber auch das ließ

sich übersehen), später rückten sie auf zu Tieren, jungen Hunden etwa, denen man zuruft, was sie tun sollen. Und auch die sonderbarsten Liebesdienste ließen sich ihnen abverlangen, sie gehorchten. *Mein Sohn, meine Töchter* waren Wörter der Erwartung, die irgendeine Zukunft irgendwann, irgendwie einlösen würde.

Selbst wenn er in der Nähe war, blieb er entrückt: eine sonderbare Laute ausstoßende, sich wippend und federnd wie ein Vogel fortbewegende Gestalt. Mit in wohlbedachten Abständen geäußertem Räuspern pflegte er auf sich aufmerksam zu machen, wenn er durch das Haus ging. Es waren Zeichen an alle Bewohner, jetzt nicht etwa in die Türen zu treten und ihn anzusprechen. Und die Kinder traten nicht in die Türen, sie sprachen ihn auch nicht an. Im Dämmerlicht des fensterlosen, von ihnen bewohnten Fluredes des zweiten Stocks verborgen, warfen sie lange Blicke hinüber in die Helligkeit der anderen Flurseite: Dort ging C. A. Sie sahen ihn gehen. Ihnen den Rücken kehrend, entfernte er sich, und sie wagten nicht, ihm hinterherzurennen, bevor er im Bad, im Wohnzimmer oder im Schlafzimmer verschwand. Sie warteten, ob er nicht wieder herauskäme; nichts sinnloser als dieses nutzlose Dastehen und Warten und Sichverstecken, dieses Spiel ohne jede Aussicht. Gelegentlich belauschten sie, wie der Diener, auf der Suche nach C. A., keuchend die Treppe heraufkam und C. A. vor der zugesperrten Badezimmertür mitteilte, daß ein Bittsteller an der Haustür warte oder ihn jemand am Telefon verlange, den er, der Diener, sich nicht abzuweisen traute, obwohl er aus langer Erfahrung sicher sein konnte, daß er mit einer eigenmächtigen Abweisung im Sinne des Hausherrn gehandelt haben würde. Zu dritt hörten sie C. A. unwillig auf den Flur hinausrufen, der Diener möge sagen,

der Bittsteller solle wiederkommen, der Anrufer nochmals anrufen, er sei nicht da. Sie empfanden seine Antwort als ungerecht, beobachteten, wie der Diener sich achselzukkend und brummend wieder nach unten begab. Selber drangen sie nicht bei ihrem Vater ein, und das nicht nur, weil ihnen Frieda Dibbers einschärfte, daß sie dem Vater lästig wären, oder weil sie gar nicht für sie bestimmte Bemerkungen mitanhörten, die von Gästen und Onkeln und Tanten kamen. Trotzdem warteten sie auf eine Bestätigung von ihm, aber sie kam nicht. C. A. begnügte sich damit, sie nicht zu geben. Verstellte er ihnen ausnahmsweise (lachend und in Begleitung eines anderen) den Weg auf der Treppe, so war das eine flüchtige, sie eher lähmende als ihm näherbringende Geste, und dagegen wieder standen geheime, nicht minder verstörende Dienste, die sich C. A. von Augusta erweisen ließ, erst allein ausprobiert, dann in Anwesenheit Dritter als Nummer vorgeführt ...
Es ist Sonntag morgen. Augusta sitzt im Frühstückszimmer unter dem Tisch. C. A. ißt sein Frühstücksei, zwei oder drei, aber er ißt nur das Dotter und reicht ihr das Eiweiß unter den Tisch. Er kaut, sie kaut. Danach soll sie ihn kitzeln: die Pantoffel von den Füßen streifen, erst die rechte Fußsohle, dann die linke Fußsohle kitzeln, genau wie er es mag, sie gehorcht, und er lacht und hopst auf dem Stuhl über ihr; sie freut, daß er lacht, sie hat ihn am Fuß, unter ihm, über ihm, stark, sie mag nicht aufhören zu kitzeln.
Er sitzt im Korbstuhl auf der Terrasse, sie wiederum unter dem Tisch. Seine Hand wühlt sich unter der gelben, fast den Boden streifenden Leinendecke durch und zieht sie hervor. Sie will nicht, will ihre Ruhe, warum säße sie sonst dort? Aber er zieht sie hervor, zeigt ihr, erklärt, was sie soll, ihm den Nacken kraulen, zeigt und erklärt ihr jedesmal, wie

sie es darf: mit dem leicht gekrümmten, dem Vater nur an den Nacken angelegten Finger den Flaum in seinem Nacken streifen, nicht die Haut berühren. Sie stellt sich hinter den Korbstuhl und krault. C. A. lehnt sich zurück und lobt sie, oder er ist unzufrieden, dann bemüht sie sich, es besser zu machen. Den Flaum, nicht die Haut! Danach, immer danach, soll sie ihm die geschlossenen Augen küssen, aber seine Augen sind wie Vogelaugen, sie sind feucht, fast wimpernlos, in ihren Ecken wohnt der Schlaf. Augusta mag nicht, sie sträubt sich mit aller Kraft, C. A. zieht sie zu sich herunter, er bettelt, sie mag nicht, er bettelt (und irgendwer sieht ihrer Nummer zu oder nicht zu), sie küßt, danach, immer danach, gibt er sie frei.

Ach, Felix! Auch mein jetziges Unabhängigkeitsgefühl von jedem und allem beschämt mich. Es ist so vollkommen, daß es mich beschämt.

Und in den Salons jetzt sein Foto, genau wie es beim Großvater gewesen war und bei der Großmutter. Fotos auf den Kaminsimsen, Fotos auf den Beitischen, in allen Sitzecken, in allen Zimmern. Das Foto-Haus. Alte und neue Fotos. Sie guckte sie an oder guckte sie nicht an, drehte sie aufs Gesicht. Beim Förster ein Foto, beim Verwalter, bei den alten pensionierten oder noch treu dienenden Landarbeitern, bei der Sekretärin (ob sie es haben wollte oder nicht), beim Pastor, der die Kinder eingesegnet und Augusta vier Jahre lang Religionsunterricht gegeben hatte, als sie noch nicht in die öffentliche Schule gegangen war – der Speichel hüpfte dem Mann auf und ab in der Mundecke; sie starrte ihm auf den Mund und zählte unterdessen, wie oft der Pastor in einer Stunde ‹nicht wahr› sagte: 165mal, 178mal,

180mal. Auch bei der Gemeindeschwester würde ein Foto von C. A. stehen. Vielleicht hatte der Dorfschullehrer auch ein Foto bekommen, aber der würde es nicht ins Klassenzimmer hängen. So weit gingen C. A.s Kompetenzen denn doch nicht mehr.

Treppenstück: die Ahnen. Die Minister und Prinzenerzieher. Alle hatten von ihren Königen wandhohe Porträts geschenkt bekommen, eine Widmung darunter. Sie hingen im Treppenhaus, im Eßzimmer. Die Roberts, die aus Dorpat gekommen waren, hatten ihre Wäsche daran aufgehängt. Jetzt waren aus Leinwänden Fotografien geworden: auch wenn der Inhalt weniger aufwendig geworden war, so blieb doch der Rahmen gewahrt.

Olympia würde in die Kleinstadt fahren, um im Stadtcafé Milchbrötchen zu bestellen, dreihundert Milchbrötchen und hundert kleine Kümmelstangen. Dann würde sie den Bäcker fragen, wie er Kümmelstangen und Brötchen belegen werde, und wenn der antwortete, daß das Salatblatt unter dem Käse und dem Kochschinken, kurz und gut: sichtbar grün zwischen den Hälften der Backware herauszuhängen habe, würde sie zustimmend nicken und sagen (und dabei den Bäcker auf friderizianische Art anreden): Er habe schon gelernt, wie man es mache. Er sähe sie ja schließlich nicht zum erstenmal aus so traurigem Anlaß in seinem Laden, sie gebe die Brötchen und Stangen in Auftrag.

Ein Segelflugzeug über der Schwäbischen Alb. Augusta war sich nicht klar, ob sie gerne mitgeflogen wäre. Lautlos fliegen mußte schön sein, aber beim Absacken in Windlöcher wäre ihr bestimmt übel geworden.

AUSFAHRT WIESENSTEIG / GEISLINGEN AN DER STEIGE

Kinderstück einer Angst: Angst vor der Hexe in den gläsernen Schuhen, vor Schlangen, vor der bösen Frau, die im Korn steht, vor dem Donner, vor Zigeunern, vor allen Fremden, Gästen; Angst im Dunkeln zu schlafen, Angst vor Frieda – Gipfel der Angst. Frieda schlug zu, jeden Tag. Die Haarbürste in der Hand, jagte Frieda sie durchs Haus, und der Bürstenrücken traf ihren Hinterkopf, ihre Schultern, ihren Rücken. Frieda warf sie zu Boden, stemmte ihr das Knie ins Kreuz und schlug, bis die Hand schmerzte, schlug, wenn Augusta etwas nicht fand, daß sie das Finden lerne, und hatte sie selber gefunden, was Augusta nicht finden konnte, drehte sie ihr das Ohrläppchen, Präliminarie, und schlug. Sie sperrte Augusta in die dunkle Besenkammer, schlug, wenn Augusta nachmittags unentschlossen und weinerlich, weil sie schon die Prügel erwartete, aus dem Gitterbett stieg. Abends band sie ihr die Arme in Zelluloidschellen ans Gitter, damit Augusta sie nicht biegen konnte, strich Senf auf die Daumen, und über den Senf stülpte sie Handschuhe. Dies geschah auf Olympias Geheiß. Olympia kam zum Vaterunseraufsagen, wenn sie, was selten vorkam, keine Gäste hatte. Sie sah sich die Handschellen an, band die Handschuhe fester, zankte Frieda Dibbers aus, falls diese einmal die Bänder locker gebunden hatte, und dann betete Olympia.

Die Standesrücksichten verlangten, daß Olympia jemanden hatte, der nach den Kindern sah, damit sie eigenen Verpflichtungen nachgehen konnte: Abendgesellschaften, Jagden, monatelangen Reisen. Kehrte Olympia von Reisen zurück, erkannten ihre Kinder sie anfangs kaum wieder. Olympia verachtete die Kinderschwester. C. A. wußte darum, und so suchte er sie nach feudalistischen Maximen denen gegenüber, die für sie arbeiteten, von ihr abhängig waren, Erkenntlichkeit zu lehren, indem er Vauvenargues zitierte, seinen Liebling unter den Moralisten, aber die alten Ideale der Gesittung, die er ihr in einem Satz wie: *Der wahre und echte Geist entspringt dem Herzen* vortrug, schlugen nicht an. Olympia bemühte sich weder um solchen Geist noch um ein solches Herz. Da erlahmte C. A. und zog sich und Geist und Herz zurück. Der Meinung, die Reibereien zwischen den beiden Frauen beträfen die Kinder nicht, suchte er ab und zu, hinter dem Rücken seiner Frau, Frieda ein begütigendes Wort zu sagen, und wenn er auch noch Friedas Wange strich, wobei ihr wurde, sie wußte nicht wie, bildete sie sich ein, er gebe ihr recht und er sei es, der sie verstehe. Vielleicht bestärkte sie das noch im Prügeln. So kam denn der Herzensgeist nie auf die Kinder. Hätte Augusta Frieda danken sollen, daß sie ihr nur auf ihre Art zusetzte und nicht mit der Nilpferdpeitsche, daß sie auf Spaziergängen nicht mit einem Stock im Rücken vor ihr hergehen mußte wie Olympia vor ihren Eltern?

Oder hatte sie vergessen, sich bei C. A. und Olympia dafür zu bedanken, daß sie sie nicht selber schlugen?

Angst vor allen Händen, als sie elf wurde: Sie fuhr zusammen, wenn jemand nur die Hand hob. Keine Handbewegungen sehen zu müssen und selber nicht mehr sichtbar, nicht mehr vorhanden, unangreifbar zu sein, das wäre gut gewesen. Da dies nicht ging, sollten Hände wenigstens unbeweglich sein. Sie versteckte ihre Hände, weil sie sie an andere erinnerten. Hände streichelten nicht. Hände waren nicht zärtlich. Sie wand sich, wenn sie sah, daß andere Kinder geschlagen wurden, wand sich beim Gewinsel der Hunde, die aufjaulten, um dann, geduckt, Zentimeter um Zentimeter auf ihren Schläger zuzukriechen als Zeichen der Abbitte. Über den Dorfteich kamen die Schreie von Gänsen, die genudelt wurden, obwohl es verboten war. Sie sah sie hilflos mit den Flügeln flattern, dann nur noch das herunterwürgen, was Thekla Birnbaum, mit festem Zugriff ihre Hälse streichend, sie zu schlucken zwang. Die Gänse strauchelten aus den Knien der Frau, die sie gepackt gehalten hatten, matt, schlugen hin, aber sie standen wieder auf und würden wieder schreien. Das war das Quälendste: die Wiederholung. Sie sah alljährlich die kastrierten Fohlen, die steif auf abgestreckten Beinen standen, während das Blut zu Boden tropfte. Angst im Hinterhalt auf der Jagd, Angst vor dem Knall, Angst vor dem Triumph in C.A.s Augen. Tränen. Aber C.A. sagte, es seien ebenbürtige Gegner, der Rehbock, der da lag, der Hirsch. Augusta begriff das nicht. Noch nicht, sagte C.A. und steckte sich den Bruch, einen Eichenzweig, den er durch die Schußwunde gezogen hatte, an den Hut. Im Treppenhaus der Bilderfries: Da würgten Erwachsene ein Kind. Männer trieben Frauen ins Meer. Da nagelten sie Christus ans Kreuz. Ein Mann wurde erschossen, ein Hirsch zu Tode gehetzt. Unter Fingernägeln spritzte Blut hervor. Fesseln, Foltern, Rädern – Arbeit von Gehirnen, Augen, Händen. Unerträglich, wenn C.A. seine Hände im Gespräch betrachtete, mit ihnen spielte. In Träumen zersägte sie ihm den Hals. Sie sägte Frieda Dibbers den Kopf ab. Als der Traum zu Ende war, wagte sie nicht, die Augen zu öffnen.

FERNSCHNELLGUT · FERNSCHNELLGUT Und ich halte Selbstgespräche, habe mir lange einreden wollen, daß es nur einsame Alte täten, Felix, und es gab Zeiten, da war ich so stolz auf mich, auf meine Fähigkeit zu erkennen. All das richtet sich jetzt gegen mich: es ist so bei uns, jemand muß nicht mehr da sein, ehe die anderen aufmerken. Die anderen!

Und nicht ich? (Pause) Und keiner ist da, der Halt befiehlt und alles wieder rückgängig macht. (Pause) Daß ich damals gegangen bin, das war mein Halt. Ich bin gegangen, statt auf C. A. zuzugehen und ihn zu attackieren: Verdammtnocheins, C. A., ich pfeife auf deine Autorität, ich will endlich ein Verhältnis zu dir. (Pause) Und wir, Felix? Ich fühle mich, als jagte ich hinter dir her. Und du sicherst dich ab, vor mir? Bist verschwunden, bleibst unauffindbar. Zu viele Termine, zu viele Gerichtsakten. Sitzt du zu Haus, nimmst den Hörer nicht ab, machst du nicht auf? Sag was.

Frieda Dibbers hätte ihr Leben immer nur rückwärts erzählt: Sie war bei Kriegsende mit drei Kindern nach Norddeutschland geflohen, das jüngste war unterwegs erfroren, nachts irgendwo zwischen Breslau und Berlin. Sie hatte ein steifes kleines Bündel zurückgelassen in einem Schneehaufen. Die Kinder hatten der Herrschaft auf einem schlesischen Gut gehört. Bevor Frieda Dibbers auf das schlesische Gut gekommen war, war sie bei einem Pastor in Masuren in Stellung gewesen. Der Pastor hatte sie herumkommandiert. Die Weltordnung von Pillau sah den Dienst der Armen vor, infolgedessen bedienten sich die nicht ganz so Armen. Es waren die frommen Schwestern des Pillauer Waisenhauses, die sie im Pfarrhaus untergebracht hatten.
Und Ihre Mutter, hatte der Schuhputzer sie gefragt, während er seinen Kater streichelte, hatten Sie keine Mutter?
Doch.
Frieda Dibbers war erst nach dem Tod ihrer Mutter zu den frommen Schwestern gekommen.
Andersherum erzählt, wäre es eine Geschichte von Prügeln und Unterwürfigkeit gewesen: Bei den frommen Schwestern hatte sie die Zwei- und Dreijährigen versorgt, von

1916 bis 1919. Versorgt? Mit nichts. Es gab zwischen 1916 und 1919 nichts. Ihre Kartoffelration hatte sie den älteren Jungen im Waisenhaus abgeben müssen. Die hatten sie geschlagen, wenn sie nicht gehorchen wollte. In der Schule war sie immer eingeschlafen. Es hatte sie verwirrt, daß sie dafür nicht geprügelt worden war. Die Lehrer hatten es ihr nachgesehen. Also ging die Willkür bis zur Nachsicht. Das fand sie ungerecht; sie nahm sich vor, nicht nachsichtig zu sein.
So kam es, daß Augustas Furcht Frieda Dibbers provozierte. In ihrer Angst stahl Augusta für sie Blumen, frische Schwarzbrotkanten, Süßigkeiten. Was sie selber geschenkt bekommen hatte, verschenkte sie an Frieda weiter, sie zeichnete für sie Blumen, Blumenkalender, wurde der beste Kopist, den es gab. Augustas Hauptstück waren vierblättrige Kleeblätter. Sie kannte alle Stellen an den Feldwegen und jedes Jahr die Felder, auf denen Kleesaat wuchs. Sie hastete hin, verspätete sich beim Suchen und Pflücken, wieder war es nicht in der Ordnung, aber sie brachte Frieda riesige Sträuße. Frieda sollte sehen, wie sehr sie sich den Kopf zerbrach, um ihr Abwechslung zu schaffen. Immer wieder fand sie etwas, was sie ihr mit ausgestrecktem Arm reichen konnte, denn auch bei der Übergabe der Geschenke sah Augusta auf vorsichtigen Abstand. Aber Frieda verstand es nicht. Sie schlug trotzdem – diesmal nur etwas später.
Nachts lief Augusta durch die Flure. Sie war mondsüchtig, und es trieb sie immer wieder vor Friedas Bett.
Einmal hatte sie weinend auf dem Flur gestanden, als C. A. aus seinem Zimmer gekommen war. Da war sie ihm in die Arme gelaufen. Er hatte sie getröstet und versprochen, etwas zu unternehmen.

Als er und Olympia am nächsten Tag verreisten, wiederholte Olympia, während sie ins Auto stieg und Frieda sie zusammen mit den Kindern verabschiedete, Augustas Bitte, Frieda möge Johannes und Augusta nicht schlagen. Frieda nahm den Appell entgegen, ohne Olympia anzusehen. Ihr Blick streifte die Kinder.

Das Auto fuhr aus dem Hof. Zu dritt standen sie in der Haustür und winkten.

Augusta lief ins Haus. Frieda ging ihr nach, packte sie und preßte sie gegen die Mäntel, die in der Garderobe hingen. Dann schlug sie zu.

*Der wahre und echte Geist entspringt dem Herzen*, auf dem Fuße folgt die (eigene oder fremde) Tat. Also prüfte C. A. nicht nach, ob die Sache in Ordnung gegangen sei. Sein Wort verpflichtete, was hieß: gesagt, getan. C. A. irrte sich nicht.

C. A. liebte das Unverbindliche, die großen Linien.

C. A. sagte: Die Germanen, erst die Germanen, dann das Mittelalter. Sein Geschichtsentwurf: gerafft und Zeit sparend.

Also das Mittelalter, dann Heinrich der Löwe oder, nein, stop, erst Heinrich der Löwe, dann das Mittelalter, danach die Renaissance, Karl V., ferner –

Was ferner, C. A.?

Friedrich der Große von Preußen. Alexis de Tocqueville: Das Zeitalter der Gleichheit. Das nivellierende Massenzeitalter, die nivellierenden Werte des Massenzeitalters. Die Französische Revolution.

Und dann, C. A.?

Bismarck und 1871 und bald darauf das Ende. Mit dem Jahrhundertwechsel ist die Gesellschaft an ihr Ende gekommen, sagte C. A.

Er warf diese Wortbrocken hin: *Mit dem Jahrhundertwechsel ist die Gesellschaft an ihr Ende gekommen* und falls sein Gesprächspartner, demütig, als hielte er die Widerlegung eines solchen Glockenschlags für unmöglich, deutend an dem Brocken herumredete, nickte C. A. von Zeit zu Zeit und betrachtete im übrigen, da ihn nicht nur das Thema, sondern auch dieses devote Gehabe langweilte, seine Fingernägel.

Aber was hieß *Mit dem Jahrhundertwechsel ist die Gesellschaft an ihr Ende gekommen* für einen Gesprächspartner, der ihm diesen Brocken nicht durchgehen ließ, sondern sich dranmachte, ihn mit Einwänden zu zerkleinern? Welche Gesellschaft?

Bis 1900 war die Gesellschaft intakt, antwortete C. A.

Welche Gesellschaft, und was heißt intakt? – Sie hatte ihre Prinzipien, sagte C. A., ihre Ideale, holte aus: ihre feste Ordnung. – Also welche Gesellschaft, und was heißt intakt, und was für Prinzipien und was für Ideale, und wie läßt sich *fest* nennen, was brüchig war? Wie war die Ordnung? War es nicht Unterdrückung? Ein feudalständischer Zwang mit Kaiser und Reich, Imperialismus, Kolonialismus? 1914 ist ein Einschnitt gewesen. Hatte er sich im Datum vergriffen, als er die Zahl 1900 nannte?

Solchen Einwänden oder Fragen konnte C. A. nicht standhalten. Einen Gedanken bis an sein Ende zu denken, war nicht seine Stärke.

Einmal auf seinen vagen Sätzen ertappt, drang er auf Nachsicht, beklagte seine Halbbildung, als hielte er eine vorbereitete Ansprache. Besonders gern lag er Frauen damit in den Ohren. Bei ihnen kam er damit durch, weil sein rhetorischer Eifer im Unglück Eindruck auf sie machte, und darauf war C. A. vorbereitet.

Aber Halbbildung? Was meinte er genau? Wieder konnte er es nicht sagen. Was war Bildung? Eine Vokabel. So führte er alles, was in ihrem Umkreis lag, vorbehaltlich im Munde, setzte ein Un-, ein Halb-, ein Hoch-, ein Ver- und Unvervor ihre Vagheit und glaubte sich damit gedeckt.
Pflicht, Ordnung, Prinzip, Ideal, Würde, Ehre selbstloser Mut. – Er langte in die Begriffe wie in die Tiefkühltruhe. Was er an Funden hervorzog – nicht auftaubare Brocken, Schemen von steinaltem Grau.

Das Neckartal verregnet. Gehänge von Wolkensitzen. Es goß.
BUDERUS   VAIHINGER   ETERNIT
KARLSRUHE   107 KM
HEILBRONN   99 KM

Ich bin drei Jahre alt und sitze unter dem Wohnzimmertisch, C. A. zu Füßen. Meine Hose ist naß, aber der Fleck, der sich unter mir auf dem Teppich ausbreitet, scheint mir irgendwie nicht zu mir zu gehören. Fragend sehe ich zu C. A. auf. Er sagt nichts. Er sieht auf den Fleck, der aufgehört hat, sich auszubreiten und still gegen das Licht glänzt, das von den Fenstern kommt. Wir betrachten ihn beide. Ich werde unsicher. C. A. muß doch eine Meinung dazu haben. Väter sind dazu da, Meinungen zu haben. Soll ich ihm sagen: C. A., hier siehst du einen Fleck, und dieser Fleck – ist da etwas schiefgegangen? C. A. betrachtet mich, betrachtet den Fleck. Ihm scheint es unangenehm, sich mit Wörtern festlegen zu müssen. Da läßt er den Fleck lieber und bestraft mich: senkt mir seinen Blick ins Mark, steht auf und geht aus dem Zimmer. Trägt er mir die Sache nach, trage ich sie ihm nach? So lernten wir uns kennen, er mich, ich ihn.

Ich gehe nicht in sein Zimmer, wenn er mittags schläft. Tante Hariett geht hinein. Schlafen, sagt sie, keine Spur. Er tut nur so. Sie steht im Zimmer. Er starrt gegen die Decke oder liest. Sie ruft ihn leise. Er rührt sich nicht. Sie sieht, wie er die Augen zumacht. Dann spielt er: sich im Schlafe wälzen. Sie sagt, er solle ihr nichts vormachen. Sie habe gesehen, daß er sich verstelle und nicht schlafe. Er räkelt sich, wälzt sich herum und lacht. Er spielt, sagt sie. Er hält es nicht auseinander: Einbildung und Wirklichkeit. Der Tageslauf, das Nichtstun, die ermüdenden Pflichten, ein Leerlauf, an dem er nichts ändern kann.

Er merkt das. Er leidet, klammert sich aber an die Form, sagt Tante Hariett. Er ist ein störrisches Kind. Er weiß nicht, was ihm schadet. Er steckt den Kopf in die Form. Er hat nichts anderes und merkt nicht, daß die Form zuschnappt, und ab ist der Kopf, sagt sie.

Er steht in seinem Schlafzimmer vor dem Spiegel, wölbt die Brust und sucht den Pykniker in einen Athleten zu verwandeln. Den Atem hat er in die Lungenspitzen gezogen und hält ihn dort. Augusta ist fünfzehn, sie guckt durchs Schlüsselloch. Sie sieht ihn im Zimmer auf und ab stolzieren oder mit seinen strammen, kurzen Beinen auf der Stelle traben, sein Spiegelbild immer im Auge. Er erschlafft. Es geht nicht. Auf die Dauer ist es so nicht zu machen. Trotzdem versucht er es ein zweites Mal und bricht erst ab, als er merkt, daß er einen roten Kopf bekommen hat.

C. A. hatte Schuhgröße 40. Manchmal fragten ihn Damen, wo er arbeiten lasse. Es seien handgemachte ungarische Schuhe, sagte er und versteckte die Füße unter dem Sitz. Die Damen amüsierten sich. Sie waren entzückt. Sie luden ihn wieder ein.

Selbst die Onkel und Vettern sagten, daß er von der Landwirtschaft etwas verstehe, was sie nicht taten. Sie waren stolz auf ihre Unkenntnis. Aber sie fragten C. A. um Rat, und wußte er welchen, so zogen sie lobend über ihn her. Das war die Zeit, wo er heimlich zu trinken begann.

Ich gehe ihm aus dem Weg. Ich verstecke mich hinter dem Schrank. Ich sitze zu seinen Füßen, aber ich sitze unter dem Tisch. Die Standuhr schlägt. Sein Schritt im Treppenhaus, ich höre ihn aus allen anderen Schritten heraus. *Leben, Bestätigung, Bewährung. Der wahre Geist entspringt dem Herzen.* Ich geh nicht in sein Schlafzimmer. Er wölbt die Brust, steht vor dem Spiegel. In der geschwellten Brust ein offenes Herz. Ich springe in die Holztruhe. Er geht vorbei. Ich hebe den Deckel, luge heraus. Was will ich: ihm nahe sein oder den Bruch? Damals schon? Erst später?

Leben, Bestätigung, Bewährung, sagt er und trinkt. Das Spiel, in dem man die Pflege des eigenen Ichs an demjenigen der anderen mißt, sagt er, trinkt den Whisky aus, geht und füllt sich das Glas von neuem. Die Gesellschaft, sagt er und trinkt. Die Einsamkeit, sagt er, kommt mit einem neuen Glas. Wenn die Einsamkeit zu lange gedauert hat ... Er schließt die Augen, lehnt sich in seinen Sessel zurück. Seinen Freunden mißtrauen ist ehrloser, als von ihnen betrogen werden, sagt er und lauscht seinem Satz nach. Daß wir Schwächen haben, die untrennbar mit unserer männlichen Natur verbunden sind ... Die Mundwinkel zucken. Ich liebe meine Frau. Er spielt mit den Fingern. Unmöglich, der Mutter seiner Kinder zu erklären, was ihr unbegreiflich sein muß. Er trinkt aus und schwankt zum Fenster. Die Nacht, sagt er, die Stunde. Der Sieg der Sterne. Er trinkt die Flasche leer. Dann kriecht er auf allen vieren in sein Bett.

Ein Lindwurm aus LKWs. Stuttgarter Vorstädte im Regen.

Augusta schaltete in den dritten Gang herunter und überholte. Mittwoch nach Pfingsten.

Als Augusta ins Internat kam, zog Tante Hariett ins Haus. Sie war eine kleine, rundliche Frau mit silbergrauem Haar, das sie tagsüber hochsteckte. Wenn sie es löste, fiel es ihr bis auf die Hüften. Nachts band sie sich ein lila Samtbändchen hinein. Sie war sehr stolz auf dieses Haar. Dreimal die Woche ließ sie es sich von einer Professorenwitwe, die ihr gegenüber wohnte, bürsten. Das war schon kein Bürsten mehr – Ilse Böckelmann striegelte. Tante Hariett liebte diese Striegelstunde. Sie streckte genüßlich ihre Beine auf einen zweiten Stuhl im Badezimmer, schloß die Augen und ließ sich mit jedem Bürstenstrich gegen die Stuhllehne reißen. Danach war sie bettreif.

Wenn Augusta Ferien hatte, flüchtete sie sich zu Tante Hariett. Augusta war jetzt vierzehn und liebte den großen chinesischen Drachen, der an der Wand hing und in Wolken biß. Sie hockte sich aufs Fensterbrett, redete, schwieg, blickte aus dem Fenster, sah der Tante zu, die in einem Papierstoß auf dem Schreibtisch kramte, einen Bogen von rechts nach links verschob und seufzend von links wieder nach rechts, bis sie sich überhaupt nicht mehr zurechtfand und aufgab. Augusta liebte Tante Hariett, verschlang sie mit den Augen. Sie wollte von ihr lernen, sich alles von ihr abgucken. Tante Hariett verstellte sich nicht, auch nicht aus Angst, ihre Wünsche oder Befürchtungen könnten entdeckt werden. Augusta bewunderte das. Man mußte Tante Hariett nicht überlisten. Ihr kam auch nicht die Idee, ihr Körper bestünde aus lauter ungelenken Gliedern, die nicht zueinander paßten. Bei ihr gingen Denken und Handeln, Fühlen und Wahrnehmen unbefangen ineinander über.

Tante Hariett war nie zur Schule gegangen. Sie hatte Gouvernanten gehabt, die ihr Sprachen beibrachten, den Wortschatz für Geselligkeiten. Von Kopfrechnen hielt sie nicht viel. Sie las auch nicht gern. Sie besaß viele Bücher, manche hatte sie zu lesen angefangen, sich den Rest aber lieber erzählen lassen. Briefeschreiben war ihr ein Greuel, und sie hatte keinen Begriff für Zeit.
Sie erzählte Augusta, sie habe siebenundzwanzig Jahre ihres Lebens nicht geschlafen vor Kopfschmerzen, ein paar Tage später waren es fünfunddreißig Jahre und dann vierzehn.
Ihre Mutter war Palastdame bei der Kaiserin gewesen. So kam es, daß Tante Hariett als Kind ihre Ostereier oft im Berliner Schloßpark gesucht hatte. Einmal war unter den versteckten Spielsachen eine aufziehbare Maus gewesen. Sie hatte die Maus gefunden und, als keines von den anderen Kindern hinsah, der Kaiserin unter den Rock gesteckt, damit diese die Maus für sie hütete. Verstehst du, sagte Tante Hariett zu Augusta, ich hatte mir immer eine aufziehbare Maus gewünscht und nie bekommen. Da wollte ich sie nicht hergeben, als die Geschenke geteilt wurden. Später war sie auf Hofbälle gegangen, und da sie sehr klein war, hatte man (sie sagte: der Kaiser) ihr aus Jux zur Polonaise, die sie anführen mußte, baumlange Tänzer zugeteilt. Tante Hariett hatte dieses Leben nicht gemocht, ein Leben, sagte sie, wo man mit Anstand überflüssig war und sich mit Anstand langweilte. Wo sie doch einen Schauspieler liebte! Aber ihre Eltern hatten sie an einen standesgemäßen Herrn verheiraten wollen. Tante Hariett verbat sich das. Weil sie den nicht heiraten durfte, den sie liebte, heiratete sie nicht. Damit waren ihre Möglichkeiten erschöpft.
Als Augusta sechzehn war, wurde Tante Hariett schwer

krank. Sie fand sich von Dingen und Leuten verfolgt, die außer ihr niemand sah oder hörte. Sie nannte ihre Verfolger Gäste, die sich in ihren zwei Zimmern eingenistet hatten und wie Schatten an sie hefteten, Gäste oder Chinesen. Sie hörte sie chinesisch flüstern, hörte sie lachen, sah aber nie ihre Gesichter, sie hörte sie mit ihren Sachen hantieren und sie ihr wegnehmen – die beiden Schalen aus der Ming-Zeit, das grün glasierte Pferd aus der T'ang-Zeit – und sie sah, wie sich das ungebetene Pack Dinge von ihrem Schreibtisch nahm. Ihre Zimmer blieben in heilloser Unordnung zurück, wenn die Chinesen dagewesen waren. Es war sinnlos, daß sie sich vor den Chinesen versteckte oder daß sie ihre Sachen vor ihnen verbarg. Die Chinesen kamen überallhin. Da redete sie mit ihnen, bewirtete sie mit Tee, mit Backwerk, was immer sie wollten, zu jeder Tageszeit. Aber das besänftigte sie nicht. Sie waren auch nicht zu überlisten. Wenn Tante Hariett es einmal geschafft hatte, sie zur Tür hinauszudrängen und hinter ihnen abzusperren, waren sie gleich wieder da: durchs Schlüsselloch hereingekommen, unter der Türschwelle durch, durchs geschlossene Fenster, durch den Ofen. Tante Harietts Diener war der einzige Mensch, der ihr in ihren Schwierigkeiten helfen konnte. Sie hatte ihn ins Vertrauen gezogen. Sie rief ihn, und Möbus kam, ein Mann von über sechzig Jahren, mit großen, verarbeiteten Händen (er war früher Kutscher gewesen), starkknochig, schwer, mit einem breiten, gutmütigen Gesicht, an dem die Ohren wie Koffergriffe standen. Niemand im Haus wußte, wie er wirklich hieß, ob Möbus mit Vornamen oder Möbus mit Nachnamen. Augusta hatte ihn einmal gefragt. Ja, Augusta, hatte er geantwortet und dabei sein gutmütiges Gesicht in die Breite gezogen, das ist eben so. Möbus war da, wann immer Tante Hariett nach ihm rief. Er kam dann mit Besen und Kehrschaufel, fegte einen Chinesen unter Tante Harietts Bett oder dem großen Barockschrank hervor, nahm ihn auf die Schaufel und trug ihn vor die Tür, oder er packte mit seinen großen Händen einen anderen, der sich, in eine von Tante Harietts Decken gehüllt, auf einen Sessel zum Schlafen gehockt hatte, und setzte ihn vor die Tür. Die Chinesen waren vor Möbus nicht sicher. Wenn sie schon hartnäckig waren, so war er noch hartnäckiger. Er jagte sie den Kamin hinauf und verhakte die Ofenklappe. Er zog die Rouleaus hoch, schob die Gardinen beiseite, öffnete die Fenster, klatschte in die Hände und scheuchte sie wie Hühner hinaus. Tante Hariett verfolgte aufmerksam, was er tat. Manchmal warnte sie ihn, er solle sich in acht nehmen, wenn sie sah, daß hinter seinem Rücken wieder einer zum Schlüsselloch hereinkommen wollte. Möbus stellte sich dann vor die Tür und zwang mit seinem breiten Rücken den ungebetenen Gast ins Schlüsselloch zurück. Tante Hariett sah ihn dankbar aufseufzend an oder sie zeigte ihm, wo noch einer saß, den er übersehen hatte, und Möbus kehrte auch diesen letzten heraus. Beruhigt, wenn auch erschöpft, ließ sie sich dann von ihm zum Bett führen und legte sich wieder hin. Wenn ich Möbus nicht hätte, seufzte sie schon mit geschlossenen Augen, und Möbus, dieser große, unermüdlich besorgte Mensch, lächelte auf sie herab, todmüde, aber froh, daß er es wieder geschafft hatte. Falls sie sich am nächsten Morgen an die Heimsuchung erinnerte und ihm danken wollte, sagte er mit abwehrenden Händen: Das ist eben so.

Zwischendurch ging es ihr besser, und sie lächelte über ihre Chinesen, hatte aber doch Angst, sie könnten wiederkommen. Als sie am Ende wiederhergestellt war, lachte sie offen über sich. Als sie Möbus fragte: Glauben Sie auch, daß ich

das habe durchmachen müssen, weil ich zu sehr an meinen chinesischen Sachen gehangen habe? Der Doktor hat es gemeint – hob Möbus die Schultern und sagte bedächtig: Ich weiß nicht. Hauptsache, es ist vorbei.
Tante Hariett nahm Möbus mit, als sie nach den acht Jahren, die sie in Einhaus gewohnt hatte, auf das Schloß ihres zweitältesten Bruders in Schweden übersiedelte.
Seit ihrem Wegzug war das Haus wie ausgeleert: ein Ding mit vierzig Zimmern, in denen jetzt noch vier Menschen wohnten. Man konnte die Türen auf- und zumachen wie leere Schubladen, und wenn Augusta während der Ferien in Einhaus war, wußte sie nicht, was sie mit sich anstellen sollte. Solange Tante Hariett in Einhaus gelebt hatte, hatten sich zwischen C. A. und ihr und ihr und Olympia, aber auch zwischen C. A. und Augusta und Augusta und Olympia immer wieder Spannungen ergeben. Augusta sei undankbar, sagte C. A., sie sei eigennützig, wenn sie immer bei Tante Hariett sitze, sie vernachlässige die Eltern.
Das Eigenartige an diesem Vorwurf war, daß er bestehen blieb, nachdem Tante Hariett nach Schweden gezogen war.

Hinter Karlsruhe hörte es auf zu regnen; der Scheibenwischer fing an zu scharren, und Augusta stellte ihn ab. Sie sah auf das viele Weiß entlang der Autobahn. Wildkirschen und Obstbäume. Manche Bäume hatten vor Blüten kaum Blätter.

Im vergangenen Herbst war Tante Hariett 75 Jahre alt geworden. Sie hatte Augusta in München besucht. Früher, in Berlin, pflegte sie am Geburtstag zum Boxkampf zu gehen; falls es keinen gab, verlegte sie die Feier auf einen Boxtag.

Augusta war mit ihr in den Zirkus gegangen. Unter der Bedingung, hatte Tante Hariett gesagt, daß wir in der ersten Reihe sitzen. Ich will alles ganz genau sehen.

Die Clown-Nummer gefiel ihr nicht, aber die Leute am Trapez jagten ihr eine Gänsehaut über den Rücken. Das war für sie das größte Lob. In der Pause besuchten sie die Tierschau. Sie wollte ihre Lieblinge sehen, die Elefanten, wie sie in ihren Zelten standen: angekettet, aneinandergelehnt, sich hin und her wiegend. Die Elefantenbabies schunkelten mit. An Augustas Arm stand sie vor der Kette, die die Besucher von den Elefanten trennte, und wiegte sich wie sie. Siehst du, sagte sie, sie machen es wie wir, sie sind wie die Menschen.

Die Vorstellung hatte sie angestrengt. Auf der Straße bekam sie Gleichgewichtsstörungen und lief fast in ein Auto. Augusta stützte sie. Trotzdem wären sie beide gestürzt, wenn nicht ein Taxifahrer dazugekommen wäre. Er fing sie auf und stellte sie wieder auf die Beine.

# 3

In Baden-Baden fragte Augusta sich zum Badhotel zum Hirschen durch. Sie fuhr an dem alten Sandsteinbau, der sich die Hangstraße entlangzog, vorbei. Glyzinien rankten sich die Front hinauf. Sie blühten in schweren hellblauen Dolden. Kästen voll Geranien standen vor den Fenstern. Auf der anderen Straßenseite hingen Glyzinien über das Karree einer Rokoko-Balustrade, deren Säulchen sie fast verdeckten. Wo ein Durchblick frei war, sah man auf eine Terrasse und einen Garten im französischen Stil. Augusta fand einen Parkplatz in einer steilen, kopfsteingepflasterten Gasse hinter dem Hotel und ging zum Eingang zurück.

In der Rezeption wandte sie sich an einen schwarz gekleideten Mann in mittleren Jahren, der die Honneurs machte. Sie nannte den Namen der Tante und fragte, ob er sie mit ihr verbinden könne.

Oh, sagte der Empfangschef, das trifft sich schlecht. Die Gräfin ist zur Zeit nicht da. Sie ist verreist.

Verreist? wiederholte Augusta. Wie konnte sie verreist sein, wenn sie hier war, um sie abzuholen. War das Telegramm nicht angekommen? Wann? fragte sie ungläubig.

Gestern, sagte der Hotelangestellte. Er machte eine Geste des Bedauerns.

Verreist, und sie stand hier. War Tante Hariett schon abgefahren oder machte sie die Beerdigung womöglich nicht mit?

Der Hotelangestellte sah Augusta immer noch an, als warte er auf eine Frage, einen Auftrag. Sie stand da. Weil sie nichts sagte, fing er an, einige Papiere auf dem Tisch zu ordnen. Dumpf sah sie ihm zu.

Kann ich Ihnen behilflich sein? fragte er nach einer Weile.

Ja, sagte Augusta und nahm sich zusammen. Wissen Sie, wohin sie gefahren ist und wann sie zurückkommt?

Sie ist zu Bekannten gefahren. Ich weiß leider nicht wohin. Sie sagte nur, daß sie im Laufe des morgigen Vormittags zurück sein werde.

Morgen, das war ein Anhaltspunkt. Augusta fühlte wieder Boden unter den Füßen. Sie würden also zusammen fahren.

Ist ein Telegramm für sie da? fragte sie.

Ich werde nachsehen, sagte der Mann in Schwarz. Im Fach steckten zwei Briefe und das Telegramm. Er zog es halb heraus.

Danke, sagte Augusta. Ich wollte nur wissen, ob es angekommen ist.

Sie bat um ein Stück Papier und schrieb ein paar Zeilen. Der Angestellte legte ihre Nachricht neben das Telegramm ins Fach 52.

Augusta bedankte sich und ging.

Was tun? Sie setzte sich auf den Mauervorsprung, hinter dem der französische Garten begann, und überlegte. Das führte zu nichts. Die Bienen umschwärmten die Glyzinien. Sie stand wieder auf und ging durch den Park zum Zentrum zurück. Einen Nachmittag, einen Abend, eine Nacht, einen Vormittag – das hatte Tante Hariett ihr eingebrockt, nicht eingebrockt, im Gegenteil: geschenkt. Ein Kribbeln befiel sie. Zeit. Kastanienblüten lagen dunkelrot auf dem Boden. Ein lockerer Halbkreis, hingeweht auf dem Trottoir, die andere Hälfte auf der Straße. Augusta ging auf einen großen Platz zu. Sie kaufte zwei Heißwecken und aß sie im Gehen. Sie kaufte ein Tagblatt und klemmte es unter den Arm. Weiße Frühlingshüte, weiße Kleider, weiße Röcke, weiße Schuhe. Spatzen schilpten. Es war heiß. Eine weißhaarige, bleichverschminkte Frau mit einem rosa bespannten und mit weißen Troddeln verzierten Sonnenschirm überquerte den Platz und verschwand unter den Bäumen. Das blaue Kleid reichte der Frau bis zum Knie, der Spitzenunterrock darunter guckte bis auf die Wade hervor.

Augusta hatte bei Baden-Baden immer an Russen denken müssen, an Tschechow, an Dostojewskij mit seinem Spielerwahnsinn, an Turgenjew, der hier gestorben war. Die Vorstellung paßte nicht mehr. Irgendwo wollte sie in eine Buchhandlung gehen und sich vergewissern. Sie folgte der weißhaarigen Frau mit dem Seidenschirm in den Stadtpark, holte das Tagblatt unter dem Arm hervor und überflog die erste Seite. Das Thema seit Wochen: Brandt und Stoph trafen sich in Kassel. Auch den Steckbrief der Westberliner Staatsanwaltschaft gegen Ulrike Meinhof kannte sie, der seit zwei Tagen an allen Litfaß-Säulen hing. Hier stand, es seien 19 000 Plakate im ganzen. Es hieß auch, daß die Polizei bei der Fahndung weitergekommen sei. In einem Baseler Hotel war in der Nacht zum Dienstag auf Grund einer Interpolfahndung und eines vom Fernsehen ausgestrahlten Fahndungsfotos der dreiunddreißigjährige Günter Voigt verhaftet worden, in dessen Westberliner Wohnung am Samstag eine Waffenwerkstatt und Pistolenmunition gefunden worden waren. Sie klemmte das Blatt wieder unter den Arm. Voigt hatte, bevor er sich abgesetzt hatte, in der Wohnung eines ihrer Berliner Freunde gewohnt. Augusta kannte ihn nicht. Ulrike Meinhof kannte sie auch nur vom Sehen. Sie war einmal in Frankfurt mit ihr zusammengetroffen; aber sie hatte Freunde, die sie kannten, und sie war genauso ratlos wie die Freunde. Felix hatte gefragt: Warum? Warum haben sie das gemacht? Baaders Entlassung stand sowieso bevor. Ein Schwinger, ein Haken für die Linke. Und warum haben sie dem kleinen Angestellten in den Bauch geschossen, der die Institutstreppe heruntergekommen war? Ein kleiner alter Mann. Eines von den Mädchen war es, das geschossen hatte. Bloß so? Bloß mal so geschossen? Auch C. A. hatte schießen wollen, aber er hatte nicht geschossen. Sein Ende und das Ende der Studentenbewegung. Und jetzt fuhr sie nach Hause und wußte nicht, was sie im Moment mehr deprimierte.

*Revolutionen brechen aus und sind unwiderstehlich, wenn sich herausgestellt hat, daß die Macht auf der Straße liegt.* Ein stimmiger Satz. Aber Revolutionen waren kaum zu erwarten, solange die politische Autorität eines Landes funktionierte. Auch das stimmte. Die jetzige Regierung holte sie sich gerade zurück wie vor einem Ortswechsel die Spinne das aufgespannte, unbrauchbar gewordene, weil durchlöcherte Netz in sich zurücksaugt, ehe sie weiterkriecht, um an anderer Stelle neue Fäden, mit dem Stoff der alten eingesaugten vermischt, auszuspinnen. Das Ende der Studentenbewegung war 1968 schon eingeläutet. In Berlin hatte Augusta es nicht wahrhaben wollen. Übriggeblieben waren Auflösung, Selbstzerfleischung, Zersplitterung in Subgruppierungen, und jede behauptete von sich, sie sei auf dem revolutionären Weg. Tatsächlich war die Revolution der Studenten zu Ende gewesen, ehe sie begonnen hatte. Augusta war zur Zeitung gegangen. Die wirklichen Revolutionen fanden woanders statt. Die Amnestie trat bald in Kraft.

Ich verbitte mir den Umsturz in meinem Hause, und daß er auf sie schießen werde, hatte C. A. geschrien. Er hatte am ganzen Körper gezittert, hatte hinter sich gegriffen, und irgend etwas war durch die Luft geflogen. Augusta sah die Szene wieder. Es war Theater gewesen, Grand Guignol. Damals hatte sie den Strich gezogen, im Juni vorigen Jahrs, als er geschrien hatte: Wenn du und deine Genossen kommen... Aus. Punkt. Schluß. Da war kein Wort mehr möglich. Wenn ihr kommt, stehe ich in der Haustür und schieße, hatte C. A. geschrien. Als sie die Stimme in Gedanken wieder hörte, tat sie ihr leid.

Sie ging an einer Villa vorbei, die mit Säulchen und Balkon zurückgesetzt in einem verwilderten Vorgarten stand. *Villa Mors* war an die Front geschrieben, das *Mors* schon unscharf, vom Regen verwaschen. Sie sah einen Korb mit Sonnenblumen, Palmwedeln, Mais und Lorbeer auf dem Dach des Hauses; der Korb, die Blumen, das Grün aus Bronze. Das Gespenstische eines Zimmers auf einem Dach, des Maises, den man nicht essen konnte, der Blumen, an denen sich nicht riechen ließ. Der Korb gleißte in der Sonne und darunter *Villa Tod*. Was für ein Makart-Arrangement. Makart war es, nicht die Rassen.

Sie fragte jemand auf der Straße nach einer Buchhandlung. Da sie an einen Kurgast geraten war, fragte sie einen zweiten. Erst ein dritter beschrieb ihr den Weg.

Es war ihr peinlich, sofort nach Makart zu fragen. Sie warf einen Blick auf die Bücher, die auf den Tischen auslagen, und erkundigte sich dann erst. Der Buchhändler zeigte ihr, was er hatte: zwei Kunstbücher und einen Ausstellungskatalog. Sie fing an zu blättern.

*Ruheplatz*, um 1860

*Festlicher Einzug*, erste Hälfte der 60er Jahre: ein Renaissance-Kind begrüßt sein fürstliches Elternpaar nach der Jagd im Innenhof eines Renaissance-Palastes vor versammeltem Hof und Volk.

*Fest im Park*, 60er Jahre: ein Prediger klagt mit pathetischer Geste eine höfische Gesellschaft wegen ihrer leichtfertigen Beschäftigungen an.

*Nachmittagsunterhaltungen einer vornehmen venezianischen Gesellschaft*, 1862/63.

*Vornehme Gesellschaft geht zu Schiff*, 1868: Rubens-Kinder tragen neben voluminösen, grobschlächtigen Frauen Girlanden auf ein Floß mit Segeln, die wie Baldachine oder Fahnen aus Samt und Atlas hängen.

*Siesta am Hofe der Mediceer*, 1875.

*Mit dem Jahrhundertwechsel ist die Gesellschaft an ihr Ende gekommen.*

Jetzt fiel Augusta auf, daß in Einhaus alle Bilder diesen empfindlichen Zeitpunkt vermieden. Sie stammten alle aus der Zeit vor dem Stichtag. Augusta blätterte weiter.

*Pest in Florenz*, 1868: Verwesung oder Prunk, einerlei. Augusta kannte das Bild. Ehe es *Pest in Florenz* hieß, hatte es *Die sieben Todsünden* oder *Après nous le déluge* geheißen. Das stille Leben der Federn und welken Blumen, der Hummer- und Fruchtarrangements: Körper wie Stoffe wie Aas wie Obst wie Blumen wie Federn wie Gold wie Windspiele wie Hummer wie Wasser. Augusta blätterte im Ausstellungskatalog. Dort las sie, daß das Bild Hitler gehört hatte. 1940 hatte Mussolini es ihm geschenkt. Hatte C. A. mit dem Jahrhundertwechsel unrecht? Die Gesellschaft war noch nicht am Ende. Sie war es 1900 nicht gewesen, 1918 nicht, 1933 bestimmt nicht und 1945 nicht. Auch heute nicht. Sicher hatte C.A. nicht Gesellschaft gemeint, sondern society, aber nicht einmal das stimmte. Ostelbische Gutsbesitzer amtierten jetzt als Bankiers.
Augusta gab dem Buchhändler den Katalog und die Bücher zurück und ging.
Raus aus der Stadt, raus aus den Bildern, die ihr den Kopf verdrehten. Die langen schwarzen Kostümröcke, die sie an zwei Engländerinnen gesehen hatte, stammten jetzt aus Makarts Porträts. Die verschminkte Frau von vorhin, die jetzt auf einer Parkbank saß, hatte sich aus der *Nilfahrt der Kleopatra* hierher gerettet. Der Sonnenschirm, die rosa Seidenbespannung, die Spitzen und Troddeln – Augusta hätte sie anfassen können. Im Vorbeigehen das Lächeln der Frau unter dem Schirm, ein irres Lächeln, einwärts gekippt. Also doch gemalt! Lieber Felix anrufen. Die Idee war ihr schon in der Buchhandlung gekommen. Wo war die Post? Sie wollte hören, ob es ihn gab (das ‹ob› konnte sie streichen), daß es dich gibt, will ich wissen (wie es ihn gab, wollte sie wissen), kein noch, Felix, das ‹noch› kann ich streichen, sie wollte wissen, wann es ihn wieder geben

würde. Fisch haben wir gehabt, Fleisch haben wir gehabt, Kartoffeln die Woche, aber Salat, ich knie dich an, Gustl, Salat hat es die ganze Woche nicht gegeben. Er wollte sie wieder einmal verschaukeln, grad jetzt, wo sie hinlangen wollte, wo ich dich anfassen will, jede Ecke deines Körpers, die Besichtigungstour, wie es dich gibt, will ich wissen. (Zelle drei. Danke.) Hinschlittern quer durch die Halle (eins, zwei, drei), wie ein Insekt über das Wasser, der Zelle zu, wo sie ihm ins Ohr brüllen wollte: Ich sitze hier und schneide Speck, und wer mich lieb hat, holt mich weg. Ach, du Scheißkerl, sagte sie, wieder nichts, wieder nicht da. Soll ich den Oberpostpräsidenten persönlich bemühen, aber der kann ja auch nichts dafür, und käme sie mit noch so schönen Tulpen, Maiglöckchen, Zigarren oder was die Herren mochten. Es war keine Störung. Höchstens bei dir, Felix; grad jetzt, wo ich will, daß du mich wegholst. Aber ich halt's noch aus. Ich verstehe es nur nicht. Sie wollte nicht immer verstehen. War sie's – war er's nicht und kam aus der Puste, war er's – war sie's nicht und kam aus der Puste: eine klare verworrene Sache, kein Land in Sicht, keine lachenden Ufer mit rechts und links rupfenden Tieren. Da ist doch was faul, meine ich. Das muß man doch ändern, meinte sie, und der Postbote sagt, der treibt sich rum. Also gut, einen neuen Anlauf heute abend, ich will nur ein bißchen erzählen. Sie wollte ihm sagen, warum sie weggefahren war. Ich will dir sagen, daß mich die Alte mit dem Schirm verfolgt. Sie wollte Felix das Gespenstische eines Zimmers auf einem Dach beschreiben, unter dem *Villa Mors* stand. Heute abend, wenn ich dir sagen will, daß man den Mais nicht essen kann und die Sonnenblumen nicht auspressen; (wenn ich dir sagen will, daß ich mir vorkomme wie ein Insekt, das über Wasser schlittert), wo Felix hören sollte, daß ihr alles durcheinanderging, und außerdem mußte er erfahren, wohin sie fuhr und daß sie nicht hatte warten können.

## 4

Augusta holte ihr Auto und fuhr weiter. Sie sah über die Rheinebene hinweg auf die Vogesen. Der Erbfeind, Herrgott ja, der Erbfeind. C. A.s erste Erinnerung: An der Hand seiner Kinderfrau auf der Straße in Potsdam. Kaiserliche Soldaten hatten einen Trupp französischer Kriegsgefangener vorbeigetrieben. C. A. hatte sich von der Hand des Fräuleins losgerissen, einen Stein aus der Gosse aufgehoben und ihn nach den Franzosen geworfen, wobei er: Ihr Schweine! geschrien hatte. Der Erbfeind. Und Augusta hatte noch mit elf Jahren die DDR von ihrem Taschengeld freikaufen wollen.
Sie fuhr durch die Weinberge ins Rebland und tankte eingangs von *Umweg*. Sie mußte lachen, als sie das Ortsschild las: Dem Ziel den Rücken kehren, allem den Rücken kehren, sich wieder entfernen, auf Sonderurlaub in Richtung Süden, auf ebener Strecke dahinfahren, geradeaus, von Horizont zu Horizont.

Ihre Großeltern waren von *Schloß zu Schloß* gezogen oder sie waren *ins Bad gefahren* oder sie hatten *Sommerfrische* gesagt, als säßen sie die übrige Zeit in Treibhäusern mit Palmen, duftenden Zitronenbäumen, Orangen, kranken Orchideen, Passionsblumen, verlausten Feigenbäumen und krabbelnden Kakerlaken, während sie doch tatsächlich in zugigen Eiskellern wohnten, beheizt von Öfen und Kaminen, die nicht warm wurden. Statt Winter hatten sie *Saison* gesagt, und eine *Saison* hatte drei, vier Monate gedauert. C. A. und Olympia waren bereits *gereist*, sie hatten *eine Reise gemacht*, waren *auf Reisen gegangen*. Die bloße *Reise nach Jerusalem* war das nicht mehr – sie reisten weit weg und häufig. Sie selber hatte früher *Ferien* gesagt: *Schulferien, Universitätsferien, Trimesterferien* in Paris, *Semesterferien* in Berlin, und manchmal hatte sie auch *Streik* gesagt: *Streikwoche, Streikmonat, Streiksemester*. Jetzt sagte sie *Urlaub* und diesmal *Sonderurlaub*. Die Wörter standen für eine bestimmte Ordnung. Hätte C. A. gesagt, er *mache Ferien* oder *gehe auf Urlaub*, wäre das absurd gewesen. Er hätte geradesogut erklären können, ihm wüchsen Flügel oder er wäre mit der Stirn gegen einen Blitz gestoßen oder er wäre unterbezahlt. Sein Wort war *reisen* und was dazu gehörte. Allenfalls konnte er eine *Kur machen*, aber keinen *Erholungsurlaub*. Der Ausdruck *Muße* traf auf ihn zu, *Feierabend* nicht, *Freizeit* ebenfalls nicht. *Ausspannen* vielleicht, aber da verkehrte sich das Bild schon, stand Kopf. *Ausspannen* im herkömmlichen Sinn des Worts, in dem die Pferde aus dem Geschirr kommen, im erweiterten: der Mensch, der aus dem Geschirr entlassen wurde, nach Feierabend, übers Wochenende, traf die Sache nicht. Auf C. A. paßte das Wort im entgegengesetzten Sinn – im Sinn von *anspannen, weg, raus* aus Einhaus, *auf Reisen gehen;* und war er weg, *entspannte* er sich und *fühlte sich als ein ganz anderer* (wieso blieb unerklärlich). Jetzt hatte Augusta Urlaub wider Willen: Sonderurlaub. Die Umstände hatten die Orte bestimmt: Baden-Baden, Umweg, Einhaus. Samstag war Beerdigung. Vormittags oder nachmittags? Augusta hatte vergessen, was Olympia gesagt hatte.

Vor der Beerdigung. Nach der Beerdigung. Die richtige

Vorstellung vorher, die kritische Betrachtung am Ende. Der vielhundertköpfige, freßfertige Cocktail in Schwarz. Die Bewertung des Cocktails. Die Bewertung der Telegramme und Briefe. Die Bewertung von Olympias Schleier (und anderer Schleier), von Olympias Kleid (und anderer Kleider). Die Bewertung der Form, der Repräsentation. Die Bewertung der ausgesuchten Bibeltexte, der Stücke für Orgel. Die Bewertung des Organisten (der schleppte). Die Bewertung der Bäume auf dem Friedhof (die rauschten). Manöverkritik, so eingehend, als wäre der Ernstfall gar nicht eingetreten. Nein, keine Bannerträger und Ehrenjungfrauen, keine Fanfaren dem Leiterwagen und Pferdeführer vornweg, keine Kapelle. Aber dann, während der Sarg in die Gruft getragen wurde, das Jagdvorbei und Halali unter den Bäumen; die Bläser unsichtbar, so daß ein jeder der Vielhundertköpfigen glauben konnte, die Töne wären nicht von dieser Welt und kämen pünktlich herüber, während in Wahrheit die grün Uniformierten hinter den Bäumen stramm die Beine ausstellten, die Hand in die Hüfte stützten und die Backen aufbliesen. C. A. zu Ehren, dieses Gesamtkunstwerks. Sein Leben eins, sein Tod das zweite. Welt unter dem Glassturz. Hinterglas.
Augusta hatte sich beim Blättern in den Makart-Büchern den *historischen Festzug* von 1879 in Wien zur Feier der Silberhochzeit von Franz Joseph I. und Elisabeth besonders genau angesehen. Ein Festzug mit etwa 14 000 Teilnehmern und neunundzwanzig Festwagen war damals, am 27. April, über die Wiener Ringstraße zum Burgtor gezogen, wo das Festzelt des Festkaiserpaars stand. Neben Festabordnungen der Studenten, Turner, Schützen, Genossenschaften, Feuerwehren, Veteranen hatte es auch eine historische Festabteilung für die Festgewerbe, Festindustrien und Festkünste

gegeben, die Makart entworfen hatte. Augusta hatte auf Vexierbilder geguckt: einen von Pferden gezogenen Prunkwagen mit einem geflügelten Rad an der Spitze. Festdämonen schritten dem Wagen voraus. In seinem Fond: die Vermählung von Feuer und Wasser. Feuergnomen, Nixen, Nymphen, Ehrenjungfrauen. Opfergeräte, in denen Rauchwerk (Kohle) brannte. Der Titel des Stücks: *Die Eisenbahn* (k. und k.). Auf einem anderen Bild war ein Koloß von Mann auf einem Koloß von Festwagen zu sehen, sinnend an einem Pult über einen Folianten gelehnt, hinter ihm derbe Männer in Lederschürzen, Bannerträger, Ehrenjungfrauen mit Lorbeerkränzen: *Die Buchdrucker.* Der Künstler hatte sich auch selber entworfen: in einem schwarzen Samtkostüm à la Rubens auf einem goldverzierten Schimmel, in einer Pose, wie er sie auf einem anderen Bild Karl V. zugedacht hatte, umringt von einer Schar stehender oder reitender fürstlicher Künstlichkeiten. Ein Festwagen folgte, sechsspännig, mit sechs Festführern, auf dem Wagen ein Thronsessel mit Baldachin und auf dem Thronsessel der Einfluß der Frauen auf die Kunst – Perücke, gesteifte Halskrause, Schnürbrust. *Die Bildenden Künste.* Die Realität: das Fest, die große Illusion, die Traumfabrik. Die Realität: das Gesamtkunstwerk. C. A. hätte ohne weiteres im Wiener Festzug mitmachen können. Die Abteilung der *modernen Hochgebirgsjagd,* die Deputation der *auswärtigen Schützenvereine* wäre in Frage gekommen, ebenso die der *Gesangvereine.* Augusta meinte, daß C. A. am günstigsten bei den *Veteranen* untergebracht gewesen wäre. Sie sah ihn laufen. Aber von hinten sah er plötzlich aus wie einer, der im April 1945 lief.

C. A. war anderthalb Jahre nach dem Krieg in Einhaus aufgetaucht, in demontierter Uniform. Doch er war nur kurz geblieben. Den Winter über zog er sich in eine ungeheizte Dachstube in Husum oder Flensburg zurück, um ein Tagebuch über seine Kriegserlebnisse zu schreiben. Es war kein Tagebuch von Tag zu Tag, weil er es ja fast zwei Jahre nach dem Krieg zu führen begonnen hatte. Merkwürdigerweise hatte er die Tagebuchform gewählt. Er schrieb vor allem über seine letzten Tage an der Front – oder über das, was er Front nannte, denn als er im April 1945 um seine Abkommandierung aus dem Stab bat, gab es schon keine Front mehr.

Er hatte sich aufgemacht, um in den Heldentod zu laufen, südlich Bolognas, mit Feldflasche, Tornister, Stahlhelm, Pistole, im Kopf ein Uhland-Gedicht. Er sagte das In-alten-Zeiten-ein-Schloß-so-hoch-und-hehr-und bis zu Ende auf und schrieb die Strophen über den verfluchten König, den er hilflos mit Hitler identifizierte, nieder. Er sah den alten Sänger vor sich mit dem toten Ich-hatt-einen-Kameraden auf dem Arm, und er zitierte des Sängers Fluch. Der Sänger sah sich um und hatte das zerstörte Großdeutschland vor Augen. Damit hatte C. A. eine Metapher für den Nationalsozialismus, die Millionen Tote, die Trümmer und die bedingungslose Kapitulation gefunden. Die Metapher genügte ihm als Erklärung.

Er war in den Heldentod gelaufen und war am Leben geblieben, und da er am Leben war, hatte er aufschreiben wollen, was geschehen war und was mit ihm geschehen war. Er wollte sich klar werden, Rechenschaft ablegen und als Zeuge gelten können – als Zeuge für alle Zukunft. Warum etwas geschehen war, und warum er etwas – auch falsch – gemacht hatte, fragte er nicht, während er eine Seite nach der anderen beschrieb.

*Ich hasse Hitler, hasse die Nazis*, wiederholte er sich die

Wintermonate hindurch in dem möblierten Dachzimmer in Husum oder Flensburg und brachte den jahrelang stumm ertragenen Haß zu Papier. Es war ein über Seiten hingehender, immer wieder hervorbrechender, C. A. wie Hefe aufschwemmender Haß. Ein Haß, der C. A. im Kreis herumjagte, ein Haß, der sich von allen dazwischenliegenden Seiten restlos verzehren und aufheben ließ.
Hatte C. A. ein kurzes Gedächtnis? Dachte er ohne Zusammenhang oder von Seite zu Seite? Lebte er vom Vergessen?
In seinem Buch war viel die Rede von einem Rittmeister, einem Freiherrn mit einem Gut in Schlesien. Dieser Freiherr war die einzige Person des Buches, die C. A. *Freund* nannte. (Die anderen hießen *Kameraden* oder *Kriegskameraden*.) C. A. beschrieb den Freund, und da er aufrichtig sein wollte, vertuschte er nicht, was ihm an ihm mißbehagt und ihn enttäuscht hatte. Das waren Sätze wie: *Treue ist das Mark der Ehre*, oder: *Wer auf die Fahne schwört, verliert, was ihm selber gehört*. C. A. hatte keine Antwort auf die Redensarten. Der Freund war auch noch einen Tag nach Hitlers letztem Geburtstag überzeugt: Wir siegen. Ich habe einen festen Glauben an den Führer. In diesem Sinne war der Krieg *heilig* und *gerecht*. C. A. versuchte, sich mit stummen Einwänden aus der Schlinge zu ziehen: *Was nicht sein darf, das nicht sein kann* – oder: *Der Situation die Stirn* ... so ungefähr. Und (beiseite) erklärte er den Rittmeister als einen trotz allem *grundanständigen*, auch *feinfühligen*, in eine harte Schale Verpackten, nur *Verführten*. C. A. verteidigte den Freiherrn im Rittmeister, die Standesperson ohne Ansehen der Person. Er schrieb, er könne den Freund *im tiefsten verstehen*, obwohl er anders denke als er.
Wie vertrug sich das mit Haß? Waren die seitenweise be-

schworenen Erklärungen gegen die Nazis nur bis zum Umblättern gültig? Hieß *zu Papier gebracht* erledigt? War C. A. schlampig im Denken? Hieß Rechenschaft ablegen – sich davon enthalten? War grenzenloser Haß etwas dermaßen Vages, daß er das Denken vernebelte? Hieß mit sich ins reine kommen, die Unordnung im Kopf nur weitertreiben? Oder wußte C. A. gar nicht, was Wahrheit war? War das Buch nur die Endstation eines langen Wegs durch den Wust von Gemeinplätzen und Halbwahrheiten, obwohl es ihm doch hatte helfen sollen, mit sich klarzukommen?

C. A. geriet nicht nur auf dem Weg zur Front und in seinem *tiefsten Verständnis* für den Freund in schriftstellerische Schwierigkeiten. Er schrieb das Buch nicht fertig. Trotz der vielen Seiten fand er in der einsamen Dachstube kein Ende, nahm sich nur vor, sich eines Tages wieder daran zu setzen, bis er's vergaß. Augusta mußte zugeben, daß er zuerst das Buch vergaß und danach erst, was er hatte sagen wollen.

Zwanzig Jahre nach den schriftstellerischen Übungen im möblierten Zimmer: ein Sommerabend in Einhaus. Nach dem Essen stehen die Gäste auf der Terrasse, die Damen in langen Kleidern, die Herren im Abendanzug. Sie stehen in Gruppen. Zwei Diener reichen Kaffee, Cognac und Likör. C. A. fühlt sich nicht wohl. Er dankt für Kaffee, nimmt auch keinen Drink, wortlos tritt er aus einer Gruppe zurück und steigt die Treppe hinunter, die in den Park führt. Er hat Kopfschmerzen. Vom Park her hört er die Stimmen, aber nicht was sie sagen. Er will es auch nicht hören. Er nimmt verhaltene Ausrufe wahr, manchmal ein Lachen. Er steht am Bootssteg und kehrt der Terrasse den Rücken.

Eine Gruppe von fünf Personen hat sich auf die obersten Stufen der Treppe gesetzt. Ein Diener kommt mit Kissen. Die Damen drapieren die Kleider um sich, ehe sie weiterreden. Olympia tritt zwischen andere Gruppen, die stehen geblieben sind, und fordert sie auf, sich in die Korbstühle zu setzen. Es werde kühl. Nicht alle folgen dem Rat. An einer Säule der Terrasse lehnt ein junger Mann. Es ist einer der Landwirtschaftseleven. Ein Hauptmann und ein Leutnant der Bundeswehr treten an ihn heran.

Wenn C. A. Kopfschmerzen hat, absentiert er sich, auch wenn Gäste im Hause sind. Er gerät dann leicht in nachdenkliche Stimmung. Der Abend ist von Anfang an nicht verlaufen, wie solche Abende verlaufen sollten. Vor Tisch war es zu einem Gespräch über Griechenland und die Obristen gekommen. Der Hauptmann (der jetzt mit dem Leutnant an den Landwirtschaftseleven herangetreten ist) hatte die athenische Junta in Schutz genommen. Es wundere ihn nur, hatte er gesagt, daß die Obristen dem Wirrwarr in Griechenland nicht viel früher ein Ende gemacht hätten. Gegen den Putsch selber haben Sie nichts einzuwenden? hatte C. A. den Landwirtschaftseleven fragen hören. Der Leutnant war dem Hauptmann, der mit der Antwort zögerte, beigesprungen und hatte an seiner Stelle dem Praktikanten erwidert: Sie sollten die Dinge realistischer sehen. C. A. hatte ihr Gespräch aus Höflichkeit nicht unterbrochen, obwohl es verpönt war, bei Geselligkeiten über Politik zu sprechen.

Am Rande des Lichtscheins, der von der Terrasse in den Park fällt, jagen die Fledermäuse Mücken. Es riecht nach Heu. C. A. verläßt den Bootssteg und geht über den Rasen. Er blickt nicht zur Terrasse zurück, die von Windlichtern erleuchtet ist. Die Gäste sollen das Gefühl haben, daß sie sich frei bewegen und ungezwungen unterhalten können. Er selbst springt nur ein, wenn er merkt, daß es mit der Ungezwungenheit nicht klappen will, weil einige Gäste sich vielleicht nicht kennen und stumm, vereinzelt in den Salons zurückbleiben. Dann führt er zu, stellt vor, erinnert an frühere Gelegenheit, schlüpft in die Rolle des Floristen: stellt ein Bukett zusammen, läßt es stehen und komponiert ein neues Arrangement. Für gewöhnlich vergreift er sich nicht, nur heute abend ist ihm ein Fehler unterlaufen. Er hat die beiden jungen Offiziere mit dem Praktikanten zusammengebracht, der Meinung, sie gehörten fast zur selben Generation, da ergebe sich gewiß Übereinstimmung.

Realistisch? Dann sei also das Opportune realistisch und das Realistische faschistisch? hat der Eleve dem Hauptmann geantwortet. Der Hauptmann ist ausgewichen, wieder ist ihm der Leutnant beigesprungen: Wenn das Bruttosozialprodukt steige, gebe es kaum noch Argumente gegen den Faschismus. C. A. hat noch gehört, wie der Praktikant erwiderte: Wenn das ein Argument ist, gibt es gegen den Faschismus keine Gegenargumente. Der Leutnant hat mit den Achseln gezuckt und gesagt: vielleicht. Der Praktikant ist wütend geworden: Was ich Ihnen jetzt zu sagen habe, kann ich Ihnen hier nicht sagen.

Während des Essens ist C. A. diese Unterhaltung immer wieder durch den Kopf gegangen. Als seine Tischdame, sich an Olympia richtend, das Essen lobte, hat er scharf gesagt: Loben Sie die Köchin. Später ist der Park gelobt worden, und er hat gesagt: Loben Sie den Gärtner.

Er hat sich vorgenommen, den Praktikanten in den nächsten Tagen zu sich rufen zu lassen und ihm zu sagen, daß er seine Meinung verstehe, ja, teile, und daß nichts dagegen einzuwenden sei, wenn er sie äußere, aber es gebe auch

Rücksichten, zum Beispiel auf die Damen. Olympia ruf ihn. Er kehrt zur Terrasse zurück. Er sieht den Praktikanten an der Säule stehen, sieht bei ihm den Hauptmann (robust, vierkant, Anfang dreißig) und den Leutnant (flott, blond, hugenottisch). Der Praktikant (Anfang zwanzig wie der Leutnant, und bürgerlicher Herkunft wie der Hauptmann) sieht den Leutnant an. Der Leutnant redet. C. A. hört nicht, wovon er redet, aber daß sie zusammenstehen, genügt ihm, seinen Vorsatz fallenzulassen. (Der Leutnant erklärt gerade, mit einem Seitenblick auf seinen Vorgesetzten, daß er Gelerntes nicht falsch wiedergebe: Die Armee habe den Auftrag, in Krisenzeiten einzugreifen, Ruhe und Ordnung seien Grundlage der Demokratie. Der Praktikant mokiert sich: law and order.) C. A. steigt die acht Sufen herauf. Seine Kopfschmerzen sind nicht vergangen. Er hört das *law and order* des Praktikanten. Er zieht die Braue hoch, tritt an ihn heran und legt ihm – federleicht – die Hand auf die Schulter und schüttelt sie ein wenig: Keine Politik in meinem Hause, junger Freund. Das ist die Regel, falls Sie sie noch nicht kennen. Der Hauptmann nickt. Der Leutnant nickt. Der Praktikant steht da. Der Hauptmann nennt die Einstellung des Praktikanten einen abstrakten Humanismus. Der Praktikant lächelt nicht, als er erwidert, daß es das nicht gebe. C. A. warnt liebenswürdig, nicht gleich hitzköpfig zu werden. Richtig, sagt der Leutnant. Der Praktikant bleibt stehen, während C. A. die beiden Offiziere Olympia zuführt.

Als C. A. einige Minuten später zurückkehrt, ist der Praktikant verschwunden. Ohne Abschied, denkt C. A. Ein starkes Gefühl durchströmt ihn: Trauer und Verständnis. Er fühlt sich verlassen. Auch das empfindet er als ein warmes, herzliches Gefühl. Es ist ihm, als habe zusammen mit dem

Praktikanten auch seine Meinung das Haus verlassen, nicht die *tiefste*, aber die grundsätzliche, die eigentliche Meinung. Er will wieder in den Park gehen, aber schon auf der ersten Stufe ruft ihn Olympia zurück.

Die Flüchtlinge hatten Einhaus längst verlassen. C. A. war es recht gewesen. Doch nach ihrem Auszug hatte er mitunter die Leere beklagt. Da es keine neuen Menschen gab, mit denen man das Haus hätte bevölkern können, stattete es Olympia mit neuen Dingen aus. Einhaus wechselte den Stil. Die unbequem steifen und hochlehnigen Jugendstilmöbel verschwanden auf dem Dachboden. Das schwere, reich geschnitzte Mobiliar der Gründerzeit wurde verkauft. Die Chinoiserien – Lackmöbel mit Malereien, Perlmutteinlagen und vergoldeten Bronzebeschlägen: Kabinettschränke, Aufsatzschränke, Schreibkabinetts, Tischchen – gingen den gleichen Weg. Die Räume kehrten zurück zu Empire, Biedermeier, Rokoko, Régence und Barock. Soweit entsprechendes Mobiliar unter Schonbezügen auf den Böden stand, wurde es heruntergeholt, renoviert und um fehlende Stücke bereichert. Kronleuchter schickte Olympia zur Reparatur nach Paris. Brüchige Stofftapeten ließen sich erneuern. Vor allem das Esszimmer, in dem die Roberts gewohnt hatten, befand sich in hoffnungslosem Zustand. Die Haken für die Wäscheleinen hatten ganze Fetzen aus der Tapete gerissen. Die große Umrümpelung vollzog sich nach den Vorschriften der Zeitschrift *Connaissance des Arts*, wenn die Jahrhunderte auch nicht völlig wiederherzustellen waren. Einzelstücke behaupteten ihren Platz. So fand sich in einem Gästezimmer etwa ein gotischer Betstuhl neben einem Louis-XVI-Sessel und die Marmorbüste eines verstorbenen Großonkels neben einer Madonna im Strahlenkranz. Ein Barockschrank überragte Pariser Betten mit Messingknäufen, davor ein blauer Teppich, und an den Fenstern jagdgrüne Vorhänge. Aber der Aufwand war vollkommen. Am Ende liefen schwere Portieren und neue Blattgoldkilometer von Salon zu Salon.

Wenn die neuen Gegenstände einmal ihren Platz gefunden hatten, wurden sie nicht mehr verrückt. Sie prägten den Bewohnern ihren Stil auf, und das Reglement der Möbel wurde zur Zeremonie erhoben. In jedem der Gesellschaftsräume bestimmte C. A. einen Stuhl oder einen Sessel zu dem seinen und wollte allabendlich dort sitzen, was die Mitbewohner zwang, sich um ihn zu gruppieren und nicht etwa, der eigenen Laune folgend, in einem Nebenraum. *Sein* Stuhl, *sein* Sessel war auch dann tabu, wenn er nicht darauf saß – dabei herrschte er gar nicht, er gehorchte. So hätte er mitunter gern Musik gehört, aber der Stil der Salons erlaubte die Aufstellung eines Radios oder Plattenspielers nicht. Noch unpassender wäre ein Fernsehgerät gewesen. Natürlich gab es sowohl Radio wie Plattenspieler wie Fernsehen in Einhaus, aber sie waren in unansehnliche Winkel verbannt. Es war für C. A. so selbstverständlich, sich den Formen zu unterwerfen, daß er beim Betreten einer modern, funktional und nach den Bedürfnissen ihrer Bewohner eingerichteten Wohnung zurückfuhr und tatsächlich fragte, wie man so leben könne, ohne Tradition und Herkunft, ohne Familiensilber und so *unbeseelt*. Natürlich machte der Rückgriff auf die Tradition vor den hygienischen Einrichtungen halt. Die alten Porzellanschüsseln mit den Wasserkannen auf den marmornen Waschtischen wichen moderner Installation. Ab 1955 bekam das Haus alle fünf Jahre einen neuen Außenanstrich, und 1959 wurde die Zentralheizung eingebaut. Vorbei das Genrebild des

Hofarbeiters, der jeden Morgen mit Pferd und Schlöpe Holz aus der Scheune angefahren, es kiepenweise auf die Truhen in den Korridoren verteilt und dort sorgsam aufgeschichtet hatte; vorbei das Genrebild der Hausmädchen, die das Holz aus den Truhen genommen und in Körben zu den Öfen in den vierzig Zimmern getragen hatten; vorbei ihre Gänge in den Keller, wo der Schuhputzer Hermann Ludwig das Kleinholz zum Anmachen gehackt hatte; vorbei die Gänge zur Tischlerei, um Hobelspäne zu holen; vorüber die Kontrollgänge durch die Zimmer, um Holz nachzulegen oder ein Feuer wieder anzumachen, das ausgegangen war.

Einhaus repräsentierte von nun an Tradition und Fortschritt. Gäste kamen, bewunderten die geglückte Verbindung und richteten sich im Tradierten wie in den Badezimmern häuslich ein. C. A. mißfielen alle diese Nichten, Freunde, Zufallsbekannten, die ihn nicht allein sein ließen und den Haushalt belasteten, aber ohne sie hätte er sich vielleicht gelangweilt. Er empfand es als mühsam, fremde Leute für zwei, drei Stunden in seinem Wald, in seinen Feldern herumzufahren, trotzdem richtete er seinen Tagesplan danach ein und wußte es so zu arrangieren, daß die Verwalter, Haushälter, Gärtner, Förster sich im richtigen Moment an den richtigen Stellen einfanden, die Mützen zogen und rapportierten.

Im Gegensatz zu Einhaus-Haus veränderte sich der Gutsbetrieb allein im Geist des Fortschritts. Anfang der 60er Jahre gab es kein Gespann mehr, Kutsch- und Reitpferde waren verschwunden. Der Maschinenpark wuchs auf ein Dutzend Traktoren, dazu kamen die gigantischen neuen Mähdrescher. C. A. fuhr seinen Wagen, Olympia den ihren, Johannes bekam einen zu Weihnachten geschenkt. Die

Hundertschaft der Arbeiter reduzierte sich auf zwei Handvoll Spezialisten. Leerstehende Gebäude wurden abgerissen. Steuer und Feuerschutzversicherung wären zu zahlen gewesen für ein Teehaus, ein Backhaus, ein Waschhaus, eine Mühle, ein Küchengebäude, eine Meierei, einen Bootsschuppen, eine Imkerei, drei Schafställe, zwei Kuhställe, einen Ochsenstall, zwei Pferdeställe, einen Fohlenstall, ein Sägewerk, die Nissenhütten der Flüchtlinge, Baracken, in denen während des Kriegs Flakbedienung gelegen hatte, eine Scheune, Schuppen, ein paar Katen in den Wäldern. Die Stellen, wo die Gebäude gestanden hatten, wurden applaniert, man säte Gras oder bezog sie ins Ackerland mit ein. Die Gemeinde kaufte Feldwege, die C.A. gehört hatten, und ließ sie asphaltieren. Eine Einsparung, die doppelt ausschlug, da die landwirtschaftlichen Fahrzeuge ihre Achsen nicht länger in den Schlaglöchern stauchten. Der Besitz vergrößerte sich. Nachbarn starben. C.A. übernahm ihr Land. Er arrondierte.
Weil die Bevölkerung von Einhaus-Dorf geschrumpft war, gingen nur noch wenige Kinder in die Dorfschule. Zigeuner kamen nicht mehr zum Hausieren. Früher hatten sie sich bis in die Küchenräume geschlichen und Silber gestohlen, oder sie hatten sich fuchtelnd abgekehrt und den Vorplatz nicht zu überschreiten gewagt, weil zwei Besen überkreuz in der Eingangstür gestanden hatten. Die Wanderzirkusse mit dem zählenden Esel und dem singenden Hund blieben aus, die früher gegen eine Handvoll Freikarten die Erlaubnis bekommen hatten, ihren kleinen, zeltlosen Ring auf einer Wiese aufzuschlagen. Auch die Störche, die jedes Jahr auf den großen Wagenrädern auf den Scheunendächern genistet hatten, kamen nicht mehr.
Großergottwirlobendich. C.A. fuhr durch die Wälder.

Alles ging seinen Gang. Augusta, die seit zwei Jahren in einem Internat in Süddeutschland war, bekam seine Briefe. C. A. schrieb sie spät in der Nacht, wenn ihn die wohlgefällig-traurige Stimmung befiel. *Man muß bescheiden werden*, schrieb er, oder: *Wie schön wäre es, wenn sich auch die großen Fragen mit Vernunft lösen ließen wie die kleinen, bei einer Scheibe Brot, einem Glas Wein, von Angesicht zu Angesicht.* C. A. schrieb mit der Hand. Und Augusta las die Traktate über die *Einsamkeit* (während das Haus von Gästen barst), sie las die Versuche über die *Selbstsucht des Menschen*, die Essays über die *Arroganz der Gesellschaft*, die *Herz* und *Geist*, *Gewissen* und *Vernunft* vermischte und *verfälschte*. C. A. trank, während er schrieb, und je mehr er trank, um so mehr wurde er sich des ganzen Elends bewußt. Er leide unter Leuten, die nur kämen, *um die Zeit zu töten.* – Und all das war durchsetzt mit Gedankenstrichen, Ausrufungszeichen, Klammern und drei Punkten, die Augustas Einverständnis voraussetzten.

Im Grunde war C. A. ein Jäger, und winters, wenn der Feldbau ruhte, ein Großwildjäger. In seinen Träumen kamen Hyänen vor, die *heiser schrien, ehe der Tag anbrach*, das *tiefe Leopardengrunzen* in *Liebesnächten* und Löwen, die *unverbildet* waren wie die Eingeborenen, die ihnen mit bloßen Speeren gegenübertraten. Daher verachtete er Jobber und Manager, Lobbyisten, Technokraten, Aufsteiger und Parvenus – in Worten. Tatsächlich umgab er sich ganz gern mit ihnen. Er achte Leistung, sagte er, wobei nicht sicher war, ob er nicht einfach Macht meinte. Er verachtete die Bürger aus Gründen der Tradition und den Adel, weil er sich für progressiv hielt.

Das Wort *Öffentlichkeit* tat er mit einer irritiert wegstaubenden Handbewegung ab und sehnte sich dennoch danach, öffentlich genannt, geehrt zu werden. Er hätte gern einen Orden gehabt, obwohl er Ordensverleihungen und das Tragen von Orden anrüchig fand. Er zog das Leben des gefeierten Großgrundbesitzers dem anonymen Dasein seiner Nachbarn vor, und er war stolz auf seinen modernen Musterbetrieb. Die Fotos in der Regenbogenpresse, die ihn in Gesellschaft von Industriebaronen, Bankiers und Industriellen auf Jagden zeigten oder auf Wohltätigkeitsfesten mit Filmsternen und Bundesliga-Größen, schmeichelten ihm und nährten sein Selbstgefühl. Die Blätter lagen auf den Tischen der Salons aus. Er schickte Ausschnitte an Augusta ins Internat. In seinen Briefen schrieb er nichts davon. Da stand schlicht, man könne manches tun, zum Beispiel den Witwen in den holsteinischen Dörfern die Tränen trocknen, Weihnachtsgaben an Dorfarme und Alte verteilen.

Alles in allem: die Welt war weit weg und die eigene in Ordnung. Was nicht in Ordnung war, das war tabu. Krankheiten waren tabu. Krankheiten gehörten nicht ins Haus, so wie Hunde nicht ins Haus gehörten. Hunde dressierte man, aber sie gehörten nicht ins Haus. Belästigungen waren tabu. Fragen waren Belästigungen. Erschütterungen kamen oft vom vielen Fragen. Erschütterungen blieben Erschütterungen, denn die Folgen der Erschütterungen waren wiederum Erschütterungen. Politik war tabu. Politik gehörte nicht ins Haus. Der Kommunismus stand jenseits des Tabus, war unaussprechlich, teuflisch, Teufelei. Bertolt Brecht, der rote Teufel, kam ihm nicht ins Haus. Und wie denn die Krankheiten trotzdem da waren, die Erschütterungen und Folgen von Erschütterungen und die Politik da war, stand auf den Regalen in Augustas Zimmer, was nicht waren, und heimlich lieh C. A. es sich aus. Er las das Unlesbare, las und liebte, was er sich verboten hatte. Er las ein paar Theaterstücke, las Gedichte, las die *Entstehung der Legende des Buches Tao te King* und erklärte es kurzerhand zu seinem Lieblingsgedicht. Er sah ein, daß es viel besser war als die Lyrik in den Lokalseiten seiner Tageszeitung: die Ode an die Haselnuß oder die Elegie auf den fürwitzigen Märzenbecher, das kleine Heldenleben, ach, in Schnee und Frost. C. A. wog die Verdienste des Brechtschen Zöllners auf, indem er sich mit dem Alten auf dem Ochsen identifizierte.

Ene, mene, minke, pinke oder eins, zwei, drei, vier, fünf, sechs, sieben, eine alte Frau kocht Rüben. *Komm mir nicht mit einem Meier-Müller-Schulze-Schmidt ins Haus.* Mythen, im Ton strikter Anweisung vorgebracht.

Augusta war nicht blind, und C. A. machte nicht den Eindruck eines Menschen, der sich überwinden müßte, nach einer Entschuldigung suchte oder nicht wüßte, was er tat, wenn er charmant nach der Hand der Herzogin, geborene Schäfer, griff, sie küßte und lange wie eine seltene Frucht in der seinen hielt, während er sich nach einer anregenden Unterhaltung für sie umsah, worauf er sie zu Tisch führte, falls sie in der Rangordnung der Gäste an höchster Stelle einzustufen war. (Ein Platz, der ihr in der Regel zufiel.) Während des Essens konversierte er genauso fehlerfrei mit ihr, wie er ihr die Hand geküßt hatte. (Meier-Müller-Schulze-Schmidt.)

C. A. kannte die Verhältnisse in der Verwandtschaft und in anderen Familien der Ritterschaft. Augusta kannte sie auch, und sie erboste das Versteckspiel und die Doppel- und Dreifachmoral, wenn C. A. sagte: *Mesalliancen kommen bei uns nicht vor* – ein Satz, den die ewige Wiederholung nicht sinnvoller machte.

*Young ladies are to be seen but never to be heard* – war der einzige

Satz, der seine *zeitlose Gültigkeit* verlor. Es war vorbei damit, als Augusta siebzehn war. C. A. geriet in heillose Verwirrung, als sich herausstellte, daß Augusta, dieser Computer, der jahrelang gespeist und programmiert worden war, um eines Tages auf Knopfdruck hin fehlerfrei zu funktionieren, sich sperrte. Die Scharade unter dem Glassturz machte Augusta mit: Ich küsse der Freifrau die Hand. Ich küsse der Fürstin die Hand. Ich küsse Olympia die Hand. Ich küsse dem Pastor die Hand. Ich küsse, küsse, ich sehe nicht wen, aber ich küsse. Gewohnheit und Übung und hingebungsvolle, geduldige, sich aufopfernde Eltern, das machte aus Kindern nach ein paar Jahren die zierlich-gehorsamen Wesen, die fleißigen Krüppel in Ringelsocken, Lackschuhen und Nylonstrümpfen. Ich küsse Olympia morgens die Hand. Ich küsse Olympia abends die Hand. Ich küsse den Tanten, Großtanten, ich küsse dem Generalleutnant die Hand. Konzentration. Präzision. Ich mache einen Schritt zurück. Ich trete ab. Ich habe nichts gesagt. Soweit funktionierte sie. Für die blinden Gesten reichte es aus. Aber das Ritual verlangte das programmierte Ja, und das verweigerte sie.
Die Liebe in Worten. Der Liebestest. Die Nennung und Beschreibung der Liebe. Ritual ohne Ausweg. Der Gehorsam der Liebe. Die Unterwerfungsformel.
C. A. fragte Augusta, wie sehr sie ihn liebe.

*(Mein Vater, Mehr lieb' ich Euch, als Worte je umfassen, Weit inniger als Licht und Luft und Freiheit, Weit mehr, als was für reich und selten gilt. Der Atem dünkt mich arm, die Sprache stumm, mein Vater.)*

Augusta war siebzehn, als sie ihrem Vater sagte, er kotze sie an.

In der Nacht betrank er sich, trotzdem lag er schlaflos. Am nächsten Abend sagte er, die Antwort sei ihm unverständlich, sie habe ihn erschüttert, aber er habe sich gefangen. (Trotzdem vergaß er sie nicht.)
Augusta gab nach. Sie lernte die verlangten Worte. Sie lernte die richtigen Lügen.

Das Fräulein Tochter meutert, sagte C. A.
Als die Zentralheizung installiert wurde, hatte Augusta das erste Mal aus ihrem Zimmer ausziehen müssen. Hinterher fand sie ihr Zimmer nicht wieder. Sie zog von Zimmer zu Zimmer, und davon gab es genug. Ihre Umzieherei während der Ferien erschütterte die Hausordnung, nach der jeder in sein Zimmer gehörte und diesem zugehörte, angehörte, zubehörte.
Was soll das? sagte C. A. Jedesmal liegt sie woanders im Bett und packt den Koffer nicht aus.
Augusta zog in den ersten Stock, zog in den zweiten, zog ins Parterre, zog ins Torhaus gegenüber den Scheunen. Sie suchte sich einen Platz auf dem Trockenboden. Dort war es im Winter zu kalt, im Sommer brannte die Sonne aufs Dach, da bezog sie das Gefängnis im Keller, das zweieinhalb Meter dicke Mauern hatte. Ein Steinsitz war darin und Hand- und Fußschellen aus den Zeiten gutsherrlicher Gerichtsbarkeit. Aber es gab dort ein ausgebeultes Sofa und einen Tisch. Niemand kam mehr. Augusta fühlte sich für eine Weile wohl, nicht in der Zange. Nur war der Raum kalt, feucht, also zog sie wieder um, als der Herbst kam.
Verkapselung. Untertauchen. Die freiwillige Sub-Existenz. Atem als Platzfrage. Denken als Platzfrage. Und wo gehörte sie hin? In die warme, dunkle Stube, die Schwimmwelt des Mutterbauchs?

Einhaus und das ringsherum von einer Mauer abgeschlossene Internat für Mädchen waren genug.

KEHL 12 KM

Ein Hubschrauber stieg auf, dann schwenkte er ab nach Norden. Die Pappeln standen silbrig grün vor dem Himmel. Obstbäume blühten.
Bei Kehl überquerte Augusta den Rhein. Sie fuhr an die hochgezogene Zollschranke heran. Der französische Zöllner in dunkelblauer Pelerine sah herüber und winkte sie lässig vorbei.
Bei der ersten Geldwechselstube hielt sie an. Sie wollte Zigaretten kaufen und Tante Hariett etwas mitbringen. Sie tauschte fünfzig Mark und nahm sich einen Straßburger Stadtplan vom Tisch.

# 5

Gibt es eine Utopie in der Liebe? (Pause) Sag nicht nein, Felix. (Pause) Selbstgespräche, wo du laut mit dir redest, *ich* sagst, *du* sagst und da sitzt und flennst. Kaputte Pläne, neue Pläne, als ginge es nicht ohne Pläne. Das Haus in Südfrankreich, Felix. Die Insel in der Lagune, Robinson zu zweit. Mit dir in Enö den Strand entlang – hilft das, Felix? Brüll gegen das Meer an. Hilft es ein wenig, Felix? Die rupfenden Kühe anbrüllen. Ein wenig. Einen Purzelbaum schlagen. Auch das ein wenig. Ach: RETTET DIE ZÄRTLICHKEIT – Fensteraufkleber in einem Textilgeschäft. GANZ-NAH, WENN MAN SICH GANZ NAH SEIN WILL – im Fernsehen rote, klare Zahncreme. (Pause) Vielleicht bin ich schon glücklich, von Herzen, mit Schmerzen, klein wenig und gar nicht glücklich, weil es dich gibt. (Pause) Weit weg. Wie hättest du dich loseisen sollen. (Pause) Wie hättest du loskommen sollen aus dem Büro. (Pause) Urlaub nehmen wie ich? Krankfeiern? Nein. (Pause) Du machst ja so was nicht. Aber jetzt, wo Zeit wäre, jetzt, wo mir schwindlig ist – ich jammere, sitze, sehne mich, verbiege mir den Hals nach dir. Nicht allein sein in diesem Turm. Über die Runden kommen. Klotz, Klotz, wie lang ist die Chaussee? Wie hoch der Turm vom Münster? Über die Runden... Ich bin nicht überzeugend. Ich. (Pause) Kann ich dir helfen? Tags? In der Nacht? Fragen. Versäumnisse im Hätte-ich-doch-hättest-du-Stil. Wenn ich spielen könnte, du wärst mitgekommen und säßest nicht über deinen Prozeßakten, säßest jetzt neben mir auf der Stufe – ich könnte spielen, wir stünden an der Ill, guckten auf die Enten, die sich gegen den Strom ins Wasser drücken, und dann treiben sie rückwärts, rückwärts mit den Augen vorwärts. Rückwärts in die Zukunft im Hätte-ich-doch-hättest-du-Stil. (Pause) Eine Veranstaltung aus Wörtern. Don't waste your time, baby. (Pause)

Du sagst, daß man wiederholen soll, was langweilig ist? Nein. Schluß mit den Enten. Ich sehe dich: Kreuzworträtsel lösen in Einhaus; ich sehe dich Lottokreuze machen auf einer Bank im Park, und du tüftelst mit deinem System gegen die Wahrscheinlichkeit an und gewinnst mit drei Richtigen deinen Einsatz zurück wie jede Woche, und schon denkst du wieder: Wenn man Geld hätte, gar nicht viel Geld, bloß nicht länger einer sein, der zu Fuß geht und zur Miete wohnt.

Ich sehe dich auf einem Stuhl mitten im Park in die Gegend gucken, bis die letzten Verrichtungen im Haus vorüber sind, die du um keinen Preis mitmachen willst; sehe dich

warten, bis der Sarg aus dem Haus ist. (Pause) Vorträumerei. Vorspielerei. Unmöglichkeiten. Spielplätze der Unmöglichkeiten.
Felix, was ist *der irreale Hunds-Fall?* Ein Behelf mit eingebildeter Gegenwart, auf Kosten der Zukunft? Wieder so ein Kernsatz wie der, daß der Lunuskaiser wegen Majestätsbeleidigung nach des Hofrats Wolke Scheitel schießen wolle, das erste Mal, falls dieser in den unbedeckten sächsischen Postwagen einsteige, der langsam genug fahre für einen 50000 Meilen laufenden Schuß aus dem Mond. Ist das ein Spaß-Satz oder ist das nur Jean Paul?
Ich sehe dich: Wir fahren in diese Stadt, wir steigen beide die Wendeltreppe in diesem Turm hinauf oder – nein, wir bleiben lieber unten, am Fuß des Münsters, gucken hinauf und sagen aus einem Munde: Das ist unmöglich, das kommt in Opern vor, da kann man nicht hinauf; zwei Liebende auf einem Opern-Turm in einem Luft-und-Liebe-Stück, wo sie in ihrem falschen Element wie betäubte Fische schwimmen. Ich sehe dich: Du stehst allein am Fuß des Münsters, Fuß gegen Fußfühlung siehst du langsam hinauf, und wie du oben bist, kippst du um. Oder uns beiden wird schwindlig. Ich sehe dich lieber mitten im Turm, alles dreht sich wie nach einer großen Sauferei. Vorbei an den schmalen Fenstern, ich weiß, die weißen Hochhäuser des Neustadtrings liegen dahinter, will sie nicht mehr sehen, und die Sonne hängt auf der anderen Seite vom Himmel. Nicht einmal jetzt sind wir zusammen. Du sitzt weit weg auf deinem Anwaltsstuhl, hast München im Rücken. Aber die Fenster an der Düsseldorfer Straße gehen auch nach Südosten.
Sie hörte ein paar Amerikaner die Treppe herunterkommen, sah platt aufsetzende Fußsohlen, Hände am Gemäuer,

tastende, gespreizte Finger, Fotoapparate über den Schultern, und als sie vorbei waren, kam das Nur-Hören der Schritte, die langsam leiser wurden. Neue, aufwärtssteigende Schritte kamen näher – dann der junge Franzose, der die Japanerin in gelben Hosen die Stufen heraufzog. Sie wollte auch nicht aus den Fenstern sehen. Die Opern-Zwei? Die zwei aus dem Luft-und-Liebe-Stück?
Was hast du plötzlich gegen Verliebte, Felix? (Pause) Nichts ist komischer als ein paar Verliebte, sagst du. Jetzt sind sie vorbei. Siehst du die Füße verschwinden? (Pause) Nein, ich drehe den Kopf nicht, gucke nicht durchs Fenster, will die Schwarzwald-Wand nicht sehen, wo womöglich einer steht mit einem Taschentuch und winkt.
Ich hätte mit dir glücklich sein können, Felix, da oben an der Ostsee. Unter Kiefern. Zwischen Dünen. (Pause) Nein? Warum soll ich auf diesen Turm hinauf? Wozu dieser unverhältnismäßige Aufwand? Bin ich wieder im Anrennen, Ansteigen, Abschütteln oder bin ich's noch? Einen Hügel besteigen, einen Berg, einen Turm, und von da keinen neuen Hügel, keinen neuen Berg, keinen neuen Turm sehen – in den seltensten Fällen. Meistens wankst du müde den Hügel, den Turm, den Berg hinunter, weil du nichts gesehen hast als neue, ebenso hohe Hügel, Türme, Berge, nicht wahr, Felix? (Pause) Wem laufe ich denn davon? Laß dich nicht von jeder Erpressung einschüchtern, hast du gesagt, Felix. Ist die Freiheit wirklich ein geografischer Ort, Felix? Im Wipfel des Freiheitsbaumes sitzen? In unserem revolutionären Arkadien? Den Wipfel des Freiheitsbaumes, das wollten sie in der Französischen Revolution. Sie wollten Bäume. (Pause) Hab' ich dir die Geschichte vom Kackbaum erzählt? Weit über den Teich hinaus hing eine alte Weißbuche. Ich könnte sie malen, so oft habe ich sie ange-

sehen mit ihrer hohen, bis aufs Wasser fallenden Blattkugel. Das war Johannes' Kackbaum. Er hangelte sich hinauf, setzte sich dorthin, wo er die Beine bequem über die Astgabel schlagen konnte. Johanna, mir und dem Haus zugewandt, saß er da wie auf einem Barren. Die Hosen herunter, ließ die Beine baumeln – dann krümmte er sich, kackte ins Wasser, verfolgte den Fall. Sich die Hosen haltend, kroch er vorsichtig zurück. Wir standen Schmiere. Wir durften bis zum Ufer gucken, aber nicht in den Baum hinauf. Das war sein Baum. Ich bin nie hinaufgestiegen. (Pause) Hinaufsteigen. Statt dessen sitze ich auf den Stufen des Turms, die Histoire de l'utopie in der Hand, die ich in der rue des écrivains gekauft habe, wo sich Trotzki samt Nachfahren niedergelassen haben, wo Herr Mandel aus dem Fenster guckt, um die Ecke guckt in einen blitzsauberen Staubsaugerladen. Einfach aufsaugen, die ganze schäbige Weltgeschichte in den Staubbeutel saugen, den Beutel unter den Arm nehmen und zurück in den Buchladen – ab in die Requisitenkammer. Fighting for peace? Fucking for virginity? Und in Trotzkis Buchhandlung standen zwei Studenten, die noch keine Ahnung hatten. Die standen vor den Büchern um der Bücher willen, hatten Gesellschaft im Blick und in den Fingern die Raffgier, und hin und wieder verschwand ein kleines Buch in einer großen ausgebeulten Tasche, eine, zwei, vielleicht auch drei Einführungen in den Marxismus, unter ganz besonders erschwerenden Umständen endlich zusammengestellt und zu einer allerdings überzeugenden Diskussionsgrundlage ausgearbeitet. Unsere antiproletarische Revolution. Kopfstück: die neue Ordnung, die erst mit der Verstaatlichung der Banken und der Vergesellschaftung der Schlüsselindustrie beginnt. Aktenstück: der Zeitpunkt. Wann? Wann?

Felix, noch gestern wäre mir jedes Wort fortgelaufen, eine kleine schwarze Schleife um den Hals gebunden. C. A. sagte oft: Was haben wir anderes getan, als uns für dich aufzuopfern? Was haben wir, deine Mutter, die mich geheiratet hat, ich, der ich sie in großer Verehrung bewundere, anderes getan, als uns für dich undsoweiter. Trotzdem ein Mißverständnis: Ich habe die Aufopferung nicht gewollt. Und Undank – dreht sich's um Dank? Da fällt es mir schon leichter, an Olympias Satz zu denken: Wo ich bin, ist immer oben. C. A.s bester Satz war: Kauen kannst du hinterher.
Felix, meinst du, daß die Sätze wahr werden, wenn man sie nur oft genug behauptet? Wir könnten sogar behaupten, daß wir den Polgegenden glichen, wo die Sterne nicht untergehen. – Wo ich bin, ist immer oben. (Pause) Ich sehe ihre leeren Augen, mit einem kleinen Weh bei Zigeunermusik, beim Anblick von Schafherden und Ziehbrunnen in der Pußta, das bißchen Traum und Kitsch, die sich ein Eisberg leistet.

Auf der Ausguckplattform des Straßburger Münsterturms saßen Leute, die sich sonnten. Augusta ging von einer Seite zur anderen, blieb stehen, sah in die Gegend. Das war es also, was sie gewollt hatte. Die Reise nach neuen Zuständen. Sie beugte sich über die Balustrade und sah auf den Platz hinunter. Da unten gingen Köpfe, die Beine vor sich herstießen. Ihr wurde schwindlig. Sie setzte sich für eine Weile in die Sonne. Als sie zwei Männer über Goethe reden hörte, sah sie auf.
Bitte, zeigen Sie mir die Goethe-Inschrift, sagte sie zu dem Gesprächigen.
Sie muß hier sein, gab der zur Antwort, aber er fand sie heute nicht zwischen den vielen anderen, nicht auf Anhieb

wie früher. Er kam jedes Jahr einmal hierher auf seiner Darmstadt–Sesenheim–Straßburg–Darmstadt-Tour. Er liebte Goethe. Er sagte: Der Goethe hat schon was gekonnt. Er selber war Lehrer, ein pensionierter Lehrer, der seinem Freund aus Basel eine Inschrift hatte zeigen wollen.

Ich bin das erste Mal hier oben, sagte der Baseler.

Ich auch, sagte Augusta.

Das weiß keiner, sagte der Gesprächige. Er hatte ein kleines Notizbuch aus der Tasche gezogen, in dem er verschmitzt blätterte. Auf Friederike Brions Leichenstein in Meisenheim steht nämlich der 5. April 1813 als Todesdatum, im Sesenheimer Kirchenbuch ist es der 3. April. Drei Tage Differenz. Er guckte listig. Der Baseler stand neben ihm, bewunderte ihn aus faulen Augen und sagte nichts.

Beim Weitergehen sah Augusta, daß der Gesprächige leicht hinkte. Man wurde eben älter, aber 1940 war er noch in null-komma-nichts auf dem Eiffelturm gewesen, tausendzweihundert Stufen und dreihundert Meter Höhe.

Augusta fragte, ob er in Paris Besatzungssoldat gewesen sei.

Er hüstelte. Paris war nicht besetzt gewesen. Ich war Kurierfahrer, sagte er, bei Legationsrat Rahn, der dann Botschafter in Italien wurde. Ein enormer Kopf. Und pünktlich.

Augusta kannte den Namen Rahn. Sie hatte vor einiger Zeit zwei dicke Wälzer über Hitlers Frankreich- und Italienpolitik gelesen. Rahn hatte stets im Sinne des Regimes funktioniert, auch auf eigenes Risiko.

Na, na, lassen Sie mal gut sein, sagte der Gesprächige. Es waren schöne Zeiten in Paris, aber darüber darf man ja heute kein gutes Wort mehr sagen.

Der Baseler hatte Goethes Namen auf der Wand gefunden.

Er zeigte ihn Augusta. Hinter ihr sagte der Gesprächige: Na ja, die Farbenlehre... Jeder macht mal einen Fehler. Aber im großen und ganzen war der Goethe schon ein Könner. Ihr Jungen heute.
Dann stand sie, die Hände auf der Steinbrüstung. Sie sagte: Hast du das gehört, Felix?
Aber von Felix kam keine Antwort.
Hast du's gehört, C. A.?
Der Schwarzwald lag so handfest da. Mal drüberstreichen mit der Hand.
Willst du auch mal drüberstreichen, C. A.?
Der Fluß war nicht zu sehen, statt dessen Industrie-Anlagen, Wohnsilos, und gleich unten beim Turm die dunkelbraunen Dächer, die Dachluken.
Felix und ich wollten immer mal nach Straßburg. Hörst du, C. A.? Felix sagte, da gebe es die kleinen Magasins, wo man vielfarbiges Marzipan kaufe, oder die Pinten, die sich außen so historisch kostümieren und innen jedes deutsche Bierzelt in den Schatten stellen. Und dann die Clochards an den Quais, stoppelbärtig, mit zerbeulten Hüten, und die Studenten im Gras an der Ill. Weißt du, was ich vorhin gesehen habe? In der Altstadt war eine Tierhandlung, lauter kranke Vögel lagen in den Käfigen, kleine, kranke Vögel, dicht übereinander. Ihr Gefieder war klebrig und zerfleddert. Zwanzig Francs, dreißig Francs für dieses ausgestellte, eingepferchte Elend. Und die Fische in den Plastiksäckchen, die von der Decke hingen. Und im Hintergrund des Ladens saß ein kleiner schwarzer Affe und hielt einen Trichter umklammert. Einen Benzintrichter, oder vielleicht benutzen sie ihn zum Füllen der Plastiksäckchen. Ich wollte den kleinen Affen haben, C. A., aber er war nicht verkäuflich.
Felix nennt das immer *unsere Tierstücke:* ein Fisch im Sand,

lebendig, ohne Essenz zum Leben. Das ist Agonie. Dumm gemacht, verstummt. Das haben wir die Hunds-Besprochenheit genannt. Wenn du durch den Maulkorb bellst, bellst du Sätze an wie ein Stück Packpapier, das ein Windstoß auf die Straße schiebt. Du weißt nicht, was das ist oder wozu das dienen soll, du fühlst nur, dieses Stück Papier voll Luft macht seinen Weg. Änderliche, fließende, formlose Ambition – das ist die Amöbe. Rückstoßende Hinderniswolken – das ist die Verhüllungstaktik der Tintenfische. Bullen. Schweine. Bullenlegen.

Ich erzähle dir lieber eine andere Geschichte: die vom Penthouse eines Immobilienmaklers in Berlin-Tiergarten. Nein, C. A., du kannst sie noch nicht kennen, sie fällt mir eben erst ein. Du mußt dir den gigantischen Wohnraum vorstellen: Butzenscheiben die ganze Wand entlang, darunter ein Kamin, davor ein schräg abfallendes Halbrund im Boden, und das ist mit Nerz ausgelegt. Ein Planschbecken aus Nerz. Da kann man liegen. Du brauchst es dir gar nicht vorzustellen, C. A., es ist so. Und in der Herrentoilette des Immobilienmaklers fließt blau gefärbtes Wasser; in der für Damen rosa. Hingehen? Nicht hingehen? Wir haben nicht die Ehre, in dieses Haus gebeten zu sein. Es liegt zu hoch. Uns wird da schwindlig.

PS: In diesem Zusammenhang: *Ehre?* Definiere mir mal Ehre.

PPS:

PPPS: Kopf ab. Kopf ab, zum Gebeten werden.

Du hörst ja gar nicht zu, C. A.

Sie ging auf die andere Seite der Plattform. Sie sah ins Elsaß hinüber, aber sie versuchte, C. A.s Gesicht zu sehen. Andere Gesichter sah sie, seins nicht. Das ängstigte sie, und sie ging.

Keiner hatte die Taube fliegen sehen: Sie fiel wie ein Stein aus dem Himmel und schlug mitten auf der Straße auf. Sie lag wie tot. Dann bewegte sie einen Flügel, matt, probeweise, nahm ihn wieder zusammen und lag still. Augusta stand unter den Leuten vor dem Münster und sah hinüber. Ein blonder Typ in Jeans, der mit seiner Freundin auf den Münsterstufen picknickte, reagierte als einziger. Er griff nach der blauen Leinentasche seiner Freundin, war mit ein paar Sätzen bei der Taube, legte sie hinein und brachte sie mit, als er sich wieder setzte. Sie stellten die Tasche zwischen sich und aßen weiter. Die Leute zerstreuten sich. Erst da langte das Mädchen in die Tasche und holte die Taube heraus. Die Taube würde sterben.

Augusta setzte sich auf eine Stufe und sah dem Mädchen zu. Sie sagte: Vielleicht ist sie gegen etwas geflogen und abgestürzt.

Nein, sagte das Mädchen. Sie ist einfach so herabgestürzt.

Wie in Neu-Mexiko, wo die Vögel tot aus dem Himmel fallen, sagte der blonde Typ. Du klatschst in die Hände, und sie fallen tot aus den Bäumen.

Jetzt ist sie tot, sagte das Mädchen.

Was macht ihr damit? fragte Augusta.

Ja, Heinrich, sagte das Mädchen. Sie saugte an ihrer Tomate und sah auf den toten Vogel in ihrem Schoß. Als sie die Tomate gegessen hatte, stand sie auf. Heinrich nahm ihre Tasche.

Das letzte Geleit zu einem öffentlichen Abfallkorb, sagte der blonde Typ.

Sie entfernten sich über den Platz.

Als sie wieder allein war, sagte sie laut: Du hast doch immer von Selbstmord geredet, C. A. Deine Todesarten – die Projektion der Projektion der Projektion.

Sie schlug mitten auf dem Pflaster auf. Auf einem Pflaster aufschlagen. Auf dem Wasser aufschlagen. Über Wasser gehen. Über Leichen. Ausgehöhlt, matt, zerschlagen, wie nach einem Fieberanfall, dumm und stumm. Die Augen schließen. Nichts mehr sehen. Und du, C. A., was siehst du? Nichts mehr.

Was hättest du gesehen? Die Taube? Sie schlug mitten auf dem Pflaster auf. Das war nicht zu übersehen, auch nicht die Leute, und daß sie tot war. Aber sonst?

Ich seh', ich seh', was du nicht siehst.

Du weißt bloß, sagte sie. Du weißt Sätze, deine Sätze, C. A. Friedlich?

Natürlich. Also, was siehst du? Sag es.

C. A. hätte sich nur umgeschaut: das Wuchtige, das Herrische.

Wie soll ich das sehen! Das ist kein Satz, mach die Augen auf, C. A. Du bist noch in Gedanken bei der Taube, aber sie ist tot und liegt im Abfallkorb.

Nein, sagte C. A., ich meine die Häuser hier am Platz, wuchtig, herrisch.

Du sagst: das Wuchtige, das Herrische. Die Häuser sind nicht alle gleich. Du könntest das Münster meinen oder den klassizistischen Bau dort drüben, das Museum. Was meinst du?

Seine Antwort: Ich meine vor allem die Patrizierhäuser, und er hätte die Hand nach den Fachwerkbauten ausgestreckt.

Augusta hätte hingesehen. Du sagst, vor allem. Sei doch genau, das gehört zum Spiel, du kennst es.

Ja.

Ich sag' dir, was ich sehe: Ich sehe einen Mann im Pissoir bei der Bushaltestelle verschwinden. Ich sehe parkende

Autos und Fahrräder unter den Bäumen auf dem Platz. Ich sehe einen roten, staubigen VW am Fußgängerstreifen halten, auf seine Tür ist geschrieben: Putzfrau gesucht.

Du siehst lauter Kleinkram. Du bist so nüchtern. Sieh dir doch die Fachwerkhäuser an, sieh dir das Münster an, das Museum, das sind noble, bewegende Bauten aus einer stolzen, selbstbewußten Zeit. Was interessiert mich deine Putzfrau.

Friedlich?

C. A. hätte genickt.

Aber deine Bauten sind zu verschiedenen Zeiten entstanden.

Worauf er bestimmt gelächelt hätte. Bestreite ich das?

Nein, aber dann sag, welche Zeit du meinst, sag nicht, eine Zeit, sag welche. Und stolz, selbstbewußt – woher willst du das wissen, und wie soll ich wissen, was du damit meinst. Stolz und Selbstbewußtsein sind keine Eigenschaften. Es sind Empfindungen. Du siehst Empfindungen. Siehst du den Priester mit dem Gugelhut, der drüben kommt? Den kann man sehen. Oder das Pärchen auf der Bank. Sie sitzt auf seinem Schoß. Sie schmusen.

Red weiter.

Hätte er das Liebespaar dabei angeguckt oder Augusta?

Guck mich nicht so an, sieh hin. Jetzt steckt er ihr die Hand zwischen die Beine.

Du machst mich verrückt mit deiner Genauigkeit. Nein, laß mich weiterreden: Alle diese Gebäude haben sich ein Geheimnis bewahrt, das geheimnisvolle Dunkel der Zeit, der sie entstammen. Ich sag' dir: Die Dinge reden, sie atmen, sie sind beseelt. Die Geschichte ehemals stolzer Familien –

Jetzt sprang sie auf: Das sind lauter Behauptungen. So

können wir das Spiel nicht spielen. Ich bitte dich, C. A., halt dich an die Regel, ich komme sonst aus dem Fragen nicht heraus. Ich frage: Was heißt Geschichte, von welchen Familien redest du? Sag Namen, einen wenigstens. Und was heißt stolz? Reich meinst du. Zu wessen Lasten ging der Reichtum? Wer hat den Stolz bezahlt? Stolze Zeiten – weißt du kein anderes Wort? Ich gebe mir Mühe zu sehen, was du siehst, aber ich merke nur, daß mich deine Phantasie zum Narren hält. Verzeih.
Jetzt hätte er genickt. Friedlich?
Ja.
Du bist zu gescheit, Augusta. Du hast zu lange studiert.
Was hat das damit zu tun? Ich bemühe mich nur, genau zu sehen und genau zu denken. Du spekulierst, C. A. Weißt du, was du machst? Du hangelst dich von Empfindung zu Empfindung.
Ich kenne dich doch.
Hab' ich nicht recht, Augusta?
Womit?
Daß du zu klug bist.
Augusta wäre wieder aufgesprungen: Versteh doch, C. A. Was du machen sollst, ist gar nicht kompliziert. Du sollst beobachten – den Mann beim Pissoir, den Priester, den roten VW, du sollst sagen, was belegbar ist. Aber du drückst dich, von Anfang an. So können wir das Spiel nicht spielen.
Aus?
Aus.
Augusta fröstelte. Sie stand auf, um in den Altstadtgassen nach einem der Magasins zu suchen, von denen Felix geschwärmt hatte. Sie wollte etwas für Tante Hariett kaufen und Marzipan für ihn.

# Post festum

I

Du kannst deine Herkunft durchschauen (du hast einen Kopf). Du kannst deine Herkunft in die Ecke stellen (du hast einen Kopf). Du kannst sie loswerden (du hast einen Kopf). Dann befreie dich aber auch von deiner Angst, sonst nützt es nichts. Sie logisch zu verneinen, ist kein Weg.

Morgens um sieben fuhr der Traktorist mit dem Anhänger in die Stadt, um die Frauen abzuholen, die beim Kiosk auf dem Bahnhofplatz warteten. Auf quergelegten Brettern saßen sie nebeneinander auf dem Wagen. In Einhaus-Gut setzte er sie an einem der Erdbeerfelder ab, und abends fuhr er sie wieder in die Stadt zurück. Türme von ineinandergeschachtelten Körben standen am Feldweg. Die Frauen machten sich über die Körbe her, dann sammelten sie sich zu Kolonnen und pflückten sich durch die Erdbeerfelder, die Hügel hinauf, stellten die vollen Körbe ans Ende der Reihe, rannten nach neuen und pflückten sich die Hügel wieder hinunter, gebückt, die Erde absuchend, mit krummen Rücken, die Haare in Tüchern, damit sie nicht in die Augen hingen. Wegen der Schnecken oder der verfaulten und unreifen Erdbeeren fiel kein Wort. Die Frauen pflückten im Akkord, und Augusta pflückte mit.
Du nimmst uns das Geld weg, sagte eine Frau.
Augusta verstand sie nicht.
Weil du mit uns pflückst, nimmst du uns das Geld weg, sagte eine andere.

Du hast das doch nicht nötig, sagte die erste.

Taschengeld, Taschengeld, spotteten die Frauen. Geh zu deinem Vater, der hat's doch.

C. A.s Volkswagen kam den Feldweg herauf und stoppte. C. A. hatte den grauen englischen Topfhut auf, der aussah wie ein Tropenhelm, er blickte herüber, wie jeden Tag, und fuhr weiter, wie jeden Tag.

Hau schon ab, sagten die Frauen, und laß dich nicht mehr blicken.

Augusta ging nicht wieder aufs Feld, auch im nächsten Jahr nicht.

Im Herbst zogen die Frauen die Handwagen voll Säcke über den Hof und ließen die Eicheln bei der Stellmacherei wiegen. Der Forstwart wog sie. Dann gingen die Frauen ins Büro hinüber. Die Sekretärin zahlte pro Zentner Eicheln zwanzig Mark. Jede der Frauen hatte zehn bis zwanzig Zentner, sogar dreißig, wenn es ein gutes Jahr war und die Familie mitgeholfen hatte. Augusta wollte auch Eicheln sammeln. Sie hatte ihre Freunde und Freundinnen zum Sammeln gehen sehen, da wollte sie mitgehen. Sie nahm ihren Eimer mit. Sie kannte die Bäume, die die dicken Eicheln trugen, und sie kannte die, unter denen die vielen kleinen lagen, die das Sammeln nicht lohnten, weil es viel zu lange dauerte, bis der Eimer voll war. Dort, wo die dicken Eicheln aus den Bäumen fielen, sammelten die Arbeiterfrauen und ihre Kinder, nach Feierabend kamen die Männer dazu. Die Bäume standen dicht bei ihren Häusern an der Straße oder an den Knicks.

Augusta hatte Abstand gehalten. Sie hatte aufgepaßt, daß zwischen ihr und der nächsten Frau wenigstens zwei Eichen standen.

Wieder die Frage: Ist es nicht genug, daß wir für deinen

Vater arbeiten, nimmst du uns jetzt auch noch die Eicheln weg?
Augusta hätte so tun können, als hörte sie die Frage nicht, aber sie fühlte sich schuldig.
Sie machte weite Märsche, ging bis zu den Bäumen, die weit weg von den Arbeiterhäusern oder tief in den gepflügten Feldern wuchsen. Da stand sie in Gummistiefeln, den leeren Eimer in der Hand, sah in die Ackerfurchen, sah in die Eichen hinauf. Die Eichen trugen nicht, sie waren zu alt. Mit jedem Baum wuchs ihre Enttäuschung, und mit der Enttäuschung wuchs der Trotz, aber auch die Hoffnung, daß weiter hinten die vollen Bäume stehen könnten. Augusta wußte, daß diese Eichen ebenfalls nicht trugen. Trotzdem lief sie hin, kehrte zurück zu einer Eiche, unter der sie schon vergeblich gesucht hatte, denn sie konnte sich getäuscht haben, lief zu einer anderen, weil die Eicheln vielleicht inzwischen vom Baum gefallen waren, gerade eben, oder weil sie unter dieser Eiche noch gar nicht gewesen war. Sie gab auf. Aber auf dem Nachhauseweg sah sie sich lange die Erlen und Pappeln und Ulmen an. Warum sollten nicht auch unter Erlen, Pappeln und Ulmen Eicheln liegen? Außerdem würde es dann rascher dunkel werden, und niemand würde ihren leeren Eimer sehen.
Am nächsten Tag traf sie eine Freundin aus dem Dorf. Augusta wußte später nicht mehr, ob sie zu ihr gesagt hatte: Nimmst du mich mit? Oder ob die Freundin gesagt hatte: Gehst du mit? Jedenfalls half Augusta ihr sammeln. Gleich war deren Mutter anders, und das Schuldgefühl war verschwunden. Augusta ging zu den Eichen bei den Häusern. Dort lagen die Eicheln eimerweise im Laub. Mit der hohlen Hand konnte sie, glücklich bis an die Ohren, ganze Eichelnester unter den struppigen Grasbüscheln ausschöpfen.

Ebenso glücklich machte es sie, wenn sie mit den Freundinnen aus dem Dorf durch die Scheunen tobte, im Park Verstecken spielte, in den Erbsenfeldern, auf Heuhaufen und Bäumen saß oder Fußball und Eishockey spielte, Schlitten oder Schlittschuh fuhr. Nur wenn die Freundinnen in Augustas Zimmer mit ihren Puppen Vater und Mutter spielen wollten, stieg sie aus. Die anderen richteten sich schnell in ihrem Zimmer eine Wohnung ein: Küche, Schlafstube, Wohnstube – das Familienleben war gleich im Gang: sie schickten die Puppen zum Kaufmann, auf die Bleiche, noch Holz holen oder schon Feuer machen, Kaninchen füttern. Sie brachten die Jüngeren ins Bett und redeten mit ihnen, hätschelten sie, sangen ihnen vor, schrien sie an. Augusta wäre nicht eingefallen, was sie ihren Puppen hätte sagen können oder die Puppen ihr. Sie hätte nur ihre eigene Stimme gehört, den eigenen Satz, die eigene Antwort. Sie probierte, spielte stumm mit, was die anderen mit ihren Puppen redeten, in der Hoffnung, daß die Puppen anfangen würden zu spielen. Die Puppen blieben stumm.

Wir sind bloß Menschen, sagte Frau Schwanke, die Witwe des Futtermeisters, später zu ihr. Sie wohnte allein im Torhaus. Das Zimmer konnte sie nicht mehr verlassen. Sie war krank. Da lag sie täglich im Fenster und sah auf den Hofplatz. Anfangs sah sie noch Pferdegespanne. Dann blieb das Tor leer. Die neuen Traktoren, die Mähdrescher mit den zehn Meter breiten Schnittflächen waren zu groß für die enge Toreinfahrt. Da sah sie nach Einhaus-Haus hinüber, das hell erleuchtet im Park lag.

Wir sind alle Menschen, sagte sie zu Augusta und meinte Olympia. Den Kopf hinter Töpfen und Vasen, hatte die Witwe Olympia manchmal zugewinkt. Olympia sah, wie sie ihr Zeichen machte, sie solle sie besuchen kommen, aber sie kam nicht. Sie führte den Hund spazieren. Sie winkte zurück.

Wir sind bloß Menschen: dieser Satz eines verdämmernden Bewußtseins. Augusta brachte der alten Frau manchmal Essen. Doch die fragte nach Olympia, weinte. Weshalb kommt sie nicht? Warum geht sie vorbei? Ich winke, und sie kommt nicht. Ich bin den ganzen Tag allein, ich habe doch Zeit für sie.

Augusta sah auf den gestickten Hirsch über dem Bett und versuchte, ihr klarzumachen, warum es so war. Aber wie war es? Daß die Frau alt war, war ein Begleitumstand. Daß sie krank war, war ein Begleitumstand. Daß sie die Frau eines Arbeiters war, war der Grund. Olympias Gleichgültigkeit war die Folge. Schluchzend stand die Alte von ihrem Stuhl am Fenster auf. Wir sind Menschen, sagte sie, als sie an Augustas Schulter lag.

Augusta hielt sie fest.

Kommen Sie wieder, sagte die Alte.

Sie kam wieder, aber nicht viele Male. Frau Schwanke hatte die Wassersucht gehabt.

Die Kinder, die Gutsarbeiter, auch der Postbote und die Lieferanten aus der Stadt wagten sich nicht zu rühren, wenn sie in der großen Halle von Einhaus standen. Sie hatten sich an der Tür die Schuhe sorgfältig abgeputzt, auch wenn sie sauber waren. Sie hielten die Blicke gesenkt, aber die Ohren sperrangelweit offen. Sie standen da, reglos wie die Truhen und Statuen, als warteten sie darauf, an ein ungewisses Ziel transportiert zu werden. Der Diener schrie schon mal quer durch die Salons oder das Treppenhaus hinauf, wenn er sicher war, daß Olympia und C. A. nicht im Hause waren. Die Kinder, der Postbote, die Arbeiter, die Lieferanten redeten leise. Sie sahen sich höchstens um, drehten die Mütze in der Hand, spannten die Schultern, als säße ihnen etwas im Nacken. Etwas erdrückte sie; sie wußten weder, was sie in der Halle sollten, noch was sie gewollt hatten – bis sie wieder draußen waren. Da fiel es ihnen ein, und sie sagten es schnell und laut.

C. A. steht auf der Freitreppe vor der Haustür, neben diesem Olympia, neben dieser der Verwalter, neben diesem seine Frau, neben dieser Johannes, Augusta, Johanna, die Kinder in Ringelsöckchen und Lackschuhen. In der Tür hinter ihnen stehen die Gäste. Der letzte Garbenwagen, der eingebracht worden ist, fährt vors Haus, von zwei Pferden gezogen. Oben auf den Garben sitzen zwei Arbeiterinnen, jede eine große und eine kleine Erntekrone im Schoß. Hinter dem Wagen gehen die Arbeiter mit den Frauen. Manche haben die Kinder mitgebracht. Hundertköpfige Menge. Der Wagen hält. Die beiden Frauen steigen herunter und stellen sich mit Heugabeln, auf die zwei Erntekronen gespießt sind, vor C. A. auf. Sie sehen ihn verlegen an. Die erste Frau sagt ihr Gedicht her, dann die zweite. Sie finden die Reime nicht immer, werden rot, und ihre Blicke, die starr auf die Hauswand gerichtet waren, senken sich. Sie helfen einander aus. Dann ist es vorbei, sie können sich wieder bewegen. Sie überreichen C. A. die großen Erntekronen, aus denen viele bunte Seidenbänder herabhängen, und treten zurück. C. A. dankt, sagt *wir* und *uns* und *unser*, dankt *allen Getreuen*, die wie in jedem Jahr *mitgeholfen* haben, die Ernte trotz Unbilden der Witterung und Schwierigkeiten gut und sicher einzubringen. Er dankt Gott *in seinem Namen, im Namen seiner Frau* und Kinder, dann dankt er ihnen. Stimme und Stimmung brechen ein wenig vor Rührung. Ende seines Parts.

Jetzt bekommt der Verwalter die beiden kleinen Kronen überreicht, in die wenige bunte Bänder hineingeflochten sind. Das geht wortlos ab. Die beiden Frauen treten an den Wagen zurück. Der Verwalter spricht mit sachlicher Stimme. Er sagt *Rüsselkäfer*, sagt *befallen*, sagt *Hagelschlag*, sagt *Kurbelwellenbruch* und wünscht ein gutes Fest.
Ende des Treppenstücks.
Der Erntewagen fuhr an. Der Zug machte im Hof eine Runde. Als er die Freitreppe wieder passierte, setzten sich C. A. und Olympia an seine Spitze. Im letzten Abendlicht erreichte man die Scheune, die fürs Fest hergerichtet war. Eichenlaub und Herbstblumen hingen an den Wänden, Lampions und Girlanden von bunten Glühbirnen spannten sich quer durch den Raum. Lange Tische waren gedeckt, Holzbänke standen davor. Ein Tanzboden aus Dielen war in der Mitte ausgelegt. Die Kapelle thronte auf einem landwirtschaftlichen Anhänger und spielte auf.
Draußen hörte man Wagen vorfahren, Autotüren klappen: Der Pastor mit Frau erschien, der Bürgermeister mit Frau, der Tierarzt. Sie nahmen am herrschaftlichen Tisch Platz, der allen anderen quer vorstand.
Jetzt trugen Frauen und Mädchen das Essen auf, das die Gutsköchinnen gekocht hatten: Fleischklößchen und Suppe, Damwildgulasch, Rotkohl und Salzkartoffeln, Kaffee und Bienenstich. Freibier und Schnaps (an der Theke). Der Maschinist Ernst Rohwedder verwaltete den Ausschank.
Ein Tusch der Kapelle, Messer und Gabeln klapperten auf den Tellern, Herunterschlucken, die Kiefer kauten leer weiter. C. A. hatte sich erhoben, um nochmals zu sprechen. Er begann mit der Begrüßung der Gäste aus der Stadt, die gekommen seien, allen Anwesenden zu Ehren das Fest

mitzufeiern *in schönem Miteinander.* Dann dankte er noch einmal, jetzt aber besonders dem Gärtner und den Frauen, die die Scheune ausgeschmückt hatten: *gelungen, alle Jahre, Kunst, vollendet.*

Nach dem Essen eröffnete er mit Olympia den Tanz. Man stand um die Tenne und klatschte dazu. Daß C. A. festgelegte Tanzfiguren nicht tanzen konnte, überdeckte er mit vorgeschobenem Kinn bei halb geschlossenen Augen, einem lächelnden Schweigen und einem kleinen abwesenden Fußwechsel. Den zweiten Tanz machte er mit der Frau des Verwalters. Bevor das Stück zu Ende war, waren andere Paare hinzugekommen, und während nun ein ausgelassenes Schieben, Drehen, Stolzieren auf der Tanzfläche einsetzte, machte C. A. seine Pflichtrunden rings um den Herrschaftstisch. Wenn zur Damenwahl geblasen wurde, forderten ihn junge Mädchen und Arbeiterfrauen auf, die sich einen Spaß machen wollten, aber auch stolz darauf waren, daß sie bei einer Intimität mit dem Chef beobachtet wurden. C. A. gefiel es, daß die jungen Mädchen, die ihn hatten aufziehen wollen, verlegen blieben und daß die Arbeiterfrauen, von denen manche dick wie Fässer waren, ihn herumschwenkten. Wenn seine Füße kaum noch den Boden berührten, klagten sie ihm ihr Leid, und C. A. rief ihnen zu, daß er Abhilfe schaffen, den Maler, die Maurer, die Dachdecker schicken werde, und wenn der Tanz langsamer wurde und seine Füße festen Boden gewannen, bemitleidete er die Frauen, die ihm von Krankheits- und Todesfällen in der Familie erzählten. Er nahm ihre Hand, und so standen sie voreinander und beschworen eine Nähe aus Wörtern. Sprechstunde mit einjähriger Wartezeit. Die alten Frauen weinten vor Dankbarkeit.

Wenn Olympia gegen Mitternacht das Fest verließ, gingen

auch die Gäste aus der Stadt, der Pastor, der Bürgermeister, ihre Frauen. Das lange Sitzen und Zuschauen hatte sie ermüdet. Die Musik war zu laut, als daß sich eine Unterhaltung ergeben hätte.

Die Luft in der Scheune war staubig und roch nach Alkohol, Schweiß und Tabak. Noch drehten sich auf dem Tanzboden die Paare. Doch viele waren bereits besoffen. Die ersten Schlägereien begannen.

C. A. redete auf zwei Arbeiter ein, die sich blutig geschlagen hatten. Es ging um die Frau des einen: ein alter Groll. C. A. zog das weiße Tuch aus der Brusttasche seines Jacketts, um damit das Blut abzutupfen, das von den Stirnen rann. Der Verwalter kam und trennte die Schläger, ehe sie neuen Mut schöpfen konnten.

Am Morgen nach dem Fest wurde das Backhaus abgerissen. Die Dachpfannen waren schon abgedeckt, jetzt sollten die Balken herunter. Der Tischler stand mit benebeltem Kopf auf den Dachsparren und schlug ein Hanftau um den Balken. Zwischen den Sparren hindurch sah er zwei Truhen, die er vor Jahren geschreinert hatte und die dann ausrangiert worden waren. Als er ein Bier haben wollte, wurde er heruntergerufen. Die beiden Traktoren waren gekommen. Sie wurden hintereinandergekoppelt, und der Traktorist warf die Hanftrosse über den Schlepphaken des zweiten Traktors. Die Räder des vorderen Traktors wühlten sich in den Boden, und die des zweiten Hanomags griffen nicht, da die Trosse ihn jedesmal anhob, wenn er vorstoßen wollte.

Da kam der Bulldozer zu Hilfe. Er rammte das Haus, rammte es ein zweites Mal, und als die Staubfahne verflogen war, rammte er es wieder. Der Tischler und die Traktoristen sahen zu und genossen den Anblick. Einer der Traktorfahrer hatte früher im Backhaus gewohnt, über der Backstube, deren Wand jetzt einfiel. Jetzt wohnte er in einer Kate. Die war frei geworden, weil sich ihr ehemaliger Inhaber, der Schweinemajor Hansen, auf dem Dachboden erhängt hatte.

Als das Haus in Trümmern lag, redete der Tischler allen ein, sie könnten sich nicht vorstellen, daß das Haus eben noch neun Meter in die Luft geragt hatte, in den blauen Himmel, der jetzt größer geworden war. Und er redete ihnen ein, daß es so sei in der Welt; alles muß weg, alles. Ihr kommt auch noch dran.


Aussteigen. (Du hast einen Kopf.) Du kannst aussteigen und einen ersten Schritt machen. (Du hast einen Kopf.)

Es kam nicht von allein und ging nicht von allein, aber eines Tages, während der beiden Semester in Paris, merkte Augusta, daß sie den ersten Schritt schon hinter sich gebracht hatte.

Sie wußte nicht, wer das Stichwort gegeben hatte, als sie zu zehnt am Boulevard St. Michel gestanden und angesichts der Polizeisperre überlegt hatten, wie sie jetzt zur Sorbonne kommen sollten. Michel? Es konnte auch Henri Roche gewesen sein. Womöglich hatte sie es selber gesagt. Jedenfalls war *Omnibus* das Stichwort gewesen, denn die Polizei kontrollierte nur die Fußgänger und Personenwagen, während die Busse durch die Sperre brausten. Also verteilten sie sich, sprangen einzeln auf die fahrenden Busse auf, und so durchbrachen sie den Polizeikordon und erreichten den Versammlungsort, auf den sich die Marschgruppe geeinigt hatte. Andere Gruppen machten es ihnen nach.

Das zweite Stichwort war *Straße*. Sie setzten sich auf die Fahrbahn und blockierten den Verkehr innerhalb des Kordons. Die Autofahrer stoppten und lachten; sie waren auf seiten der Demonstranten, sie hupten und schrien die Parolen gegen den Erziehungsminister und die force de frappe, bis die Polizisten merkten, daß sie übertölpelt worden waren, und angriffen. In der rue Vavin begann es: Vorn gingen sie noch Arm in Arm, aber hinten fielen die ersten hin. Die Polizisten stürmten über die Liegenden hinweg. Augusta hatte beim Stürzen einen Schuh verloren. Sie sah ihn, wollte nach ihm greifen, als ein Polizistenstiefel auf ihre Umhängetasche trat, die sie idiotischerweise mitgenommen hatte. Sie bekam weder den Schuh noch die Tasche zu fassen, sie rappelte sich hoch und fing an zu rennen. Alles stiebte auseinander. Die Flics hatten ihre Pelerinen um die Holzknüppel gewickelt und schlugen auf alle ein, die sie schnappen konnten. Dann waren die Mannschaftswagen da. Die Türen gingen auf, und die Flics stießen die Studenten in die Wagen. Augusta hatte sich mit Michel, mit Henri Roche und ein paar anderen in einen Hausflur geflüchtet. Die Concierge verschloß die Tür, setzte sich draußen mit ihrem Stuhl vor den Eingang und rührte sich nicht von der Stelle, bis die Luft wieder rein war. Ein Mädchen aus dem Haus schenkte Augusta ein Paar Schuhe. Augusta sagte: Du brauchst sie mir nur zu leihen. Ach was, leihen, sagte das Mädchen. Sie wollte sie nicht wiederhaben. Henri Roche gab Augusta einen Franc für die Metro, für später, wenn es dunkel und ruhig geworden sei. Ein paar Tage danach mußte sie zum Polizeibüro kommen und die Tasche mit den Papieren holen, die gefunden worden war. Sie wurde nicht ausgewiesen wie andere ausländische Studenten.

Später, in Berlin, war *Omnibus* das falsche Stichwort gewesen. Augusta ging es wie anderen Studenten: Die aufgebrachten Weiber und die Schaffner ließen sie nicht in den Bus; sie schrien *Mob, Pöbel, Ihr roten Horden*. Die Omnibusse hörten auf, Verkehrsmittel für alle zu sein.

Von sich aus fragte C. A. nicht, wie es in Berlin gehe, wenn Augusta nach Hause kam, und er schwieg, wenn ein anderer danach fragte. Er wollte nicht wissen, was ein *teach in* ist, was ein *Vorlesungsstreik*, er wollte von Demonstrationen nichts wissen, denn er wußte ja alles aus der WELT, und wußte es dementsprechend. Berlin störte ihn, und er wollte nicht gestört sein. Er wollte auch nicht informiert werden, und wenn er informiert wurde, so war für ihn die Information keine Information, sondern ein Standpunkt. Das ersparte ihm alle Mühe, das Thema Berlin wurde zu einem Tabu. Er freute sich, daß Augusta ein paar Tage da war, aber mehr als Freude oder Vorfreude wollte er nicht erleben. Er guckte auf Augustas spitze Knie, die er kannte, auf die Lücken zwischen ihren krummen Fingern, also hatte sich nichts verändert. Die großen Augen waren da, die großen Ohren, der große Mund. Es genügte, wenn er darauf anspielte, daß er im Bilde war; eine kleine Stichelei, eine bissige Bemerkung genügten. Trat Augusta ins Zimmer, so unterbrach C. A. auch die politischen Gespräche der Gäste, sagte: Darüber reden wir nicht, stichelte: Unsere Tochter ist anderer Meinung. Spott und Angst gemischt ergeben Unterlegenheit.

C. A. wütete, als er in der Zeitung las, daß Augusta eine Resolution mitunterschrieben hatte, die sich gegen die Studentenhetze in den Blättern des Springer-Konzerns richtete. Als sie nach Hause kam, stand er in der Bibliothek, kehrte ihr den Rücken, hämmerte mit den Fäusten auf einen Lehnstuhl ein und schrie, sie habe den Namen der Familie

entehrt: *Generationen – die Unterschrift – alter Name – mit den Füßen – Öffentlichkeit – Schimpf – Schmutz –*
Augusta schlitzte die Augen. Sie lehnte am Fensterrahmen. *Schmutz.* Wen meinst du damit, C. A.? Bin ich der Schmutz? Er fuhr herum, lief zur Tür und ging hinaus. Draußen fuhr er in seine zerschlissene Safarijacke, stülpte sich den steifen Filzhut auf, der einem Tropenhelm so ähnlich sah, verließ das Haus und blieb auf dem Vorplatz stehen, auf den sich ein Schafbock verirrt hatte. Er redete mit dem Bock. Seine Wut brach zusammen, während er dem Bock gut zuredete. C. A. verstand sich auf Monologe.
Er liebte Monologe, weil sie ihm die Zuhörer ersparten und deren Widerspruch. Er liebte sie, weil sie sich mit einfachen grammatikalischen Formen begnügten, Behauptungen und Reihen von Wörtern, bei denen es nur darauf ankam, daß sie aus vollem Herzen stammten. Monologe führten zur Selbstreinigung.
Ein Monolog handelte vom Tod. C. A. flüchtete sich in morose Gedanken, um sein Dasein *unter Beweis zu stellen,* wie er das nannte, und stellte seine morosen Gedanken unter Beweis, indem er erfrischt in sein Dasein zurückkehrte. Er überlegte nicht, daß er diejenigen, die zufällig einen dieser unendlichen, an den Tod gerichteten Monologe mitanhörten, damit unter Druck setzte. Er machte sie ängstlich, schuldbewußt, hilflos. Olympia schlug in solchen Momenten die Augen nieder. Augusta ärgerte sich. Aber Ärger war keine Verteidigung.
Ein zweiter Monolog galt der Lebenserfahrung, der dritte dem Nashorn in Kenia, das er nicht getroffen hatte. (Er hatte gar nicht schießen wollen. Er hatte mit erhobenen Händen dagestanden.)
C. A. wußte genau, was zu sagen war, ohne daß er den An-

laß seiner Rede noch einmal erwähnte (Augustas Unterschrift zum Beispiel), und er vergriff sich nie im Ton. *Er verlor sein Gesicht nicht.* (So hieß das.) Es widerfuhr ihm nicht. Lieber hätte er auf sein Gesicht verzichtet. *Das Gesicht. Mein Gesicht.* Hinzu kam, daß Augusta dasselbe Gesicht hatte wie er, dieselben großen Augen, dieselben großen Ohren, denselben großen Mund. Es war vorgekommen, daß er von fremden Leuten, die Augusta kannten, auf der Straße auf sie angesprochen worden war, und umgekehrt: Augusta war auf ihn angesprochen worden. Also lieber kein Gesicht haben, als eines verlieren, das für zwei reichte.

Am nächsten oder übernächsten Tag gab C. A. Augusta das Buch, das Tagebuch, das er zwei Jahre nach dem Krieg in der möblierten Dachstube in Husum oder Flensburg geschrieben hatte, sein *post festum. (Post festum [lat.]: nach dem Fest: hinterher; zu spät.)* Er sagte: Lies das mal, damit du siehst, worum es geht. Wenn du hier nicht dazukommst, dann nimm es mit nach Berlin.

Augusta war überrascht: nach Berlin?

Er sagte: Warum nicht nach Berlin?

Er lächelte gespannt.

## 2

Gegen achtzehn Uhr verließ Augusta Straßburg. Sie fuhr durch die Vorstädte und kam in die Rheinniederung. Die Sonne stand tief und warf lange Schatten. Das Land schien jetzt platter als am Nachmittag. Die Birken und Pappeln am

Chausseerand wurden durchscheinend und gelb; das helle Grau des Asphalts färbte sich blauer.

C. A.s *post festum* war ein merkwürdiges Ding, weder Buch noch Tagebuch, noch bloßes Geständnis. An einen Romanversuch erinnerte es insofern, als C. A. (um sich selbst dahinter zu verstecken?) eine Figur erfunden hatte, einen Oberleutnant Becker. Tagebuchartig wurde das Ganze dadurch, daß jeder Eintragung ein Datum aus dem Krieg vorausgeschickt war, neben dem sich, meist nur mit Bleistift vermerkt, noch das Datum der Niederschrift befand. Zwei und drei und mehr Jahre klafften zwischen den Tagebuchdaten und jenen der Niederschrift. Sie war im Präsens gehalten, was darauf schließen ließ, daß in der möblierten Dachstube in Husum oder Flensburg eine gewaltsame Vergegenwärtigung stattgefunden hatte. Das Tagebuchkonzept war allerdings gestört: Es bestand nicht aus Aufzeichnungen des Oberleutnants Becker, sondern eines zweiten, eines unpersönlichen Erzählers, der diesen beobachtet zu haben schien. Die Konzeption hatte sich nicht lückenlos durchhalten lassen; in Momenten größerer Anteilnahme war es C. A. passiert, daß er den Oberleutnant oder den Erzähler fallengelassen und sich selber ins Spiel gebracht hatte. Dadurch war eine gewisse Rangordnung der Wichtigkeit entstanden, die sich auch auf die Chronologie ausgedehnt hatte. Das Buch begann mit der Schilderung des Kriegsendes, um dann überzugehen in C. A.s lange, ruhige Militärzeit in Wiesbaden. Das Ganze war mit der Hand in ein großes Buch mit liniertem Papier geschrieben und brach zwei Seiten vor dem Rückendeckel ohne Schlußbemerkung ab. (War etwas erledigt gewesen, oder hatte C. A. sich als gescheitert betrachtet?)

Die erste Tagebucheintragung stammte vom 20. April 1945, niedergeschrieben im November 1946. Die Erzählung beschreibt Oberleutnant Becker auf dem Weg zur Front. Er hat sich von der Kommandostelle seines Armeekorps, in der er bis dahin Dienst getan hat, zur Truppe abkommandieren lassen. Die Front in den Bergen südlich Bolognas ist im Begriff zusammenzubrechen.
Ein Stabsfahrer fährt den Oberleutnant durch die Außenbezirke der schwer bombardierten Stadt. Der Stadtkern ist bereits in der Hand der Partisanen, mit denen die deutsche Armee einen lokalen Nichtangriffspakt praktizierte. Leutnant und Fahrer im Kübelwagen schweigen. Es sind die Mauern, die reden, klagen. Es ist wie im Märchen: Oh, Falada, der du hangest. Die Trümmer klagen die Menschheit an, zugleich beklagen sie sie auch: *Warum muß Krieg sein? Warum stellt Ihr Zerstörung an das Ende der abendländischen Kultur?* (Wer *Ihr* ist, bleibt offen; weder der Oberleutnant noch sein Erzähler klären die Frage, obgleich Klarheit in diesem Punkte wenige Sätze später höchst nötig wäre, als Becker einfällt, daß *heute* der Geburtstag *jenes Menschen* ist, dessen *Wahnwitz, würdelose Überheblichkeit* und *Eifersucht* in irgendeinen – wenn auch noch nicht völlig klaren – Zusammenhang mit dem Unheil von Bologna gebracht wird.) Daß es Hitlers letzter Geburtstag ist, kann der Oberleutnant an diesem 20. April und in Bologna natürlich nicht wissen, noch nicht. Aber es wird auch nicht deutlich, ob der Erzähler und der Oberleutnant (oder einer von ihnen) *würdevolle* Überheblichkeit und Eifersucht hätten durchgehen lassen (und beide sind ja nicht völlig kongruente Figuren, da der eine im April 1945 *erlebt*, was der andere erst im Spätherbst 1946 aufschreibt). Beide machen den *einen wahnwitzigen Menschen* für den Faschismus und

seine Auswirkungen verantwortlich, das ist nicht zu bestreiten, aber ist es Becker oder ist es sein Erzähler, der die Mauern klagen läßt? Das Lamento bleibt metaphorisch, denn es gilt nicht einmal den Häusern, von denen diese Trümmer übriggeblieben sind, sondern der Kultur, nicht den Menschen, die unter ihnen begraben liegen, sondern der Menschheit, nicht den 40 oder 60 Millionen Toten, die dieser Krieg gekostet hat, sondern dem Kriege selber. Bomben und Granaten heißen *seelenlose* Waffen, denn sie zerstören hart und *rücksichtslos*. (Von der *Rücksichtslosigkeit* derer, die die Bomben werfen, und der Seele dessen, der es ihnen befohlen hat, ist nicht die Rede.) Technik ist der *Aufschwung der Barbarei*, der *Fetisch des Untergangs*. Oberleutnant Becker ist überhaupt kein Freund der Technik: Vor einem der letzten Häuser der Vorstadt läßt er den Fahrer halten, betritt das Haus und bittet die Bewohner, ein Telefongespräch führen zu dürfen. Die Bitte wird gewährt, die Verbindung läßt sich herstellen. Während er wartet, räsoniert er über die *entwürdigende, unpersönliche* Erfindung des Telefons, die das *Gespräch von Mund zu Mund, von Aug zu Aug auf kaltschnäuzige Art durch die Vermittlung eines toten Drahts zu ersetzen sich vermißt*. (Danach telefoniert er, persönlich, würdig, von Mund zu Mund.)

Während die Stadt zurückfällt und der Wagen ins Hügelland einfährt, denkt Becker an die rauchenden Trümmer und haßt *die Nazis*. Sein Haß *zuckt, flackert, lodert, züngelt,* bis er selbst *flammt* und Sprache gewinnt. Er denkt oder sagt (oder schreibt es C. A.?): Ich gehe an die Front. Ich fliehe vor mir selber. Es ist eine Flucht nach vorn, die ich freiwillig tue. (Eine *freiwillige Flucht* und *nach vorn*? Bisher hat Becker zum Stab des Armeekorps gehört, der hinten steht. Meint er, Verantwortung stehe hinten? Und sind

*Verzicht* und *Erfüllung* wirklich *eins*, wie der Oberleutnant meint? An dieser Stelle springt der Erzähler ein, indem er mitteilt, Becker habe sich nicht mehr zurechtgefunden.)
Im Norden der Stadt hat Becker Freunde, zwei *lustige Leute*, die auf dem Lande leben, in einer Villa. Sie sind zu Hause, wie er soeben telefonisch erfahren hat, und er will zu ihnen, bevor er sich am Abend bei seinem Regiment meldet. Bei den Freunden werde er vorzüglich speisen, einen alten, schweren Wein trinken und guter Dinge sein. Es gebe auch drei Mädchen im Hause, *elegant, adrett, hübsch*. Man werde tanzen, flirten und *furchtbar fröhlich* sein.
Becker weist dem Stabsfahrer den Weg, und der Kübelwagen stoppt vor der Villa. Die Freunde, die Becker fröhlich empfangen, fragen ihn angesichts seines feldmarschmäßigen Aufzugs, ob er zum Kostümfest wolle, und Becker antwortet, er habe im Stab den *inneren Frieden* nicht gewinnen können. Er habe sich zur Front aufgemacht, wo es einen Ausweg geben werde, so oder so. Die lustigen Leute erklären ihn für verrückt und ermahnen ihn unter Lachen, den Krieg zu genießen, denn der Frieden werde fürchterlich werden. (Becker wundert sich, daß dieser Spruch, der im deutschen Heere gang und gäbe ist, sich nun auch im Italienischen eingenistet hat. Das ist bis dahin nur dem Wort *kaputt* geglückt.) Laut sagt er: *Ich bin wie ein Mensch, der die Welt bereist, um das Heimweh zu erfahren*. Die Antwort der Freunde, Heimweh sei eine Magenkrankheit und komme auch bei Liebeskummer vor, deutet an, daß sie ihn gehört haben. Sie sagen: *Dir kann geholfen werden. – Deshalb bin ich hergekommen*, bekennt Becker. *Ich brauche Gegensätze, um das Leben noch einmal zu bemerken*, fügt er hinzu (Becker oder der Erzähler oder C. A.). Der Erzähler rundet jedenfalls den Nachmittag ab mit der Bemerkung, Becker sei köstlich

bewirtet worden, habe seinen Kummer vergessen und sei fast glücklich gewesen, nur daß die Mädchen noch einmal über ihn gelacht hätten, als er sich beim Abschied Brotbeutel, Feldflasche und Pistole wieder umgehängt habe.
Der Krieger setzt den Weg fort. Es wird ihm nachgewinkt.

Augusta hatte den Zoll passiert. Sie fuhr im Schritt über die Rheinbrücke. Zwei Schleppkähne kamen den Fluß herauf. Wie schnell, war nicht auszumachen, nicht einmal, ob sie sich überhaupt bewegten. Augusta fuhr ja auch. Trotzdem die Kinderfrage: Wann werden sie unter der Brücke, über die ich jetzt fahre, durchkommen? (Frag schon weiter: Wie heißt der Kapitän des ersten, wie der des zweiten Kahns?) In einem größeren Abstand folgte ein dritter Kahn. Dunkle Silhouetten auf fahlem Wasser.
Der Rhein. Die Ill. Die Isar. Die Spree. Der Landwehrkanal. Die Ostsee. Immer wenn ich Wasser sehe, fällt mir mehr Wasser ein; dann will ich am Wasser gehen, am liebsten an der Ostsee. Mit den Füßen Seetang wegstoßen. Mit zum Fischen fahren. Oder ich suche am Strand nach flachen Steinen, die ich werfen kann, daß sie übers Wasser hinspringen, einmal, ein paarmal. Oder es stürmt im Herbst, und kein Mensch ist am Strand. Der erste Stein schneidet unter, auch der zweite, der dritte, der vierte. Also kriege ich keine Kinder. Kinderspiel. Nur Möwen. Der letzte Stein springt achtzehnmal. (Das habe ich jetzt erfunden.)

Bei Dunkelwerden trifft Becker im Regimentsgefechtsstand ein. Es handelt sich um einen in den Nordhang einer Anhöhe eingelassenen und mit Brettern verschalten Erdbunker, in dem eine Karbidlampe ein trübes Licht gibt. Die Wände des Bunkers zittern von Zeit zu Zeit und hallen wider von fernen Granateinschlägen; amerikanische Artillerie bestreicht den Nordabhang des Apennin.

Becker erfährt, daß der Regimentskommandeur mit seinen Offizieren die Stellung inspiziert. Er wird zurückerwartet. Becker setzt sich im Mannschaftsraum, in dem einige Soldaten schlafen, auf einen Stuhl und schläft ebenfalls ein. Plötzlich, heißt es, kommt Leben in den Bunker, Schritte hallen, Befehle, laute Stimmen; die Schlafenden erwachen, springen auf; fiebrige Geschäftigkeit. Auch Becker ist sofort hellwach. Der Kommandeur ist zu hören, zu sehen noch nicht, seine Stimme wird als hell und schneidend beschrieben. (Später heißt es, der jugendliche Oberstleutnant sei von *frischem, forschem Wesen;* vorbildliche Eigenschaften sind ihm nachgesagt: *nimmermüde, zäh, stets auf Draht, seinen Männern voraus, weit über den Rahmen der Division hinaus bekannt.*) Im sausenden Licht der Karbidlampe tritt Becker dem Vorbild entgegen. Das erste, was ihm ins Auge fällt, ist das Geblitz des Ritterkreuzes am Hals des Oberstleutnants. *Ein Strom von Tatkraft* geht von der kleinen, drahtigen Erscheinung aus.

Becker macht seine Meldung so laut wie möglich. (Er hat bemerkt, daß der Oberstleutnant das Laute liebt.) Dieser greift nach seiner Rechten und schüttelt sie kräftig.

*Becker? Ich freue mich, daß Sie zu mir gekommen sind. Diesmal geht's um die Wurst. Was haben Sie gelernt? Was können Sie?*

*Nicht viel, Herr Oberstleutnant. Zu lange in den Stäben. Ich war wegen meiner Brüder ...*

*Gefallen?*

*Jawohl, Herr Oberstleutnant. Ich muß von vorn anfangen.*

*Gut, daß Sie es selbst wissen. Eine Kompanie kann ich Ihnen also vorerst nicht geben. Sie müssen sich einarbeiten. Sie sind der letzte in Ihrer Familie?*

*Jawohl, Herr Oberstleutnant. Ich möchte die Verantwortung auch noch nicht übernehmen. Ich werde mich einarbeiten.*
*Heute früh ist der Adjutant des I. Bataillons gefallen. Springen Sie ein. Wenn Sie nicht auch gleich Pech haben, sehen wir weiter. Zu Ihrer Orientierung: das Regiment geht heute nacht zurück, Sie wissen ja warum.*
*Jawohl, Herr Oberstleutnant.*
*Haben Sie die Lage heute morgen noch mitgemacht? Jawohl.*
*Die Bataillone sind bereits in Marsch gesetzt. Sie können das Ihre frühestens morgen erreichen und bleiben heute nacht bei mir.*
Der Oberstleutnant entläßt Becker: *Morgen früh weitere Befehle. Soldatenglück – gute Nacht.*
Der Erzähler beschreibt einen Händedruck und einen kurzen Blick Auge in Auge.
Der Oberstleutnant gefällt Becker: Die kleine, drahtige Gestalt gefällt mir, denkt er beim Einschlafen. Noch unter dem Eindruck der vorbildlichen Erscheinung fügt C. A. hinzu: Der Krieg habe ihn vereinnahmt, jetzt sei er ein grauer Soldat wie dieser oder jener, zu Tat und Tapferkeit verpflichtet, das Leben der Kameraden und das eigene zu verteidigen, notfalls teuer zu verkaufen, kurz: durchzukommen oder unterzugehen. Der Erzähler schließt die Eintragung mit der Bemerkung ab, das Schicksal aller liege in *Gottes Hand.*

Augusta fragte sich, wo sie übernachten sollte. *Umweg* fiel ihr ein, das Dorf im Rebland, in dem sie auf der Herfahrt getankt hatte. Dort gab es sicherlich ein Landgasthaus; wenn nicht in Umweg, dann in einem der Nachbardörfer. Von dort hatte sie morgen nur ein paar Minuten Fahrt bis Baden-Baden. Sie fuhr nicht auf der Autobahn zurück. Sie bog in Kehl auf die Landstraße ab.

Auf die Tagebucheintragung vom 20. April 1945 folgt die vom 19.: Becker hat die Nacht vor Führers Geburtstag (und seine letzte vor der Flucht nach vorn) mit dem General verbracht, dessen Adjutant er bis zu diesem Augenblick gewesen ist, und mit dem Freiherrn und Rittmeister, den C. A. seinen Freund nennt. Im requirierten Landhaus eines Conte hat man bei Champagner und Zigaretten Beckers Abschied gefeiert. Daß die Umstände, das heißt die Frontlage, erörtert werden, ist klar.

Der General redet, Becker schweigt; es fällt ihm nur *wie Schuppen von den Augen*, obwohl ihm längst bekannt ist, was die gläsern knarrende Stimme sagt. (Warum die Schuppen jetzt erst fallen, ist verschwiegen, dagegen stellt der Erzähler den General ausführlich vor: verarmtem Schwertadel entstammend, frommer Katholik, der in Cambridge studiert hat. Seine Interessen übertreffen Kaliber und Reichweite seiner Geschütze; er erweist sich als versiert in Fragen sakraler Kunst, speziell italienischer. Die Uniformen des großen, überschlanken Mannes, den der Erzähler einen *homme à femmes* nennt, sind nach englischem Schnitt und aus bestem italienischem Stoff gefertigt. Das Korps des Generals gilt seit den Schlachten von Monte Cassino als eins der besten an der italienischen Front, hart und unnachsichtig streng geführt, von einem Führer, in dessen Augen sich Pflichtgefühl und Gehorsamsforderung mit mildem Wesen, Weisheit und demütiger Ergebung in höhere Gewalt vereinigen.)

Im Haus des Conte erklärt der General an diesem Abend, es sei von Anfang an klar gewesen, daß eine Militärmacht ohne starke und zuverlässige Freunde (wenn man die Japaner einmal ausnehme) einen Weltkrieg nicht gewinnen könne. Die Anfangserfolge der Blitzkriege von 1939, 40 (nehmen Sie von mir aus auch noch 41 dazu) hätten das aussichtslose Bild nie ernstlich tangieren können. *Der Frieden, sagt der General, ist nicht durch raumgreifende Feldzüge zu erzwingen, wenn die Reserven fehlen: Material, Menschen, Rohstoffe.*

Becker (der Erzähler?) klagt den General, den er *verehrt*, im stillen an: Wenn du's gewußt hast und von Anfang an ...

Der General sagt: *Der Führer. Es war des Führers Wille ...*

Und der Erzähler fragt sich weiter: Warum hast du gehorcht? Bist du nicht General?

Der General sagt: *Von Anfang an verbrecherisch.*

Nachdem sich der General zurückgezogen hat, gehen (C. A.) Becker und der Freund und Freiherr durch die Nacht. Der Freiherr und Freund sagt: Wir haben genug Reserven. Sie sind uns fest versprochen.

Einwurf: Ja, sie sind versprochen worden.

Der Freiherr: Die Führung hat uns nie betrogen. Die letzten Verfügungen, zum Beispiel über die Erfassung der Arbeiter in allen Betrieben, über den planvollen Einsatz der Fremdarbeiter und Lagerhäftlinge, über die Anwendung physikalischer, chemischer und technischer Erfindungen, tragen Früchte. Wir haben neue Waffen zu erwarten. Durchschlagende, wunderbare Waffen.

Einwand: Wäre es nicht Zeit, sie einzusetzen?

Der Freiherr: Man muß warten können. Warten ist eine Kunst. Der Führer ist ein Künstler.

Einwand: Aber wir gehen hinter den Po zurück. Die Amerikaner stehen in Nürnberg, die Russen vor Berlin.

Der Freiherr: Natürlich ist das Warten schwierig, aber wenn der Feind in Deutschland geschlagen wird, ist der Krieg entschieden. In Polen und in der Normandie war eine Entscheidung noch nicht zu erzwingen. Sie gehen

Arm in Arm, es ist ein Uhr geworden. Der Rittmeister will jetzt Beckers Meinung hören. C. A. schweigt. Er ist in Gedanken noch bei der Generalität und dem Vertrauen, das er in sie gesetzt hat, seit den Erfolgen in den ersten Kriegsjahren. Er geht alle seine stillen (und die nicht mehr gänzlich stillen) Zweifel durch, die er niedergeschlagen oder in Hoffnungen verkehrt hat, und inspiziert seinen Glauben, daß die Dinge noch rechtzeitig gemeistert werden könnten. Aber er stößt nur auf Zweifel und Verzweiflung, denen Becker keinen Ausdruck geben mag. Er würde reden, wenn es einen Ausdruck gäbe. Es fehlt ihm nicht an Mut. Da greift die Erzählung ein. Ohne klarzumachen, wer jetzt *ich* sagt, fährt sie fort: *Wie hat so Ungeheueres geschehen können? Je mehr ich über die Generalität nachdenke, desto ratloser werde ich. Ist es die unlösbare Verflechtung von Vorsatz und Fahrlässigkeit? Ist es das, was die Griechen als tragische Schuld bezeichneten?*
Der Freiherr und Freund wartet ungeduldig, ohne aber seine Frage zu wiederholen. Da redet Becker, redet sich's vom Herzen. Es bricht aus ihm heraus; es sind Gesichte, Prophezeiungen, Bilder eines apokalyptischen Untergangs. *Der Nazismus*, läßt C. A. den Oberleutnant Becker sagen, *wird zusammenbrechen wie ein hohles Gemäuer im rüttelnden Sturm und Deutschland in den Abgrund reißen – das Chaos wird aufstehen – das Nichts – der höllische Schlund – Elend – Verbrechen – der Triumph des Niedrigsten –*
Es nimmt kein Ende mit den unbedeutenden Bildern. Und aus dem Zug der Monster lösen sich die Selbstversprechungen: *Niemals wieder*, sagt Becker, schrieb C. A., *wenn ich am Leben bleibe*, schrieb C. A., denkt Becker, *bin ich verpflichtet, alles zu verhindern, was aus einem solchen Unrat noch einmal einen Führer machen kann.*
Der Rittmeister und Freund hört zu. Das Tagebuch weiß

von keiner Unterbrechung. Der Erzähler weiß nur, daß der Freund, Rittmeister und Freiherr dem Oberleutnant Becker die Hand sanft auf die Schulter legt und sagt: Du bist gereizt und müde. Morgen mußt du früh raus. Geh schlafen – sonst müßte ich womöglich Meldung machen...

Es war nun fast dunkel. Der aufgehende Mond hing voll über den Ausläufern des Schwarzwalds. Er leuchtete nah und aprikosenfarben. Augusta betrachtete ihn im Rückspiegel. Rot, aprikosenfarben, weich, golden, hart, weiß, kalt. Die Wörter wechselten, die man dem Mond anhängen konnte, und manchmal hatte man keinen Vergleich.

*21. April 1945, südlich Bolognas* (einer Randnotiz zufolge am 2. Januar 1947 niedergeschrieben):
*Tödliche Spiele: Unter dem Falkenauge* der amerikanischen Artilleriebeobachter jagt Becker *wie ein gehetzter Hirsch* durchs hügelige Gelände. Er nennt die über seinem Kopf kreisenden Artillerieaufklärer auch *Raubbussarde über dem Felde*, während die Mäuse von Loch zu Loch huschen. So eine Maus sei ein lächerliches Etwas, trotz der *besten Waffen der Welt, der Waffen des Führers*. (Er selbst verfügt zum Beispiel über eine Maschinenpistole.) Oberleutnant Becker hat in seiner Soldatenzeit nichts als so gemein und niederträchtig empfunden wie die völlige Ohnmacht diesen kleinen, langsamen Flugzeugen gegenüber, die über seinem Kopf kreisen und anscheinend unverletzlich sind. Nicht, daß er die Sherman-Panzer gelassener betrachtet, die vor seinen Augen vorbeirollen, während er auf dem Bauch liegt, flach hingestreckt, den Kopf gegen die Erde gepreßt – aber die Flugzeuge irritieren ihn tiefer. Er verflucht sie, die ihn und die Gruppe, die er übernommen hat, um sie zurückzufüh-

ren, jämmerlich in einen Graben zwingen, sie seien schuld, daß sie *geworden seien wie die Würmer im Dreck.*

Hast du dein Buch noch im Kopf?
Ja.
Manchmal sehe ich dich. Manchmal sehe ich dich deutlich.
Nur manchmal?

So sähen sie alle aus, heißt es in der Eintragung vom nächsten Tag: bleich, eingefallen, *ledernes Antlitz mit glasklaren, harten Augen,* in denen kein persönlicher Ausdruck mehr sei. *Wir haben keine Gesichter mehr, die zu unterscheiden wären. Wir tragen alle das Gesicht des Soldaten, dem befohlen ist die Stellung zu halten, bis er stirbt.*

Hast du dein Buch wirklich noch im Kopf?
Ja. Bis in meine Träume hinein.
Träume weniger.

Die Kompanie, der C. A. zugeteilt oder der *Haufe,* der von ihr übriggeblieben ist, setzt sich vor nachrückenden amerikanischen Panzern ab. Der Kompaniechef verliert den Kopf. Nach einer heftigen Auseinandersetzung übernimmt ein Oberleutnant Rathmann die Einheit. Es sei, urteilt Becker, den Soldaten gegenüber nicht mehr zu verantworten gewesen. Gut, daß es noch Offiziere wie Rathmann gebe, die um der Soldaten willen handeln, *erfahren, nüchtern, selbstlos.* Die Kompanie verteidigt ein Dorf ohne Verluste. Beim Abrücken taucht der abgesetzte Kompaniechef wieder auf, verwundet. Sie kümmern sich nicht um ihn.
Rathmann teilt die Kompanie in zwei Gruppen auf, deren erste er selbst führt, die zweite führt C. A. mit dem Auftrag,

der ersten Feuerschutz zu geben. C. A.s Gruppe gerät in den Rücken des amerikanischen Panzerangriffs und gräbt sich unter schwerem MG-Beschuß ein. Am Ende gelingt es ihr jedoch, die Kanalbrücke zu erreichen, die im Abschnitt einer deutschen Division liegt und als Treffpunkt ausgemacht ist. Die wiedervereinigte Kompanie geht über den Kanal und erreicht Finale, das zwölf Kilometer jenseits des Parano liegt. C. A. geht neben Rathmann. Rathmann fragt: Denken Sie, daß wir es schaffen?

Den Erzähler wundert die offene Frage des jüngeren Offiziers. Er selbst fragt sich längst, was nach der Niederlage kommen wird. Er sieht Hunger, Arbeitslosigkeit und ungeheizte Trümmerwohnungen voraus.

Rathmann: Glauben Sie, daß uns eine Schuld trifft, zum Beispiel Sie und mich?

Für Oberleutnant Becker antwortet C. A.: Nein. Sie hätten ihr Leben und das ihrer Männer und das ihres Volkes verteidigt. Jeder andere, Franzose, Engländer oder Russe, habe dasselbe getan. Sie seien Werkzeuge gewesen, die Schuld liege woanders.

Ich sehe schwarz, sagt Rathmann, schrieb C. A. Er selber denkt: *Werkzeug. Unsere Verantwortung beginnt nach dem Zusammenbruch.*

Lange Kolonnen von Pferdewagen, Panzern, LKWs und marschierenden Soldaten ziehen auf Finale. Wer nicht mehr gehen kann, sitzt auf. Rathmann und C. A. lassen sich von einem Feldwebel im Kübelwagen mitnehmen. Als der Feldwebel in einem Stau steckenbleibt, sitzen sie ab und gehen voraus, um ihre Leute an der Brücke am Ortseingang abzufangen.

Je näher sie der Brücke kommen, um so hoffnungsloser verkeilen sich Fahrzeuge und Marschkolonnen. Am

Straßenrand liegen verstreutes Gepäck, Munitionskisten, tote Pferde. Amerikanische Jagdbomber haben die Rückzugsstraße in den Abendstunden mit Leuchtspurmunition bestrichen. Kurz vor Finale zwei gefallene Soldaten in einem flachen Granattrichter neben der Brückenauffahrt. Der eine ist von einem Panzer überrollt worden.
Auf der Brücke ist Feldgendarmerie postiert. Rathmann und C. A. erhalten Order, sich beim Kampfkommandanten von Finale zu melden. Aber der Kampfkommandant hat weder Befehle noch Verwendung für Rathmann und C. A. In Finale solle ein Brückenkopf gebildet werden, heißt es. Die amerikanischen Panzer seien zu beiden Seiten der Straße durchgebrochen und stünden vor der Stadt. Die Brücke beim Ortseingang müsse gehalten werden, andernfalls seien die zurückgehenden Einheiten abgeschnitten. Es scheint sicher, daß die Amerikaner in der Nacht versuchen werden, Finale einzunehmen.
Oberleutnant Becker sieht seinen Kompaniechef fragend an. Der sagt: Wir müssen zurück, die Leute wiederfinden. C. A. will sagen, daß es kaum eine Möglichkeit gebe, die Kompanie jetzt aus dem Befehlsbereich der Feldgendarmerie zu lösen, als (*wie zur Bejahung seiner Worte,* schreibt der Erzähler) die Hölle losbricht. Der amerikanische Angriff beginnt. Die Partisanen, die sich in der Stadt verbarrikadiert haben, unterstützen den Angriff von den Dächern. Panik unter den Kolonnen. Jedermann sucht Deckung an Hausmauern, in Toreingängen. Einzelne erwidern das Feuer, Rathmann geht zur Brücke zurück, wo er fällt. (C. A. schreibt, er habe die Nachricht über Rathmanns Schicksal von einem seiner Leute, den er später wiedergetroffen habe.) C. A. selber schlägt sich, springend und robbend, zum Gefechtsstand des Kampfkommandanten

durch. Der Gefechtsstand ist geräumt. Mitten im Zimmer steht ein Stuhl. Oberleutnant Becker setzt sich auf den Stuhl und schläft ein.

Der Mond stieg langsam. Das Land darunter war so weich, so flach – es wirkte ganz verloren; so ausgesetzt, wie Augusta sich fühlte. Ein Gedanke krampfte sich in ihrem Kopf fest. Kann die gelbe Kugel jetzt herunterfallen? Fall, bitte, mach schon. Johanna sagt, ich hätte dich auf dem Gewissen, C. A. Stammt der Satz von dir? Ich habe dich nur tot gewünscht, wenn ich am Ende war. Ich dachte, dann wäre ich frei.
Sie stellte das Radio an. Schlagermusik. Sie drehte weiter, ein Cembalo. Noch schlimmer.
Hast du dir nie vorstellen können, daß ich frei sein wollte?

Im Morgengrauen des *23. April* wird Oberleutnant Becker geweckt. Er springt auf und erkennt in dem Mann, der mit verbundenem Kopf vor ihm steht, den abgesetzten Kompaniechef. Der Major fragt, ob er mitkommen wolle. Er hat einen Wagen gefunden und will zur Division fahren. Becker will; nur raus aus der Falle, er will nicht in Gefangenschaft geraten.
Als sie durch Finale fahren, ist eine Kampfpause eingetreten. Sie erfahren von einem Unteroffizier der Feldgendarmerie, daß die Brücke vor Finale gesprengt worden ist. Die Sprengung fand schon in der Nacht statt. Die Explosion hat den ersten amerikanischen Panzer, der gerade über die Brücke rollte, in den Fluß gestürzt.
*Und die Fahrzeuge? Und die Marschkolonnen? Meine Kompanie?*
Der Feldgendarm zuckt die Achseln. Abgeschnitten. Für die ist der Krieg aus. Er läßt sie weiterfahren.

Ich habe dich oft tot gewünscht.
Jetzt bist du tot, aber es erleichtert mich nicht. Ich war ja weggegangen. Als du mir ins Gesicht schriest, daß du mich erschießen werdest, bin ich weggegangen. Du brauchtest nicht zu sterben.
Sie nahm das Gas weg, als ein PKW sie überholte. Sie ließ ihn abziehen. Danach war sie wieder allein auf der Straße. Die Rheinebene schob sich voll in die Windschutzscheibe: Grautöne und erste Abstufungen von Dunkelheit, das Weiß der Schlehenbüsche war verflogen.
Hör nicht zu, C. A. Es wären bloße Sätze, wenn ich jetzt sagte, ich könnte mich kugeln, mit allen Himmeln kugeln, alle Tage Sonntag machen, oder daß ich flöge oder König wäre oder die Flügel über den Wind schlagen könnte. Es stimmt nicht. Eher stimmte schon Hals über Kopf, oder kurz vor dem Sprung. Ein Drittelmensch vor dem Sprung: nichts, Sturz, Aufschlag, in die Brüche gehen. Schuldgefühl und Scham gehen dich nichts mehr an. Das begreifst du, C. A.? (Pause) Frei? (Pause) Nicht frei. Nur daß du jetzt nicht mehr sagen kannst, daß ich undankbar, unverzeihlich, auf ewig unverziehen über dich hinwegginge. Das kannst du nicht mehr sagen. (Pause) Das ist vorbei. (Pause) Daran können wir beide nicht mehr rütteln.
Deine Monologe über den Tod! Ich war wer weiß wie klein, als du zum erstenmal sagtest, du werdest mit fünfundfünfzig sterben, dann mit sechsundfünfzig, dann mit siebenundfünfzig, aber als du zweiundfünfzig warst, sagtest du, du wärest fünfzig. Du bist immer älter und jünger geworden, vorwärts und rückwärts, und jetzt hat sechsundfünfzig gestimmt. Auf den Punkt. Als ich einmal dagegensagte, ich würde siebenundzwanzig werden, hatte ich noch viele Jahre vor mir bis dahin. Trotzdem hast du mich groß angesehen

und gerechnet und dann beinah gelächelt, als du sagtest: Dann stirbst du gleich nach mir.

Am 20. April 1945 (seinem letzten Geburtstag) habe Hitler die Einstellung jeder Vorbereitung zum Rückzug über den Po und aller bereits in Gang befindlichen Absetz- und Übergangsbewegungen befohlen, notiert C. A.s Tagebuch vier Tage später, und daß der Major die Order erhalten habe, mit einigen Abwehrgeschützen, Panzern und den noch kampfwilligen Resten der zersprengten Infanteriekompanien den Übergang der aufgelöst flüchtenden Einheiten über den Strom zu decken. Oberleutnant Becker tut Dienst als Ordonnanzoffizier des Majors, *und* – schrieb C. A. – *so machten sie sich ein letztesmal bereit, das Leben einzusetzen, den Kameraden den Rückzug zu ermöglichen.* Das Tagebuch teilt mit, an diesem Tag seien dem Oberleutnant verschiedene Äußerungen eingefallen, die der General im Stab gemacht habe, zum Beispiel: *Soldat und Eid sind eins.* Auch dieses, daß *höchstes Glück der Soldat nur im Bewußtsein freudig erfüllter Pflicht finde,* und daß *sich die Truppe – wie stets in mißlichen Lagen – eng um den Führer schare.* Es wirkte wie ein Echo, wenn der Oberleutnant (1947, und in einem möblierten Zimmer in Flensburg oder Husum) eigene Wendungen hinzufügt, in denen von *heldischem Mut* oder der *Belehnung mit der Verantwortung für das Leben der Kameraden* und *Heldentod* (im Gegensatz zum *schändlichen Verrecken*) die Rede ist. Faktisch fährt der neu ernannte Ordonnanzoffizier nur auf seinem Krad zwischen Po und Finale hin und her, erstattet Meldung, bringt Befehle, gibt Gas, bremst, stürzt, liegt am Boden, krallt sich in die Erde, *daß sie ihn halten möge,* während die Stadt und die Dörfer an der Straße zum Po in Flammen aufgehen. Es ist vier Kilometer weit bis zu der

Lände, wo die deutschen Einheiten über den Strom setzen. Die Amerikaner sind durchgebrochen und stehen gleichfalls am Flußufer, zu beiden Seiten der Lände. Die Ad-hoc-Truppe des Majors und der Meldefahrer im Leutnantsrang erreichen den Süddeich, *als der Himmel sich schwach im Osten zu lichten beginnt*: Gebrüll der Sterbenden in den Strudeln. Die Ufer von Leichen bedeckt, hingestreckt von Bombensplittern, durchsiebt von Maschinengewehrgarben wie die Scheiben im Schießstand. Der Strom im Qualm und Lodern. Panzer. Gesprengte Geschütze. *Unauslöschlich.* Das unauslöschliche Bild wie einen Stein auf dem Herzen, teilt der Erzähler mit, was *ehrlich in ihm* sei und deutlich spreche: *Euer Werk. Beschwört nicht herauf, was ihr nicht wahrhaben mögt. Idealismus und Verbrechen – nahe beisammen. Gewalt erzeugt Gewalt, und die Gewalt der Gequälten ist größer als euer erlahmender Wille.*

Hast du dein Tagebuch wirklich noch im Kopf, C. A.?
Ja. Hab' ich es nicht schon gesagt?

Am Morgen des 24. April 1945 setzten sie sich ab. Daß er die Vernichtungsschlacht überlebt habe, schrieb C. A., empfinde Oberleutnant Becker *in der tiefen Ruhe tiefster Dankbarkeit*, und er setzte hinzu, er sei ein armer Mensch geworden. Außer der Handwaffe am Koppel besitze er nichts mehr. Kein Stück Seife. Er putze sich die Zähne mit einem Stück Holz, wasche sich die Hände mit Erde. Die Sonne sei das Handtuch. Arm geworden, schließt sich der Erzähler dem *Haufen* an, den der Major über den Fluß hinweg gerettet hat. (Sie haben sich aus Trümmern ein Floß zurechtgezimmert.) Das vorläufige Ziel: Verona. Der Weg dorthin: Flucht. (Nicht ganz so *freiwillig* wie vor Bologna, nicht mehr *nach vorn*.) Der rauchgeschwärzte Himmel brütet über der Ebene. Es ist sehr heiß. Es ist ein mühseliger Marsch, den sie schweigend hinter sich bringen, der Erzähler, Oberleutnant Becker und C. A. Sie fangen an, voneinander abzusehen. Nur über das Wetter sind sich alle drei einig: Es war sehr heiß. Es ist sehr heiß. Es ist sehr heiß gewesen.


3

Hinter Bühl fuhr Augusta wieder ins Rebland hinauf, durch das sie schon am Nachmittag gekommen war. Der erste Gasthof, an dem sie vorbeifuhr, war dunkel, der zweite ebenfalls. In der nächsten Ortschaft fragte sie eine Frau, die vor einer Haustür stand und in ihrer Tasche nach dem Schlüssel kramte, wo man übernachten könne. Die Frau antwortete: Jetzt, nach den Pfingsttagen, hätten die meisten Gasthäuser geschlossen. Dabei suchte sie weiter in ihrer Tasche, bis sie den Schlüssel gefunden hatte. Sie stand schon in der Haustür, als sie Augusta nachrief, sie solle es im nächsten Dorf versuchen.
In Umweg? fragte Augusta.
Nein, sagte die Frau, Umweg ist eins weiter.
Das Wirtshaus hieß *Rebstock* und hatte Licht in allen Fenstern. Augusta bekam ein Zimmer zugewiesen, danach saß sie in der Gaststube an einem langen Tisch und bestellte sich einen Krug Wein. Sie saß und rauchte und sah sich die Leute an den Nebentischen an. In Schlips und Kragen aßen sie Abendbrot oder tranken Wein. Sie betrachtete die geschnitzten Möbel, die karierten Tischdecken und Gardinen

und las die Sprüche auf den Holztellern an den Wänden. Viel Zinnkram und Grünzeug standen herum. Im Aquarium unter der Theke schwammen Forellen. Die Wirtin war eine freundliche, runde Frau in einer weißen Schürze. Wenn sie nicht bediente, setzte sie sich zu drei alten Leuten an einen Tisch und unterhielt sich. Der Wirt, ein flossenfüßiger, mürrischer Hausvater, addierte hinter der Theke.
In Einhaus-Dorf hatte es keinen Dorfkrug gegeben, erst im Nachbarort, der eine Viertelstunde entfernt lag. Dort tranken die Leute Bier und Klaren und kloppten ihren Skat. Gelegentlich gab es eine Schlägerei. Augusta hatte plötzlich das Gefühl, als ob dort immer Winter gewesen wäre, im Krug, im Dorf. Die Wirtsleute hatten häufig gewechselt, erst die letzten Besitzer hatten die Wirtschaft in Schwung gebracht, genauer: die Wirtin war es gewesen, eine vollbusige, wilde Frau, klein und mit Zahnlücken. Sie tanzte abends auf den Tischen und forderte Bauern, Knechte und Landarbeiter zu Mondscheinritten auf. Dann waren sie stundenlang in Feld, Wald und Wiesen unterwegs, und wenn sie zurückkamen, mußte ihr Mann für die Nacht das Bett räumen. Die Begleiter wechselten, manchen konnte sie nur einmal dazu bewegen, mitzukommen. Stammkunden blieben alle.
Die vielen Selbstmorde da oben gehörten zu dem Bild des ständigen Winters. Fast jedes Jahr ein Fall in Einhaus oder im Nachbardorf, einer trüber als der andere, und immer der Strick; es war das einfachste und sicherste, es mit dem Strick zu machen. C. A. redete jahrelang von seinem Tod und starb nicht. Im Dorf hängten sie sich auf und redeten nicht. Willi Klüver aus dem Nachbardorf hängte sich auf, weil er Schulden bei der Mondscheinwirtin hatte, aus denen er nicht mehr herauskam. Seiner Frau wurde die Rechnung

erst nach dem Begräbnis präsentiert. Otto Morhack hatte mit dreiundzwanzig Jahren den väterlichen Hof geerbt und sich aufgehängt, nachdem er die Bücher durchgesehen hatte. Hans Timm, der Küster des Kirchspiels, erhängte sich auf der Empore in der Kirche neben der Orgel: fünfundzwanzig Jahre lang Gräber schaufeln, und die Frau ein platzendes, krankes, unumspannbares Etwas. Was nützte es ihm, daß sie im Gemeindechor sang und aus allen anderen Stimmen herauszuhören war.
Adolf Hansens lange Liebschaft mit Lili Bärner. Hansen war Schweinemajor in Einhaus, Lili Bärner Melkerin. Sie hatte achtzehn Kinder. Walter Bärner, Lilis Mann, kam eines Tages dahinter. Er sagte: Wenn ich euch noch einmal erwische, jage ich ihm das Messer zwischen die Rippen. Er erwischte sie, aber er hatte sein Messer gerade nicht bei sich. Aus bloßer Angst vor Bärners Messer erhängte sich Adolf Hansen im Dachstuhl. Als sie es Bärner sagten, bekam er es selbst mit der Angst und warf sich den Strick in den nächsten Baum, aber bevor er den Kopf in die Schlinge stecken konnte, kam ein Melker dazu und schnitt den Strick vom Ast. Ein Jahr später saß Bärner im Knast, weil er halbwüchsigen Mädchen nachgestiegen war, fremden (nicht seinen Töchtern, wie der Maurer, dessen Frau und Älteste gleichzeitig ein Kind von ihm bekamen). Was die Kinder von Lili Bärner anging, so waren drei gleich nach der Geburt gestorben, fünf waren schwachsinnig, das neunte war in den Backofen gekrochen und lief mit großen Brandnarben herum. Mit den beiden jüngsten Kindern war Augusta in die Dorfschule gegangen.
Kalle, der Forstgehilfe, hatte mit seiner Familie in einer Nissenhütte gewohnt, bis er in eine Backsteinkate umziehen konnte. Die Frau wollte eine Tochter haben, aber sie bekam

nur Söhne. Sie schaffte es doch noch: das elfte Kind war eine Tochter. Sie wußten nicht, wie sie mit dem Geld zurechtkommen sollten. Sie hatten so gerechnet: Das Kindergeld ist für die Anschaffungen: das Schlafzimmer, die Waschmaschine, den Eisschrank, das Fernsehgerät. Der Kaufmann hatte sich auf Ratenzahlung eingelassen und Möbel und Haushaltsgeräte wieder abgeholt, wenn die Zahlung ausblieb.

*Ora et labora* stand in Brandmalerei auf den Täfelchen zu lesen, die in vielen Arbeiterwohnungen hingen. Es waren Erbstücke, die immer von der Mutter auf die Söhne gekommen waren. Die Söhne strichen das *ora*, Hochzeiten, Taufen, Konfirmationen und Begräbnisse ausgenommen, und es gab viele Hochzeiten, Taufen und Begräbnisse. (Augustas Onkel liebte zu zitieren: Liebe – Brot der Armen. Augusta haßte ihn dafür.)

Die Uhr der Dorfkirche schlug. Augusta horchte auf. Gleich darauf schlug noch eine Turmuhr von Steinbach herüber. In Einhaus waren die Kirchenglocken nur bei günstigem Wind (Nordost) zu hören gewesen. Wenn sie Sonntag morgens läuteten, hörte man zugleich das Moped des Friseurs. Er kam jeden Sonntagvormittag aus der Stadt herüber. Auf dem Gepäckträger hatte er den Holzkasten mit den Utensilien festgezurrt: Kamm, Schere, Rasiermesser, Schüssel, Vorbindetücher, Seife, Pinsel. Wasser bekam er an Ort und Stelle. Er schnitt den Arbeitern die Haare, und einige ließen sich auch rasieren. Das geschah im Sommer im Schatten der Kastanie, die auf dem Gutshof stand; im Winter in der Torhausstube, die *Leutestube* hieß. Dort wurde sonst, wenn schlechtes Wetter war, die Arbeit verteilt. Sonntags gab es nur für zwei Leute Arbeit: der eine schnitt Haare, der andere machte sich auf den Weg zur

Kanzel. Der Friseur brachte Neuigkeiten aus der Stadt mit und erfuhr den letzten Dorfklatsch, während der Pastor von der Kanzel fuchtelte. Er liebte das Laute: Gottes Schwur ist Jesus Christus; aber fromm und gottesfürchtig sein, ist nicht mehr der Ehrgeiz von heute. Die Arbeiter erzählten dem Friseur, wer gestorben war und wer ein Kind erwartete. Der Pastor ging weiter. Er sagte: Das einzige unerwünschte Kind auf dieser Welt ist heute Jesus Christus. Erinnerungen.
Gab es Jahre, die nicht verschwanden – nur weil die Erinnerungen an sie fixiert waren?
Augusta hatte das große Haushaltsbuch, in das C. A. sein sonderbares Tagebuch *post festum* geschrieben hatte, mit nach Berlin genommen, und verbrachte schwierige Wochen damit. Zuerst hatte sie das Gefühl, als werde ihr zugemutet, einem ganzen Aufmarsch kitschiger Sonnenuntergänge zuzusehen. Dann kamen Momente, in denen sie ihn liegen sah, C. A., jung, mager, abgerissen, ihn vom Motorrad stürzen sah, ihn liegen sah, in den Dreck geduckt unter Schwärmen kreisender Flugzeuge, die Finger in die Erde krallend, daß *sie ihn halten möge*, und sie nahm ihm die schwülstige Redeweise ab, das hilflose Pathos. Gefahren und Ängste waren unangemessen groß gewesen, so daß er keine Wahl gehabt haben mochte als die zwischen Schweigen und Konfektion. Aber dann mehrten sich wieder *die heiligen Eide* und die *Heldentode*, die *Truppen, die sich in mißlicher Lage eng um ihre Führer scharten*, die *Verantwortungs-Lehen*: Gewäsch, Gewäsch plus Badenweiler Marschmusik. Die Sprache seines Tagebuchs war nicht privat, sie war verbreitet, und C. A. gebrauchte sie auch sonst gelegentlich, wenn er zu faul zum Denken war. Aber es war nicht Augustas Sprache, und sie wußte, daß er Antwort von

ihr erwartete. Da versuchte sie sich in Anläufen zu Fragen und Antworten. Sie malte sich aus, wie sie vor ihm stehen werde und er aufnahm, was sie sagte.

Ein Anlauf, mit C. A. zu reden.
Warum hast du mir dein Tagebuch zu lesen gegeben?
C. A. versteift sich und sagt: Ich wollte, daß du erkennst, worum es geht.
Augusta: Es geht gar nicht darum. Ich glaube auch nicht, daß es damals darum gegangen ist.
C. A.: Worum nicht?
Ich habe es schon gesagt, C. A.: Um die Phrasen.
Aus.
Augusta: Manches ist für mich ganz verständlich. Da sagst du zum Beispiel einmal, eure Verantwortung, die der Jungen, werde erst beginnen, wenn der Krieg vorbei sei. Ich weiß nicht, ob das gestimmt hat, ob es genug war, aber ich verstehe es.
Und?
Augusta: Willst du wirklich alles verantworten, was nach dem Krieg in Deutschland geschehen ist?
Aus.

In diese Zeit fiel Tante Harietts siebzigster Geburtstag. Am Geburtstagsmorgen rief sie an, und als Augusta ihr erzählte, daß sie sich mit C. A.s Kriegstagebuch herumschlage, sagte Tante Hariett: Also hat er es dir tatsächlich gegeben?
Ja. Hast du es auch gelesen?
Nein, sagte Tante Hariett. Ich glaube, du bist der einzige Mensch, dem er es zu lesen gegeben hat. Und dabei sagst du immer, ihr verstündet euch nicht! Ist das Buch so wich-

tig, wie er glaubt?

Es ist furchtbar. Das heißt: vielleicht ist es nicht furchtbar, sondern nur – durchschnittlich. Vielleicht gibt es viele solche Bücher, aber ich habe nicht gewußt, daß er so durchschnittlich ist. Es liest sich alles wie *Stolze Trauer*.

Er ist kein Schriftsteller, vergiß das nicht. Er schreibt, wie er denkt.

Nein, Tante Hariett, er denkt, wie er schreibt! Es gibt da Stellen, die ganz ehrlich sind, ganz klar, und manchmal läßt er seinen Oberleutnant Becker, wie er sich in seinem Tagebuch nennt, ganz vernünftige Sachen sagen, aber das sind nur Momente, und drei Zeilen später kommen wieder die Phrasen, das Auswendige, die Parolen, der Selbstbetrug.

Weißt du, daß ich es war, die ihm geraten hat, das Tagebuch zu schreiben? – Tante Hariett hatte C. A. gesehen, als er 1946 aus der Kriegsgefangenschaft heimgekommen war, ganz verändert. Er war erschüttert, ehrlich erschüttert. Was ihr nicht ganz ehrlich vorgekommen war, war, daß er über seine Erschütterung erschütterter zu sein schien als über seine Erlebnisse, und da hatte sie ihm gesagt: Schreib es auf, anders kommst du nicht klar mit dir. Schreib einfach alles auf. – Er war kein Nazi, sagte Tante Hariett.

Das glaube ich ihm, sagte Augusta. Wenigstens glaube ich ihm, daß er keiner sein wollte.

Sei nicht zu hart, sagte Tante Hariett.

Ich bin nicht hart, sagte Augusta. Ich weiß nur nicht, was ich tun soll. Er erwartet doch eine Antwort.

Zweiter Anlauf, mit C. A. zu reden:
Was ist deutschnational, C. A.?
Schweigen.
Aus.

Augusta nahm das leere Glas vom Tisch und preßte es gegen die Stirn. Dann bestellte sie sich noch ein Viertel Wein. Ein Mann, eine Frau, ein Junge und ein Mädchen steuerten auf ihren Tisch zu. Der Tisch war frei bis auf Augustas Platz am Kopfende. Der Tisch sei frei, sagte sie zu dem Mann; was sollte sie dagegen haben, daß er und seine Familie sich zu ihr setzten. Aber der Mann rutscht die ganze Bank herauf bis an ihre Seite, die Frau stellt sich neben sie und zieht einen Stuhl heran, der Sohn rutscht die Bank herauf neben seinen Vater, die Tochter nimmt den zweiten Stuhl. Augusta zieht ihr Glas zu sich heran. Die Frau legt ihren ausgestreckten Arm auf die Stelle, wo das Glas gestanden hat. Der Mann dreht Augusta den Rücken zu und stützt das Kinn in die Hand. Das Essen paßt ihm nicht. Das Essen hat ihm im *Rebstock* nie gepaßt. Die Mutter studiert die Speisekarte und beteuert das Gegenteil. Die Tochter hat keinen Hunger. Der Sohn sagt zur Schwester, er wäre lieber ins Kino gegangen. Augusta steht auf und verläßt, ohne das zweite Viertel Wein abzuwarten, die Gaststube.

Draußen stand der Mond schräg über der Straße. Augusta ging die Straße bergan, dann machte sie plötzlich kehrt. Sie rannte den unterbrochenen weißen Mittelstreifen entlang. Bei jeder Unterbrechung nahm sie Anlauf und sprang. Anlauf – Sprung – Anlauf – Sprung – meine Faust in deine Achselhöhle drehen, deine in meine, Felix – Anlauf – den Kopf an deiner Schulter haben – unter deinem Kinn – Sprung. Nach einem Dutzend Sprünge gab sie auf. Sie ging atemlos weiter. Ich erfinde jetzt, wie es ist: Jeder steht vor seiner Tür, ich vor meiner, du vor deiner, dort warten wir aufeinander, du auf mich, ich auf dich, und jeder bittet den anderen, der nicht kommt, mit großen, überschweng-

lichen Gesten zu sich herein. Versteck. Manchmal stehen
wir beide hinter der Tür, jeder hinter seiner
und warten beide
und kommen beide nicht
nichts, keiner schleicht
keiner rennt
nichts huscht
nichts springt
oder ist es besser, wenn ich dir schreibe, Felix?
Als sie wieder in der Gaststube des *Rebstocks* war, fragte sie die Wirtin, ob sie telefonieren dürfe. Das Telefon hing zwischen der Theke und dem engen Durchgang zwischen Küche und Gaststube. Als die Wirtin den Gebührenzähler eingeschaltet hatte, der in der Küche hing, und Augusta die Münchner Nummer wählte, sah sie die Familie an ihrem Tisch essen. Ihr zweites Viertel Wein stand unberührt an ihrem Platz neben dem ausgestreckten Arm der Frau. Freizeichen. Sie wartete. Während sie wartete, sah sie den Forellen im Aquarium unter der Theke zu. Sie hatten die Köpfe in die quellenden Luftblasen gesteckt. Manchmal ließ sich eine rückwärts sacken und schwamm wieder an die Luftblasen heran. Nichts. Nichts. Augusta drehte die Münchner Nummer ein zweites Mal. Freizeichen.
Ja? fragte es müde.
Bist du's, Felix?
Er wachte prompt auf: Wo steckst du denn, fragte er, mir-nichtsdirnichts weg bis Montag, was tust du mir an?
Die Stimme – halb aufgestört, halb gleichgültig, halb froh. Drei Halbe, unmöglich. Beim Hören der Stimme: ihn sehen wollen. Das Einfachste war Hinfahren. Unmöglich. Einfaches war mit Felix unmöglich.
Und wo warst du bis jetzt? fragte sie.

Die alte Scheiße. Zu Hause. Über Pfingsten mußte ich plötzlich nach Hamburg. Dann wieder nach Hause, ausgeflippt und geschlafen.

Ich laufe herum wie ein verlorener Hund, sagte sie, ich habe Angst, warte, daß du dich meldest, halte Selbstgespräche und weiß nicht, woran ich mit dir bin. Ich weiß nichts mehr von dir, Felix.

Es ist zum Kotzen, verzeih, sagte er, ich bin zum Kotzen. Das Schlimmste ist, daß ich dir böse sein könnte, aber ich kann nicht mit dir streiten. Ich habe heute den ganzen Tag mit dir geredet, in Baden-Baden, in Straßburg, nein, den halben Tag. Nein, den Vierteltag.

Lieb von dir, sagte er, ich habe das nötig, und was hast du herausgekriegt?

Wobei?

Beim Nachdenken.

Ich hatte mit dir reden wollen. Beim Nachdenken kommt immer was raus.

Kein gutes Wort. Verdiene ich kein gutes Wort?

Ich weiß nicht, sagte sie, vielleicht.

Schmerz im Hals, die Stimme, die Traurigkeit. – Aus.

Weinst du? fragte er. Warum bist du überhaupt weggefahren, ist was?

Ich rufe dich morgen wieder an, sagte sie.

Er sagte: Sag es doch, oder soll ich zurückrufen?

Nein, ich rufe wieder an. Ich lege auf.

Sie kam sich blöd vor. Sie guckte auf die Forellen im Aquarium und wischte sich mit den Fingern durchs Gesicht. Wie soll ich dir sagen, in was mich C. A. entlassen hat, in welche Leere, in welch schäbige Erleichterung, in welche Vorwürfe. Ich mache mir welche, Felix. Morgen wirst du sagen: Sei nicht lange weggewesen, wenn du wiederkommst. Du hast es schon mal gesagt, nein, zweimal; du wiederholst dich, aber ich mich auch.


4

Im Nebenzimmer schrie ein Baby. Augusta, die halb eingeschlafen war, wurde wieder wach. Sie hörte eine Frauenstimme dem Baby zureden, aber das Baby schrie nur lauter. Gleich darauf eine Männerstimme. Ein Bett knarrte, ein Fenster wurde geschlossen, das Baby hörte nicht auf zu schreien. Augusta stand auf, stellte sich ans Fenster und sah eine Weile auf die Rheinebene hinaus, die in Mondlicht und Dunst zu schwimmen schien.

Weitere Anläufe, mit C. A. zu reden:
Warum hast du dich *Becker* genannt in deinem Kriegstagebuch?
Er sagt nichts.
Ich kann es verstehen, ich meine: als Trick. Du wolltest dich von dir distanzieren. Das kann man machen. Man wird sich über jeden anderen leichter klar als über sich selbst, aber der Trick erleichterte es dir auch, dich zu drücken, in dieses Offiziersgerede zu flüchten, *Waffen des Führers*, *Heldentod*.
Sein Blick.
Ich hatte beim Lesen manchmal das Gefühl, daß du dir selber die Ausreden nicht leicht abgenommen hast.
Nur dieser leere Blick.
Es sind doch Ausreden. Was heißt denn *Heiliger Eid*, wenn man an die Wand gestellt wird, falls man sich weigert, ihn

zu schwören. Beim Amtsgericht heißt das Nötigung, Erpressung.

Das Baby wimmerte, dann schrie es wieder. Eine Tür ging. Jemand ging auf die Toilette. Man hörte die Wasserspülung rauschen.

Vierter Anlauf:
Warum hast du dich *Oberleutnant Becker* genannt?
Es gab viele Beckers im Feld. Ich wollte über einen von den vielen schreiben.
Du warst *einer von vielen*?
Ja.
Warum hast du dich dann nicht gleich *Meier-Müller-Schulze* genannt?
C. A. sagt: Das sagt man nicht, wenn einer nach dem anderen fällt. Du warst nicht dabei.
Nein, sagt Augusta, ich war nicht dabei, deshalb frage ich. Ich habe noch viele Fragen, zum Beispiel: Wenn man die Gefallenen nicht Meier nennt, wie nennt man dann die Adligen, wenn sie tot sind? Oder besser: Wie nennt man sie in diesem Falle nicht mehr?
C. A. wendet den Blick nicht von ihr und sagt ruhig: Es sind viele Adlige gefallen.
Das weiß ich.
Nach dem 20. Juli sind ganze Familien ausgerottet worden.
Auch das weiß ich. Aber ich weiß auch, daß jeder achte, neunte hohe und höchste SS-Führer adlig war.
Laß die SS aus dem Spiel.
Gut; ich lasse sie aus dem Spiel, wenn ich auch nicht verstehe, wieso. Wir können bei der Wehrmacht bleiben: Du schreibst da zum Beispiel etwas Begeistertes über den

Generalfeldmarschall von Reichenau. Dein General erwähnt ihn.
Er war ein entscheidender Mann.
Genau das meine ich.
Er ist gefallen.
Ich nehme es zur Kenntnis. Ich meine aber: Was hat er gemacht in seiner entscheidenden Position, ehe er fiel?
Und was hat er gemacht?
Als mitten im Rußlandfeldzug in seiner Armee oder seinem Armeekorps Unruhe entstand, weil die Einsatzkommandos hinter der Front Zehntausende und Hunderttausende von Juden umbrachten und seine Soldaten sagten, dafür trügen sie ihre Haut nicht zu Markte, hat er einen Tagesbefehl herausgegeben: Die Truppe habe das zu verstehen; es sei militärisch notwendig und ein Akt der Bereinigung.
C. A. sagt betroffen: Ich habe einen solchen Befehl nie gesehen.
Du nicht, sagt Augusta, aber die Chefs der anderen Armeen oder Armeekorps an der Ostfront haben ihn gesehen und ihn in ihren eigenen Tagesbefehlen zitiert, unter Reichenaus Namen, und von denen waren mehr als die Hälfte adlig. Sie sind nicht alle gefallen.
Woher weißt du das?
Es gibt Bücher über den Krieg.

Das Baby schrie noch immer. Augusta griff sich ihren dicken Pullover aus dem Koffer, zog ihre Jacke darüber und ging nach draußen.

Fünfter Anlauf:
Diesmal fängt C. A. an: Hör zu, Augusta: Millionen sind den Heldentod gestorben, daran gibt es nichts zu deuten.

Ich deute gar nicht, ich bedauere sie von Herzen – vor allem, weil sie den *Heldentod* für nichts und wieder nichts gestorben sind, für einen *Unrat*, wie du geschrieben hast. Ich frage nur, ob jeder, der da umgekommen ist, ein *Held* war. Hatten die Helden nicht ganz anderes zu tun?
Du hast dem Tod noch nicht gegenübergestanden.
(Warum sagt er nicht: *ins Auge geblickt?*) – Aus.

Das Gästehaus des *Rebstocks* lag jenseits eines kleinen Steingartens. Augusta ging leise die Treppe hinunter, die von großen Blumentöpfen und Blattpflanzen halb verstellt war, und trat in den Garten. Alle Fenster im Hause waren dunkel. Sie sah in die Linden hinauf, die auf der Terrasse standen. Ihre Zweige waren so dicht ineinander verwachsen, daß sie einen Tisch mit Stühlen völlig überdachten, ein Platz für Kotzebue: Fremde Damen sitzen in den Zweigen und lesen oder stricken in der grünen Mondnacht. Ein Klavier wird heraufgebracht. Die Herren spielen Flöte oder sie ruhen lauschend in den dick belaubten Ästen. Es gibt Kaffee. Augusta stieg die Wirtshaustreppe zur Straße hinunter und ging durch die Ortschaft. Sie lief mitten auf der Fahrbahn. Die Häuser lagen dunkel. Hunde schlugen nicht an. Der Mond war höher gestiegen. Während die Linden eine Sache für Kotzebue gewesen waren, war das «Meer der Ruhe» eine für Armstrong und Aldrin, ein Platz für Weit- und Känguruhsprünge.

Sechster Anlauf:
C. A. sagt:
Du hast eben *Phrasen* gesagt. Das ist ungerecht.
Die Phrasen sind ungerecht.
Vergiß nicht, daß mancher ein Wort einfach nicht versteht.

Es sagt ihm nichts. Es ist...
Augusta fällt ein: Er war nicht dabei, nicht wahr?
Ja. Du warst nicht dabei. Im übrigen kommt es auch vor, daß jemand ein Wort mißversteht, weil er es nicht kennt.
Und?
Kein Und. Verstehst du mich wirklich nicht? Ich habe genau geschrieben, was ich dachte.
Nein. Wenn es schwierig wurde, hast du gedacht, wie du geschrieben hast. Du hast Jargon geschrieben. Meinetwegen *Ehrenjargon*.
Rede du nicht über Ehre!
Ich habe nichts gegen Ehre, solange sie eine ist. Aber Jargon ist immer Klasse, Schablone. Wenn du deinen Jargon aus dem Spiel gelassen hättest, wärst du bestimmt zu anderen Überlegungen gekommen.
Was meinst du damit?
C. A., du warst kein Nazi, ich weiß es, ich glaube es dir. Trotzdem redest du auf Schritt und Tritt von *Heldentod*, in einer Sache, die den Helden keine Chance ließ. Würdest du zum Beispiel sagen, daß Benno Ohnesorg den Heldentod gestorben ist, der auch erschossen wurde?
Was für ein Ohnesorg?
Der Student, der in der Nähe der Berliner Oper erschossen worden ist beim Schah-Besuch. Er hatte zugeguckt.
Er hat Pech gehabt. Ein Zufall. Ein armer Kerl, der Pech gehabt hat. Zuschauern kann so etwas passieren.
Ihr wart doch auch bloß Zuschauer, du und dein General.
Wieso?
Wenn ihr keine Nazis wart, dann wart ihr Zuschauer. Sicher: Zuschauer, die einen Eid geschworen hatten, den sie nicht verweigern durften. Eine unfreiwillige Dienstverpflichtung auf *Unrat*.

C. A. weiß keine Antwort. Er zuckt die Schultern, zieht den Kopf ein. Augusta kennt ihn. Er tut ihr jetzt leid. Sie mag das Gefühl bei sich nicht und sagt: Ich kann auch anders fragen. Wäre Ohnesorg für dich ein Held gewesen, wenn er nicht nur zugesehen, sondern Steine geworfen hätte wie die anderen?

C. A. hat sich gefangen, er sagt kurz: Nein, ein Rowdy. Der Schah von Persien war als Staatsgast in Berlin.

Aber in deinem Buch steht doch, daß deine Verantwortung nach dem Krieg beginne. Der Krieg ist längst vorbei. Fühlst du dich immer noch nicht verantwortlich dafür, wen sich der Staat einlädt?

Jetzt ist es Augusta, die nicht weiter weiß. Er merkt es und sagt gütlich: Was wollt ihr eigentlich?

Wen meinst du?

Euch in Berlin, in Frankfurt, Heidelberg, eure Demonstrationen und Krawalle, die Farbeier. Schmeißt du auch Steine?

Augusta sagt: Ich war schon in der Schule schlecht im Werfen.

Sei nicht albern, sagt C. A.

Gut, sagt Augusta. Wir wollen das nicht, was ihr gewollt oder zugelassen habt. Wir wollen das Gegenteil von dem, was ihr jetzt wollt und zulaßt. Für uns – für dich und mich – heißt das zum Beispiel: Ich würde meinen Klassenjargon aufgegeben haben, wenn ich erlebt hätte, daß ein adliger Bankier andere Bankiers und Schlotbarone zu sich zum Tee lädt, dazu den Unrat, und so dem Unrat das Geld zuschanzt, das dieser braucht, um ein Jahr oder ein halbes später die Macht in meinem Staat zu übernehmen. Wenigstens den Jargon würde ich aufgegeben haben.

Führt das weiter? Es führt nicht weiter. Da fragt sie lieber:

Du schreibst: *Warum muß Krieg sein?* Ich habe die Frage drei- oder viermal bei dir gefunden, und jedesmal kommst du danach auf Clausewitz, statt dich zu fragen: Was war das für eine Politik, die sich im Krieg fortsetzte? Wer hat die Politik gemacht, wem hat die Politik genützt, die sich durch Krieg fortsetzt.
C. A. findet das nachdenkenswert. Aber er sagt schon: Auch die Bankiers und – deine – *Schlotbarone* haben den Krieg nicht gewollt.
Aber sie haben daran verdient, schon bei der Vorbereitung.
C. A. sagt: Ich nicht.
Aber das steht doch gar nicht zur Debatte! Aus.

Augusta war von der Straße auf einen Seitenweg abgebogen, der hinauf in die Weinberge führte. Sie ging ihn mit quergestellten Füßen, um die Ebene nicht aus den Augen zu lassen, die mit jedem Schritt langsam höher kippte. Sie hatte ein Gefühl, als rutsche der Boden unter ihren Füßen weg. Werde ich fliegen? Kann ich fliegen? Zwei alte Träume. Sie spürte den Asphalt unter den Füßen, aber das Gefühl, daß sie fliege, verlor sich trotzdem nicht. Sie sah sich um. Der Mond war jetzt weiß, klein und hoch. Augusta ging zum Waldrand hinauf. Dort blieb sie stehen. Jetzt stand die Rheinebene schräg gegen den Himmel, in voller Breite. Autoscheinwerfer durchstreiften sie, ein Zug durchfuhr sie der Länge nach, winzig, weit weg. Und zu ihren Füßen die Reihen der Weinstöcke, Gerade und Diagonalen bildend, gekämmte Natur unter den Lichtverhältnissen des Mondes. Die Blätter an den Rebstöcken waren noch klein. Oberhalb der Weinfelder führte ein Weg den Waldrand entlang. Aber Augusta wollte nicht weitergehen. Tau war gefallen, und sie hatte nasse Füße bekommen. Sie ging die steilen Kehren des Wegs, den sie heraufgekommen war, wieder zurück. Eine Uhr schlug, noch eine.

Siebenter Anlauf, mit C. A. zu reden:
Es konnte auch anders kommen. Augusta konnte zum Beispiel gefragt haben: Hast du dein Buch noch gut im Kopf? Und C. A. konnte genickt haben. Dann hebt er den Kopf, sieht sie an und sagt: Was meinst du, wenn du *Phrasen* sagst? Die Phrasen.
C. A. blickt in das alte Haushaltsbuch, das aufgeschlagen vor ihm liegt, und greift nach einem Bleistift. So prompt? Weiß er, was er tut? Sie wagt nicht zu atmen. Er streicht eine Zeile in seinem Text aus. Augusta sagt plötzlich: Von mir aus kannst du es stehenlassen, C. A., du hast es ja nicht jetzt geschrieben. Ich will dich nicht belehren.
C. A. antwortet nicht. Sie sieht: er blättert und streicht, blättert weiter, streicht ganze Seiten aus. Phrasen, ich sehe es jetzt selber, sagt er dabei. Er hält den Bleistift in die Luft und überfliegt das Geschriebene, das übriggeblieben ist. Es ist klarer so, sagt er dabei, nur daß jetzt alles anders ist. Augusta sagt: Sicher ist es anders. Es war doch auch anders. C. A. nickt. Er streicht ein weiteres Wort.
Vorstellbar?

Vom Fenster ihres Zimmers aus blickte Augusta auf die Weinberge zurück. Vom Waldrand oben hatte alles viel weiter ausgesehen. Sogar die Dorfstraße wirkte geschrumpft. Als sie wieder zum Waldrand über den gestriegelten Hügeln hinaufsah, überkam sie ein großes Glücksgefühl, weil sie tief in der Nacht oder so früh am Morgen dort oben gewesen war. Anlauf – Sprung – Anlauf – Sprung – Anlauf – nichts mehr denken, nichts mehr sagen.

Als sie im August desselben Jahres für eine Woche nach Einhaus gefahren war, hatte sich C. A. auffällig von ihr zurückgezogen. Sie merkte, daß er wartete, aber sie hielt sich auch zurück. Am dritten oder vierten Tag fragte C. A. dann: Hast du mein Tagebuch gelesen?
Ja, sagte Augusta.
Und?
Hast du es noch gut im Kopf?
Ja, sagte C. A., bis in meine Träume hinein. Er fing an zu zittern. Das Zittern hatte nichts von einer tatsächlichen Bewegung, es glich einem schwachen elektrischen Strom, der ihn durchfuhr. Vielleicht merkte er es nicht einmal. Augusta sah ihn genau an. Er tat nichts dagegen. Da suchte sie nach einem schnellen Ende des Gesprächs, nach einem schnellen, möglichen Abgang. Sie sagte: Ich habe mir deine Fragen selbst gestellt. Davon hätte ich träumen können. Ich habe auch davon geträumt.
Meinst du den Rückzug, als wir geschlagen waren?
Ich habe eher davon geträumt, was ich dir jetzt sagen könnte.
Du brauchst nichts zu sagen, wenn du mich verstanden hast, sagte er zitternd.
Augusta sagte: Ich habe dich nicht verstanden.

Große öffentliche Wüsten anlegen, dachte sie, wo jeder hingehen und sich ausschreien kann, so lange, so laut, so oft wie er will. Eine Wüste für die großen Städte und eine für die kleinen Städte. Die Dörfer und Marktflecken dürfte man auch nicht vergessen.
Augusta lag da und dachte an die künstlichen Wüsten, bis sie einschlief.

# Lokaltermine

I

Fragen kann man ihn nicht mehr, sagte Tante Hariett. Sie saß in dem Sessel, den Augusta ihr ans Fenster gerückt hatte, aber sie blickte ins Zimmer hinein, weil das Tageslicht ihren Augen weh tat. Sie war klein, weißhaarig, zusammengesunken, ihr Gesicht schien Augusta schmaler und faltiger geworden; die Backenknochen zeichneten sich stärker ab. Im Herbst wurde sie siebenundsiebzig. Augusta hatte sich vor ihr auf den Boden gekauert und ihre Hand ergriffen. Handlungen und Gesten von früher: auf dem Boden hokken, nach der Hand greifen, die Hand massieren, weil die Finger rot, kalt und schlecht durchblutet waren.
Einen Toten kann man nicht mehr fragen, sagte Tante Hariett. Herzschlag – mir will das nicht in den Kopf.
Augusta knetete ihre Hand.
Sechsundfünfzig, das ist doch kein Alter. Sie streichelte Augustas Kopf mit der freien Hand und sagte: Armes Kind.
Er hatte sich einen Käfig gebaut, fuhr sie nach einer Weile fort. Er wollte nicht, daß man ihm aus diesem Käfig heraushalf. Ich habe ihn gern gehabt, aber wenn du nicht helfen kannst, wird das ein Gefühl, das nur noch stört. Man zieht sich zurück. Komisch, wenn er mich in Schweden besuchen kam, war er immer ganz anders als in Einhaus.
Augusta drückte ihr einen Kuß auf die Hand, gab sie frei, griff nach der anderen und massierte sie auch.

Weißt du, daß Johanna mir gesagt hat, ich hätte ihn auf dem Gewissen? fragte sie.
Wann?
Vorgestern am Telefon, als sie es mir sagten.
Tante Hariett sah eine Weile schweigend auf Augusta herunter. Wenn sie nicht redet, wirkt sie todmüde, dachte Augusta. Sie sollte sich lieber etwas hinlegen, ehe wir fahren. Warum habe ich das nicht gleich gesehen?
Jeder Tod ist ein Vorwurf, hörte Augusta sie sagen. Und, nach einer Weile: Alle Kinder bringen ihre Eltern um, durch bloßes Überleben. Ich habe nie welche gehabt, da sieht man es vielleicht genauer.
Sie fuhr Augusta mit der Hand über den Kopf. Da Augusta nichts sagte, fragte sie: Magst du was trinken?
Auf dem Tisch stand eine in Seidenpapier eingewickelte Flasche mit einem breiten blauen Seidenband um den Hals. Augusta stand auf und hob die Papierhaube von der Flasche. Sie lachte, als sie sah, daß die Flasche bis auf ein Viertel geleert war: Deine Tricks! Nur auf Eierlikör hätte ich nicht getippt.
Sie goß zwei Gläser ein und stülpte die Haube wieder über die Flasche, auch das gehörte dazu, wie früher. Auch das Zimmer war ein Käfig; ein Käfig mit weiß lackierten Jugendstilmöbeln.
Habt ihr euch eigentlich nie verstanden? fragte Tante Hariett.
Doch einmal, in der Wüste, als ich mein Abitur gemacht hatte und wir in die Sahara fuhren. Dort waren wir drei Tage zusammen, bevor er nach Nairobi weiterflog.
Sie ging hin und her. Tante Hariett beobachtete sie. Natürlich mache ich mir Vorwürfe, sagte Augusta, und ich mache ihm welche. Aber wenn Johanna sagt, ich hätte ihn auf dem

Gewissen? Ich habe mich gerettet. Manchmal fühle ich mich deswegen euphorisch wie ein Faß, von dem auf einen Schlag die Eisenringe abgeplatzt sind, aber ich habe mich so knapp gerettet, und ich traue der Rettung nicht einmal.
Tante Hariett sagte, ihr Herumgehen mache sie nervös. Sie sagte: Wie wäre es, wenn wir morgen führen? Wir könnten zeitig losfahren, dann habe ich noch eine Nacht zu schlafen, und du hast eine Nacht zu schlafen, und weißt du, wir könnten über Wiesbaden fahren. Das ist doch kein Umweg.
Nein, sagte Augusta, aber warum über Wiesbaden?
Ich habe ihn dort im Krieg besucht, nur einen Tag, und wir haben es sehr schön gehabt. Oder geht es nicht? Kommen wir dann zu spät in Einhaus an?
Nein, sagte Augusta, die Beerdigung ist erst übermorgen.
Tante Hariett telefonierte mit dem Portier und bestellte ein Zimmer für Augusta. Danach legte sie sich auf die Chaiselongue, und Augusta deckte sie mit einer Wolldecke zu. Tante Hariett lag auf dem Rücken. Sie hatte die Augen geschlossen und redete, auch das war wie früher; nur daß das blasse, eingefallene Gesicht jetzt wie eine Maske war, in der sich nur der Mund bewegte. Erschrocken guckte Augusta weg.
Tante Hariett redete wieder über C. A.: Ich kannte ihn ja von klein auf, sagte sie. Er liebte seine Mutter, und er war auch viel mehr nach deiner Großmutter geraten als nach meinem Bruder. Er haßte meinen Bruder, weil der so hart mit ihm umsprang. Er hat seinen Vater immer als Hindernis empfunden, auch als er schon verheiratet war, und er erbte ja Einhaus erst bei seinem Tod. Da warst du schon auf der Welt. C. A. sagte damals immer, mit seinen Kindern werde er es anders machen. Er hat so vieles gesagt.
Das Zimmermädchen klopfte. Augusta stand auf und folgte

ihr den Gang entlang in das Zimmer, das man für sie vorbereitet hatte.

Augusta hatte sich aufs Bett geworfen. So blieb sie liegen. Die Maske, in der sich nur noch der Mund bewegte. Ein Kinderwunsch: keine Augen haben; nicht alles sehen müssen. Weil C. A. so oft von seinem Tod redete, hatte Augusta angefangen, sich vor dem Tod derer, die sie liebte, zu fürchten. Weil so oft von C. A.s Tod die Rede gewesen, weil es nicht möglich gewesen war, gegen C. A.s Todesmonologe anzugehen, gab es für sie viel mehr Tode, als die Leute überhaupt sterben konnten. Augusta hatte sich davon befreien wollen, aber dieses Stück Kindheit schleppte sie weiter mit sich herum.

Wüsten anlegen, große, öffentliche, wo sich jeder ausschreien könnte: Aus dem Horizont kam ein Kamel im Wiegeschritt, ein Mann saß drauf, die Frau ging hinterher. Sie kamen langsam näher, quer über den Sand, der in der Sonne glitzerte, ein Meer von Sand und Salz, und am Horizont eine Vogelschwinge, eine Zunge der Spiegelung. Der Mann wurde größer. Die Frau wurde größer. Sie ging im Gleichschritt mit dem Kamel.

Augusta schlief ein über dem Zusehen. Sie schlief lange. Den Traum hatte sie vorweggenommen. Als sie aufwachte, dämmerte es, aber sie wußte nicht, ob es Abend war oder Morgen.

Es war halb neun. Augusta rannte erschrocken ins Badezimmer, duschte sich und zog sich an.

Tante Hariett lag noch im Bett. Sie hatte in Einhaus angerufen und gesagt, daß sie nicht kommen werde. Weißt du, es wird mir einfach zuviel. Sei nicht böse, es geht mir nicht gut.

Olympia hatte geweint. Sie hatte fest mit Tante Hariett ge-

rechnet. Dann hatte sie wissen wollen, wann Augusta ankäme.
Augusta stand vor ihrem Bett: Schade, ich hatte mich auf die Fahrt gefreut.
Ja, wenn nur du es wärst, dich bräuchte ich jetzt, sagte Tante Hariett, aber nicht alle die Leute in Einhaus. Kannst du nicht auf dem Rückweg noch einmal vorbeikommen? Du mußt mir mehr erzählen. War es wirklich nicht wiedergutzumachen?
Augusta hatte sich auf die Bettkante gesetzt und sah auf sie hinunter. Sie schwieg. Dann fragte sie: Kommen deine Chinesen dich noch besuchen?
Tante Hariett schüttelte den Kopf. Ich muß damals sehr durcheinander gewesen sein, sagte sie. Ich weiß, daß diese Leute nicht wirklich da gewesen sind, aber sie haben mich durch alle Höllen gejagt. Wir wollen nicht mehr davon reden. Du mußt ja auch fahren.
Augusta beugte sich vor und küßte sie.


2

Für die Schilderung seiner Wiesbadener Militärzeit, die bis Herbst 1944 dauerte, hatte C. A. die Person des Oberleutnants Becker fallengelassen. Die Gründe hatte er nicht mitgeteilt. Der Bericht faßte die Wiesbadener Jahre auch nur in großen Zügen zusammen. Tagesdaten fehlten.
C. A.s Brüder, beide aktive Offiziere, waren gleich zu Beginn des Kriegs gefallen. In solchen Fällen wurde der letzte Namensträger der Familie nach Möglichkeit in irgendeinen Stab versetzt; eine Bestimmung, die gegen Ende des Krie-

ges aufgehoben worden war. Da C.A. vor Kriegsbeginn seine zwei Militärjahre abgedient hatte, wurde er schon im Winter 39/40 Leutnant und einer Kommission in Wiesbaden als Adjutant des Generals zugeteilt.

Er war täglich mit dem General spazierengegangen, hatte täglich mit ihm essen müssen. In seinem Tagebuch bezeichnete er sich als das Vorzimmerfräulein des Generals und kam sich überflüssig vor. Er sehne sich nach etwas Männlichem (schrieb er im Februar 1947); von Ruhm und Ehre ist nicht die Rede, aber von Selbstbestätigung. Der Geist des militärischen Wettbewerbs hatte ihn angesteckt. Er sehnte sich weg, aber er blieb.

Nach dem Dienst ging er in Gesellschaft und tat damit genau das, was er seinen eigenen Worten nach eigentlich nicht hatte tun wollen. In seinem Tagebuch moniert er das Geschwätz und den Unernst, die Oberflächlichkeit und Langeweile bei den Persils, Kupferbergs, Henkells & Co. und ging doch immer wieder hin. Die Leute seien gastfrei, wenn auch anders. Auf dem Heimweg verspürte er jedenfalls immer irgendeine *Leere. Es liegt nicht an mir. Ich habe oft darüber nachgedacht.* Und er ging wieder hin. Es gab zu trinken, das war ein Grund hinzugehen. Es gab auch sehr gut zu essen, das war noch ein Grund. Es ging C.A. ums Dabeisein. Hinterher beklagte er, daß er dabei gewesen war. In seinem Tagebuch las sich das, als pochte jemand zugleich auf zwei Tische. Einmal hieß es sogar: *Jeder muß seine Einsamkeit haben, in die er sich zurückziehen kann.* Er litt unter der Unfähigkeit, nach seiner Entscheidung zu handeln. Er schrieb Sätze wie: *Ich mache keine Kompromisse. Ich mache keine Konzessionen. Ich handle konsequent. Ich dulde keinen Widerspruch.* Es blieben bloße Sätze, denn C.A. betonte auch, daß er wisse, was gesellschaftlich erforderlich sei. Er war unfähig, sich zugunsten seiner Prinzipien vom gesellschaftlichen Pflichtenkodex freizumachen, aber auch nicht fähig, die Prinzipien zugunsten des gesellschaftlichen Kodex über Bord zu werfen. Es blieb beim Hin und Her: Wenn er dachte, sah er sich handeln, wie er nie gehandelt haben würde, und wenn er handelte, sah er sich denken, wie er nie gedacht hatte.

Es war ihm früher schon so gegangen wie bei dem Landwirtschaftseleven, der nach der Kontroverse mit dem Hauptmann und dem Leutnant seine Abendgesellschaft verließ. C. A. sah sich gehen, während der andere ging. Er dachte, da geht meine eigentliche Meinung, aber er blieb und ließ sich noch einen Whisky geben.

*Ich sehne mich weg von hier* – dieser Satz fand sich mehrfach in den Wiesbadener Notizen, auch der: *Ich fühle mich einsam. Olympia kommt selten.*

Auf der letzten Seite hatte er Betrachtungen über den Krieg und sich selbst angestellt. *Der Krieg findet anderswo statt. Ich vergeude die Jahre mit Nichtstun. Ich frage mich, welche andere Wahl ich habe.*

Hier brach das Tagebuch ab. Hatte C. A. die Lust verloren oder nur die Lust, die Schlußfrage zu beantworten? Oder glaubte er, die Antwort auf die Frage nach der *anderen Wahl* bereits mit der Schilderung der Kriegserlebnisse im ersten Teil des Kriegstagebuchs vorweggenommen zu haben? Die beiden letzten Seiten des großen Kontobuchs, in das er sein *post festum* eingetragen hatte, waren leer geblieben.

Tatsächlich war es so, daß die Phrasen und das Pathos, die im ersten Teil seiner Memoiren zu finden gewesen waren, im Wiesbadener Teil fehlten. Hier überwogen die Ansätze zu Zweifeln, wenngleich C. A. sich dann doch mit dem Hinweis auf die Umstände zufriedengegeben hatte. Sein Den-

ken wider besseres Wissen und sein Handeln wider besseres Wollen blieben sich gleich.
Hast du das Buch noch gut im Kopf?
Ja, bis in meine Träume hinein.
Es war klar, daß sich diese Antwort nur auf die Erlebnisse in Italien beziehen konnte, auch wenn C. A. niemals gesagt hatte, was er eigentlich träumte.
Bis zu den Tagen von Bologna und Finale hatte er beschützt gelebt. In der Woche seiner freiwilligen Flucht nach vorn dagegen war er der Gefahr ausgesetzt wie nie zuvor; er war gefordert worden und hatte sich verteidigt, und um dieses Erlebnis festzuhalten, hatte er sich anderthalb Jahre später in der möblierten Dachstube ans Schreiben gemacht. Es blieb sein nachhaltigstes Erlebnis, denn sein späteres Leben war wiederum beschützt, so zumindest lautete Augustas These. Die jährlichen Reisen nach Afrika und die Großwildjagden waren Versuche, die *Zeit der Bewährung* noch einmal heraufzubeschwören (im Standesgemäßen und Gesellschaftsfähigen), und darüber konnte man auch reden. Krieg und Kriegserlebnisse hingegen waren für C. A. kein Thema. Das Gewissen verbot ihm, darüber zu reden. Darin war er anders als viele seiner Freunde, die sich gern an den Krieg erinnerten, und zwar ebenso gern an die guten wie die schlechten Zeiten. C. A. ließ sich auf keine solche Unterhaltung ein, aber er behinderte sie nicht in ihrem Gerede, wenn es hieß, der Krieg habe *unsereinen zusammengeschweißt*, oder (und) jeder habe für jeden ein *offenes Wort* gehabt, oder (und) man sei sich *menschlich* so nah gekommen und so nah gewesen. Diese Leute redeten unentwegt von sich, wenn sie *man* sagten und *Zeiten* sagten, und die damaligen menschlichen mit den heutigen harten und nüchternen verglichen, die nur aufs Geschäftliche aus seien.

Wiesbaden war doch ein Umweg. Es war zwölf Uhr vorbei, als Augusta den Wagen vorm Kurhaus parkte und zum Villenviertel am Kurpark hinaufging. Hier irgendwo hatte C. A. mit Olympia gewohnt, wenn sie ihn im Krieg besucht hatte.

*Heckt wie die Kaninchen,* hatte ihr Großvater ihnen gesagt. Augusta stellte sich die Szene vor, im Krieg, an ihrem Verlobungs- oder Hochzeitstag. Das Datum war für den Satz belanglos. *Heckt wie*: die Pose, der Tonfall, der Gesichtsausdruck. Die Liebe: eine Institution. Kinder: ein Wurf. Verachtung.

Augusta konnte sich nicht an ihren Großvater erinnern. Die alten Landarbeiter in Einhaus hatten um ihn immer einen Bogen gemacht. Sie sagten, er sei ein strenger, unnachgiebiger und in seiner unnachgiebigen Strenge auch ungezügelter Herr gewesen.

Augusta fing an, sich ein Bild zu machen.

*Heckt wie* – im Krieg. Olympia auf dem holsteinischen Land, C. A. in Wiesbaden. Hecken und Trennung und wieder Hecken und Trennung. C. A. schoß Kaninchen in der Wiesbadener Umgebung. Außer Dienst verschlief er die Tage, und in den Nächten saß er mit anderen Offizieren an der Casinobar oder an der Bar des Hotels, das für die Kommission beschlagnahmt war.

*Der Krieg,* schrieb C. A., *findet anderswo statt, ausgenommen die Luftangriffe, planlos über das gesamte Rhein-Main-Gebiet hin.* Brände in Mainz oder in der Frankfurter Gegend hatte er mit dem bloßen Auge vom Dach seines Wiesbadener Hotels verfolgt. Er schrieb, das seien gespenstische Nächte gewesen, und morgens darauf sei die HJ durch die Straßen gezogen und habe gesungen: Wir werden weiter marschieren, wenn alles in Scherben fällt.

Nach Möglichkeit kam Olympia jedes Jahr einmal. (Und einmal im Jahr kam C. A. nach Holstein auf Urlaub.) Paulinenstraße. Steubenstraße. Rosenstraße. Grünweg. Hier bin ich also schon gewesen. *Ich*-sagen bedeutete eine Anstrengung. Augusta lieh sich das Ich aus der Biologie: ich, Blastula, Embryoplast. Jedenfalls: Sonderliche Vorkehrungen, fand sie, seien für Olympias Besuch seinerzeit nicht getroffen worden, abgesehen von der Einmietung in die eine oder andere Pension, und daß C. A. für die Zeit aus dem Hotel ausgezogen und in die Pension übergesiedelt war. Der Kinderwagen, den der Besitzer eines Wiesbadener Spezialhauses für Braut- und Wäscheausstattung als *überlaßbar* in einem Schreiben nach Holstein offeriert hatte, war für Johannes bestimmt gewesen, und der *geeignete, zwar bunt gemusterte Fußsack* aus demselben Schreiben mit *Deutschem Gruß!* hatte ihr gewiß auch nicht gegolten. Auch die Zeitungsnotiz, die C. A. als eine Warnung an Olympia, ja keine Hühnereier mitzubringen, vor ihrer Abreise nach Holstein schickte, bezog sich nur auf ein Urteil des Reichsgerichts in Sachen *freier Eier*, in dem zu lesen stand, daß eine *schenkungsweise Abgabe von sogenannten freien Eiern nicht mehr möglich*, daher *strafbar* sei. Der Geflügelhalter könne über die Eier (nach beziehungsweise ohne Deckung des Eigenbedarfs) nicht frei verfügen. Die Legeleistung von anderthalb Hennen sei für jeden Haushaltsangehörigen die obere Grenze dessen, was er für seinen Haushalt verbrauchen dürfe. Gebe der Geflügelhalter trotzdem Eier ab, so könnten diese nur aus Beständen stammen, die er pflichtwidrig zurückgehalten habe. *Freie Eier gibt es nicht*, stand über der Zeitungsnotiz, die C. A. seinem Brief beigefügt hatte.
Augusta suchte unter den Villen. Sie hatte keinen Anhaltspunkt, keinen Straßennamen, keine Hausnummer. Sie

wußte nur, daß sie in einer dieser Villen des Viertels um den Park gewohnt hatten, als sie gemacht worden war: bei 7,50 Mark für Logis und Verpflegung in einem Eckzimmer mit Erker. Von dem Balkon aus hatte man auf den Park gesehen. Es hatte fließendes Wasser im Zimmer gegeben und Nummernschilder im Glaskasten über der Portierloge, die aufleuchteten, wenn wer bedient sein wollte. Auf den Korridoren hatten Zimmerpflanzen gestanden, und zum Abendessen hatte es Fisch gegeben. Augusta bildete sich fest ein, C. A. und Olympia hätten Fisch gegessen. Sie bestand auf Forellen.
Gutbürgerlich? Eine Frage des Augenmaßes. Und Erker hatte hier jedes Haus, auch Gärten mit Magnolien und Flieder. C. A.s Beschreibung war ungenau. Augusta konnte sie spielerisch verschiedenen Häusern anpassen. Daraus entwickelte sich so etwas wie Heimatgefühl, aber es fällt dir schwer, gib es schon zu.
Die Militärs, mit denen Olympia in Wiesbaden zusammengekommen war, hatten sie hofiert. Olympia hatte gestrahlt. Sie wäre gern in Wiesbaden geblieben.
Hinterher hatte sie wahrscheinlich in ihrem Nachthemd auf dem Balkon gestanden und geweint und gewinkt, und C. A., der zurückgewinkt hatte, war in der Seitenstraße verschwunden. Dann war Olympia nach Holstein zurückgefahren. In den folgenden Wochen ging C. A. abends an dem Balkon vorbei, hinter dem wer weiß schon wieder wohnte, und sah hinauf. Hatte er Olympias Foto auf dem Nachttisch im Hotel geküßt?
In Einhaus stand das Foto nicht mehr auf dem Nachttisch, sondern im Arbeitszimmer. C. A. nahm es vom Bord, wenn er dort allein und betrunken saß, und küßte es. Das geschah nachts, nicht morgens beim Aufstehen wie damals in Wies-

baden. Augusta hatte das Foto einmal gegen das Licht gehalten. Die volle Riffelung von C. A.s Lippen war auf dem Glas zu erkennen gewesen, über dem papiernen Mund. Olympia: jung, halb von der Seite gesehen. Der Mund geschlossen und schmal. Die Augen blickten in der Linie des rechten Arms zu Boden. – Keine abweisende Haltung, aber auch keine, die einlud.

Augusta war sich, als sie Olympias Bild gegen das Licht gehalten hatte, vorgekommen, als hätte sie einen fremden Brief geöffnet. C. A.s Playboy-Hefte waren ihr eingefallen, die er in der Badewanne las, seine Monologe über schöne, ferne Frauen, die Sehversuche in Striptease-Lokalen, der Rückzug auf den Whisky.

Der Satz: Ich liebe meine Frau, war genauso ein Fetisch gewesen wie sein Kuß auf das Glas des Fotos.

Augusta hatte das Foto an seinen Platz zurückgestellt.

Von einer Kehre der Parkstraße sah Augusta zum Kurpark hinunter. Bäume unter der Last der Blüten. Ein Windstoß – und die Luft wäre voller weißer und rosa Tupfen gewesen. Es wehte kein Wind. Es war nur warm.

Ich: ein Versprechen. Ich: die materielle Stabilisierung. Ich: die Gewährleistung. *Endlich ein zweiter Sohn in einer anständigen Familie.* Da war ich kein Frohlocken, da war ich eine Enttäuschung. Die Welt als Sohn. Am liebsten (und für alle Fälle) als eine Reihe von Söhnen, weil der Besitz auf den Sohn kommt und der Sohn auf den Besitz. Der zweite Sohn diente als Rückversicherung.

Hatte C. A. die Zeiten nicht bedacht, als er den Satz notierte? Was sollte der Sohn denn sein – ein Vaterlandsverteidiger, denn das Reich war ja auf tausend Jahre berechnet, Kanonenfutter im nächsten Krieg? Der *Sohn* war eine Phrase, und die *anständige Familie* war eine Phrase. Arglos und fahrlässig hatte C. A. sich wieder einmal zu denken verboten.

Ich, dachte Augusta, auf Zeit ein zweiter Sohn, und genau wie Johannes ein merkwürdig einseitig gezeugter, merkwürdig einseitig zugesprochener, merkwürdig vaterloser Sohn. *Grüße deine anderthalb Söhne*, hatte C. A. geschrieben. *Sie beneiden dich hier um deine anderthalb Söhne. Was macht dein zweiter Sohn?* Olympia entschuldigte sich für ihre Unzulänglichkeit, als die Tochter geboren war. Sie entschuldigte sich bei Johannas Geburt ein zweites Mal; C. A. fühlte sich vom Schicksal betrogen.

Augusta ging einen Fußpfad zwischen zwei Villengärten zum Kurpark hinunter. Wo sich der Park zu einem großen Rasen öffnete mit hohen, alten Bäumen, Bänken an den Wegen, und rot, violett und weiß blühenden Rhododendren, engten ihn die Schilder der Kurverwaltung gleich wieder ein. Das *Unzucht treiben hinter Büschen und auf Bänken am Weg* stach Augusta ins Auge. Sie krümmte sich vor Lachen. *Rasen betreten verboten.* Aber was war mit auf dem Rasen liegen, sich auf den Rasen lagern, sich auf ihm kugeln, im Handstand auf den Rasen kommen?

Ein paar Jungen umdrängten eine Bronzestatue, die auf der Wiese stand. Sie pißten der knienden Frau zwischen die Beine und sahen sich lachend um. Die Jungen wußten, daß sie zusah, aber es war ihnen gleichgültig. Augusta legte sich unter einen Baum und ließ sich von der Sonne durchwärmen. Sie sah in die Zweige und in den Himmel hinauf. Sie zerbiß einen Grashalm. Sie rupfte einen neuen aus und zerbiß auch den. Sie rupfte einen dritten aus und verfolgte das Lichtspiel in den Blättern des Ahorn. Sie schloß die Augen. Sie kam sich allein und fremd vor in dem Park, der ihr über die Maßen groß und maihaft schien.

Ohne zu klopfen hatte sie die Tür aufgemacht und auf der Schwelle gestanden. Sie hatte auf das Bett ihrer Eltern gesehen und sie im Bett. Beide hatten die Tür gehen hören. Olympia hatte den Kopf hinter C. A.s Schulter gehoben. Sie sah Augusta und ließ den Kopf aufs Kissen fallen. C. A. bewegte sich nicht gleich, dann drehte er den Kopf langsam und grad so weit, daß sein Blick Augusta streifte. Jetzt sah Augusta, daß er nackt war. Verschwinde, sagte C. A., und mach die Tür hinter dir zu. Unschlüssig, was sie nun anstellen sollte, stand Augusta auf dem Flur. Sie sah die Tür an, eine hell gestrichene Tür mit einem Messingknauf in der Höhe ihres Halses.

Später am Vormittag griff C. A. ihr ins Haar, und während er so ihren Kopf nach hinten zog, sagte er, sie habe das Zimmer der Eltern nicht zu betreten, ohne anzuklopfen.

Ein paar Wochen später war die Hündin läufig. Ein Dackel aus dem Dorf hatte es auf sie abgesehen, und Augusta rannte beiden nach, da ihr aufgetragen war, auf die Hündin ein Auge zu haben. Die Hündin und der Dackel liefen die Treppe hinauf und den Flur entlang zur Wohnzimmertür. Die Tür war nur angelehnt. Olympia war nicht allein im Zimmer, C. A. war da. Sie tranken Tee. Augusta blieb in der Tür stehen. Vor der Standuhr sprang der Dackel auf die Hündin. C. A. stand vom Teetisch auf und trieb die Hunde mit dem Fuß auseinander. Dem Dackel gab er einen zusätzlichen Tritt. Augusta machte kehrt.

Warum hast du gestern nicht gute Nacht gesagt? fragte Olympia sie am nächsten Morgen.

Augusta nagte einen neuen Grashalm an.

Und die Oase, C. A.? Waren wir ans Ende der Welt gefahren, um uns nichts zu sagen? Was ist das, wenn zwei sich

kennen (und nicht kennen) wie Vater und Tochter, und sie gehen nebeneinander her, jeder wartet, daß der andere etwas sagt, und am Ende haben sie nichts herausbekommen, als daß es Punkte gibt, zwischen denen die Gerade den weitesten Umweg beschreibt? Waren wir in die Wüste gefahren, um das zu lernen? Ein lächerliches Ergebnis für den unverhältnismäßigen Aufwand. Aber *ich war in der Wüste, wir waren in einer Oase;* das gilt.
Ich habe es Tante Hariett nicht genau genug beschrieben: Die Palmen stehen wie Säulen, hoch, in der Entfernung eng. Nicht reden. Die Spannung ohne Wörter ist ganz auffällig. Unzählige braune, hohe, in der Entfernung eng zusammenrückende Säulen. C. A. war mit mir durch den Palmenwald gegangen. Er ging da – aber mit mir? Was hatte ich erwartet? Daß er, durch den Palmengarten überwältigt, zu reden beginnen werde, mitten in der Endlosigkeit der Wüste? Die Sonne. Die Sonne warf ein silbriges, ein grünes Licht. Hattest du gedacht, daß etwas, was ein Grund für dich ist, auch für ihn einer sein müsse? Augusta war lebhaft, lustig. Sie sah die Sonne hoch durch die Palmenkronen stechen. C. A. sah zu Boden. (Und wenn es Selbstverteidigung war, weshalb er nicht redete, Selbstschutz? Du wüßtest es nicht.) Augusta sah ihn an. Du müßtest ihn fragen können. Vielleicht lagen ihm die Gedanken an seinen Weiterflug nach Nairobi näher als die Oase und du, so daß er die Ausnahme gar nicht wahrnahm. Er konnte sich sorgen um seine Safari, um seine Jagdgewehre, die in Nairobi beschädigt ankommen konnten. Die Sonne stach durch die Palmenkronen. Kann er sich gescheut haben zu reden? War es eine Schwäche in seinen Augen, sich gehenzulassen? Die Kronen der Palmen stachen blitzende Sterne aus dem wolkenlosen Himmel aus. Die Hitze. Aber du hast doch geredet.

Das hätte ihn ermuntern können. Die starken, karottenroten Rispen, an denen die Datteln hingen, leuchteten. Die Sinne waren aufregend in Ordnung. Da habe ich über sein Schweigen hinweggesehen. Ich wollte das Schweigen, das mich hinhielt, abschwächen, für die Erinnerung abschwächen, weil ich für dieses eine Mal ein gemeinsames Erlebnis hatte haben wollen. Die Palmen, Tausende auf einen Schlag – du gehst unter ihnen durch, als wäre es nicht wahr. Aber ich wollte die Ausnahme wahr machen, für uns beide.
Augusta blickte durch die Zweige des Ahorns in den Himmel hinauf. Mache ich jetzt kaputt, woran ich am meisten gehangen habe, wenn ich an ihn dachte?
C. A. ging mit hängenden Schultern. Plötzlich fuhr er hoch und sagte: Es ist wie in ... als ich – Er verstummte.
Wie wo? fragte Augusta.
Er schüttelte scharf den Kopf und ging weiter.
Augusta, stehengelassen, übersprang einen Bewässerungsgraben und stahl eine Handvoll Datteln aus einer niedrigen Palme. Sie streckte C. A. die Hand mit den Datteln hin. Sie sagte: Das Paradies nach der Vertreibung der Menschen. C. A. lächelte, nickte und aß die Datteln schweigend.
Jenseits des Bachs ein Esel, schwarz und bewegungslos in dem Grün. Die grün-silbrigen Lanzettenwedel der Palmen unter dem Himmel, darunter Feigen- und Granatapfelbäume, und unter diesen wieder Beete, zwischen denen in Gräben das Quellwasser floß. Sie hielt ein im Kauen: Jetzt konnte man die Stille hören.
Augusta lief mit offenen Armen ein paar Schritte weiter. Sie sagte: Was es heißt, sich nicht satt sehen zu können. Sie blieb stehen. Dabei weiß ich gar nicht, warum mich diese Palmen so verwirren. Sie sind so musterhaft, aber sie sind auch natürlich.

C. A. antwortete nicht. Eine Meute wilder Hunde schoß auf sie zu, eine Mischung aus Schakal und Spitz. Sie kläfften. Plötzlich war die Stille zerstört. Aus allen Richtungen kläffte es, unter den Büschen und hinter den Palmwedelhecken. Noch immer war kein Mensch zu sehen. C. A. musterte die Hunde, sofort kniffen die vordersten und zogen sich winselnd zurück, als hätte er sie geschlagen. Sag was, oder fällt dir nichts ein? dachte Augusta, als die Stille wiederhergestellt war. Es war mit einemmal, als führe C. A. ihr eine Oase vor und halte sich heraus, weil alles für sich spreche. Dabei war der Palmenwald für ihn genauso neu wie für sie. Sie ließ ihn stehen und bog in einen Seitenweg ein, der auf einem niedrigen Damm hinführte. Nach einer Weile kehrte auch C. A. um und folgte ihr auf dem Damm. Der Wald, die Palmenstämme wie geschuppte Säulen, die Wedel aus Lanzenspitzen. Der Weg führte auf eine Reihe von Beeten zu, in denen zwei Männer arbeiteten. Sie sah ihre nickenden Rücken im dichten Grün. Ein Hund schlug an. Die Männer hoben die Köpfe. Der ältere richtete sich auf, legte die Hand über die Augen und kam auf sie zu. Dann stand er vor ihr: in einem derben braunen Mantel, das zarte dunkle Gesicht unter dem weißen Turban. Er war kleiner als sie, sah zu ihr auf, redete lautlos mit den Lippen, als störe jedes Wort. Er begann zu gehen, ging einen Schritt vor ihr, und nun hörte sie doch etwas, wenn er redete. Er begleitete sein Reden mit raschen Gesten, die sie verstand: Das hier war sein Garten – Hand und Krummesser schlugen einen Bogen durch die Luft, der die Beete einschloß. Ein paar Dutzend Palmen, ein kleiner Garten, davon lebte er. Eine der Palmen sollte sie sich aus der Nähe ansehen. Der Regen hatte die obersten Datteltrauben aufplatzen lassen – und Mund und Fingerspitzen machten nach, wie der Regen

auf die Datteln getropft war und die Schalen gesprengt hatte. Aufregend, das Spiel ohne Wörter. Auch dem Mann machte es Spaß, wie leicht es zu begreifen war. Vögel hatten an den Datteln gepickt – seine Hand schwirrte heran, der Mund machte das Sirren der Flügel nach, die Fingerspitzen das Picken, mit einer schnellen Kopfbewegung floh der Schwarm. Augusta nickte eifrig, sie wünschte sich, auch so reden zu können, und fand ihre Hände plötzlich unbeholfen. Der Mann lächelte stolz. Er blies die Backen auf und machte einen Sturm nach, das Rauschen des Sturms in den Kronen und den Aufprall, als die große alte Palme umgestürzt war, die im Nachbargarten quer über dem Bach lag. Als der Mann ihr zeigte, von welchen Sträuchern ein Mensch essen könne und welche Beeren nur für Vögel seien, merkte Augusta, daß C. A. herangekommen war und hinter ihr stand. Augusta fragte den Mann nach dem Hauptweg. Er antwortete in seiner eigenen Sprache, die arabisch sein konnte, aber es gab ja auch Tuaregs. Er hatte sie verstanden und ging voran. C. A. ging hinter Augusta her. Der Mann sprach jetzt lauter und weiter mit Zeichen und ging stolz in dem sackbraunen Mantel und den durchlöcherten Schuhen voran. Sie überquerten einen Bewässerungsgraben, der trockengefallen war; auf halb verwilderten Pfaden ging es hinaus. Sie hörte in der Höhe ein Knacken. Ein Junge in blauem Hemd und mit nackten Füßen hing unter der Krone einer Palme und hackte mit dem Krummmesser die untersten Äste der Palme ab, die vertrocknet waren. Ein anderer schnitt, von den Wedeln verdeckt, Dattelrispen aus. Unter der Palme saß eine Gruppe Männer in braunen Mänteln, die lasen rote Rispen auf und sortierten die Datteln auf verschiedene Haufen.
Als sie den Hauptweg erreicht hatten, blieb der Mann ste-

hen. Er zeigte ihnen nochmals die Richtung, legte die Hand auf die Brust und verneigte sich. Dann ging er schnell ab mit leichten, seitlich ausschwingenden Schritten, als ahme er einen Laufvogel nach. C. A. und Augusta gingen den Hauptweg zurück. Annäherung, die Fäden aufnehmen?
C. A. sah Augusta von der Seite an.
Nun? fragte sie.
Nun? gab er zurück.
Sie machte einen Tanzschritt.
Ich kann dich verstehen, sagte es hinter ihrem Rücken.
Worin? fragte sie.
C. A. erklärte es nicht, er sagte nichts.
Am Ende des Wegs, wo die letzten Palmen der Oase schon bis zu den Kronen im Wüstensand standen, kam ihnen ein Beduinenmädchen entgegen. Sie ritt einen Esel. Sie hielt den Esel an und sah herüber. Augusta ging zu ihr hin. C. A. zögerte, dann ging er weiter. Das Mädchen hielt sich ein rotes Tuch unter das Kinn, beugte sich tief über den Hals des Esels herab und sah Augusta von unten herauf an. Wohin reitest du?
Ich reite in den Garten meines Vaters, sagte sie auf französisch, aber wenn du willst, bringe ich dich in den Suk zurück. Mit dem Esel geht es ganz schnell. Komm, lockte sie. Warum nicht? fragte sie, als sie Augusta zögern sah. Mein Vater hat den schönsten Garten, ich zeige ihn dir. Augusta schüttelte den Kopf und strich ihr über die Hand: Jetzt lieber nicht.
Warum nicht? rief das Mädchen ihr nach, als sie weiterging. Sie blickte Augusta nach und drehte sich ganz herum.
Nun? sagte C. A. wieder, als Augusta ihn eingeholt hatte.
Augusta sagte: Du wärst gern stehengeblieben, nicht wahr?
Er sagte: Ja, aber er bestritt es auch sofort: Ich wollte euch

nicht stören.
Du hättest uns nicht gestört.

Augusta spuckte den Grashalm aus und stand auf. Da hatte sie die beiden Sätze: *Ich kann dich verstehen. Ich wollte euch nicht stören. Du hättest nicht gestört,* C. A. Auf deinen anderen Satz kann ich nicht antworten. Ich wüßte immer noch gern deine Antwort auf meine Frage: *Worin verstehen?*
Sie ging die Parkstraße zum Auto zurück. In einem Garten sah sie eine Frau sich sonnen. Eine Frau in einem Garten ganz für sich allein, regungslos in einen Liegestuhl gestreckt. Augusta blieb am Zaun stehen und sah hinüber. Die Ruhe aus allen Gärten machte sie stumm und schläfrig. War es C. A. in der Oase genauso gegangen? Er hatte sich nach Gesprächen gesehnt, aber er hatte die Möglichkeit nicht genutzt. Er wünschte sich Neuigkeiten, Neues, das Neue. In der Oase hatte es ihn irritiert. Es war beim *nur* geblieben. Sie waren *nur* gegangen, sie hatten *nur* Datteln gegessen, sie hatten *nur* einen Gärtner getroffen, sie waren *nur* einem Mädchen auf einem Esel begegnet – eins nach dem anderen, ohne Pointe, ohne daß C. A. eine Rolle zugefallen war; zu wenig also, zu unbedeutend für eine Geschichte, wie er sie zu erzählen und wie sein Publikum sie von ihm zu hören gewohnt war.
C. A.s Jagdabenteuer, in denen er jeweils nur um Haaresbreite dem Tod entkommen war. Jagdabenteuer und Familienanekdoten – Gefahr und Komik, und C. A. im Mittelpunkt des Interesses. Er monologisierte, er redete sich munter und die Zuhörer schläfrig. Dabei kam es ihm nicht wirklich darauf an, im Mittelpunkt zu stehen. Er fürchtete nur, daß das bloß Mitangesehene, Gefahrlose das Interesse nicht finden werde.

Olympia hörte sich seine Geschichten an, Jahr für Jahr. Olympias Rolle im Schatten der Monologe. Olympias Miene, derweil Satz auf Satz passierte: Als läge sie in den Sonnenstuhl gestreckt wie die Frau in dem Garten, als schliefe sie. Das Ganze entging ihr: die Abfolge der Erzählung, die Schürzung der Handlung, die teuer zugeschnittenen, mit Dialekt (Platt) und Fremdsprachlichem (Kisuaheli) versetzten Beschreibungen. Olympia hatte selbst keine Geschichten, zumindest brachte sie, was zu sagen war, nicht in Form von Geschichten vor. Sie setzte an, aber sofort hieß es: und dann kam und dann ging, und sie stockte. Sie unterhielt sich, indem sie sich unterhalten ließ. Sie hörte zu (und hörte genausogut weg); Frage des Takts, wann sie was tat, und wie sie was tat.

Ein Kind kam in den Garten mit einem Glas Limonade. Da die Frau im Liegestuhl sich nicht rührte (oder eingeschlafen war), stellte es das Glas für sie ins Gras und hüpfte davon.

Olympia schloß sich aus. Still leidend saß sie da. Es mußte sie ärgern, daß C. A. nicht mehr fragte, ob er in ihrem Beisein tatsächlich die alte Büffelgeschichte, die alte Nashorngeschichte, die alte Schlangengeschichte noch einmal erzählen solle, Geschichten, die, eine wie die andere, lebensgefährlich für ihn gewesen waren. Es mußte sie ärgern, daß er sich angewöhnt hatte, sie zu übergehen – und sie rechnete es sich wohl hoch an, daß sie ihm, solange er sie noch gefragt hatte, jeweils eine bejahende Antwort gegeben hatte. Eine Trotzgebärde, wenn ausgerechnet sie C. A. dann auf die alten Geschichten brachte, die sie nicht hören wollte und nicht behielt, weil sie sie zu oft gehört und nie behalten hatte. Daß sie ihn gebeten hatte, sich zu wiederholen, machte sie C. A. heimlich zum Vorwurf. Waren sie allein, so redeten sie von verschiedenen Dingen, ins Leere aneinander vorbei, da keiner mehr wissen wollte, was der andere zu sagen hatte. Sie ließen es laufen – seinen Weg gehen. Die Form wurde gewahrt oder der Anschein, friedlich und mit den allerbesten Aussichten, miteinander alt zu werden.

Das Kind, das die Limonade gebracht hatte, rollte einen großen schwarz-weißen Ball über die Wiese und sprang ihm nach. Die Frau hob müde den Kopf. Das Kind versteckte den Ball in einem Busch. Paul? rief die Frau. Das Kind kletterte auf den Baum. Die Frau setzte sich auf. Paul?
Da schrie das Kind aus dem Baum: Paul macht Wettrennen mit der Forelle!
Die Frau nahm einen Schluck Limonade.
Dazu bin ich erzogen, dachte Augusta, für die Liegestühle, für die Terrasse, die Chaiselongue am Kamin, erzogen, gedrillt auf Unverwüstlichkeit im langanhaltenden Landregen der Anekdoten, Geschichten und Scheindialoge. (Bloßes Reden hier, bloßes Schweigen dort.) Dressiert, in Adverbien zu denken: *selbstverständlich, natürlich, gewiß*.
Ein weißer, offener Mercedes kam die Straße herauf. Neben dem Fahrer, der einen hellblauen Rollkragenpullover trug, saß eine junge Frau im Tennisdreß. Sie hielt den Schläger, der in einem grünen Futteral steckte, forsch und herausfordernd und sichtbar siegessicher, als hätte das Turnier schon begonnen und sie den Aufschlag.
C. A. hatte in Wiesbaden früher Tennis gespielt, schlecht, doch da Olympia sehr gut spielte, hatte er Stunden genommen und bis spät in den Herbst hinein trainiert, bis die Jagden begannen, und er war Olympias wegen und in Erinnerung an sie mit dem General, dessen Adjutant er

war, auf ihren gemeinsamen Spaziergängen in den Kurpark an den Tennisplätzen vorbeigegangen.

Ich bin fürs Zuhören erzogen, dachte Augusta, jemanden in seiner Rede zu unterbrechen, jemandem ins Wort zu fallen, ist nicht gestattet. Tue ich es, mische ich mich ein, ist es, als redete ich mit vollem Mund.

C. A.s Meißener Aschenbecher hatte seinen Platz gehabt, der silberne Kerzenhalter mit der Glasmanschette, die elfenbeinerne Zigarettenspitze, das Whiskyglas auf dem Tischchen in der Bibliothek. C. A. ging hin und her, er trug die Dinge einzeln. Schließlich nahm auch er seinen Platz ein, neben den Dingen. Erst dann kam die feierliche Bescherung etwa eines Jagdabenteuers, dessen möglichen tödlichen Ausgang C. A., allen anderen Ausgang überschlagend, mehrmalig in geschickter Variation durchblicken ließ. (Aber das Nashorn war weit weg gewesen. Aber C. A. hatte in einem mit dicken Brettern verschalten Safariwagen gesessen. Aber das Nashorn war nicht angriffslustig gewesen. Immerhin, es hatte ein Nashorn gegeben, aber es hatte nicht einmal beigedreht.) C. A. hatte seine fertigen Fassungen. Einwürfe und Fragen warfen Zweifel auf, störten ihn, wo er gerade glücklich gewesen war, für sich und seine Geschichten die endgültig befriedigende Form gefunden zu haben, in die sie eingehen konnten wie in die Arche Noah. Da rauschte ein Fest und wogte eine Schlacht und waren die Augen der Spiegel der Persönlichkeit. C. A. verstand auch die Sprache der Tiere. Ein Jäger von Bluts wegen, aus uralter Verpflichtung. Er sprach mit dem Tombo (dem Elefanten), und der Tombo verstand seine Sprache, schüttelte den Kopf und trabte davon. (Man konnte von den Tieren nur lernen. War keine Jagdzeit, so ging jeder seinen Weg, jeder in seiner Welt.) Ein *white hunter* war eine Instanz. Ein Eid eine heilige Verpflichtung. Eine Lerche war frei. Ein Pastor war ein Hirt, und ein Graf ein Mensch, der, weil er Graf war, nicht inhaftiert werden durfte. Die Gerechtigkeit einer Sache leitete sich von ihrer Selbstverständlichkeit her. C. A. war wagemutig auf der Jagd. Als gehetzten Hirsch hatte er sich nur im Krieg erlebt. Ein Feldlazarett war ein friedlicher Fels der Liebe im brandenden Meer der Vernichtung gewesen. Das Gesetz des Handelns, das Heft des Schwertes, ein stahlharter Wille – du bist gefeit. Selbstaufgabe war Schande. (Was war ritterlich?) Unritterlich war, wie es die SS im Partisanenkrieg getrieben hatte, wenn sie oberitalienische Dörfer einäscherte. Rache an Frauen und Kindern nehmen, war ein menschenunwürdiger Kampf. Die persönliche Ehre war die Grundlage für eine Völkerverständigung. Er selber zum Beispiel war nach dem Krieg an einem Feld vorbeigeritten, auf dem Flüchtlingsfrauen bei der Kartoffelernte gewesen waren. Es hatte seit Tagen in Strömen gegossen, und der Boden war wie Schlamm gewesen. C. A. hatte unter den Frauen eine mit nackten Armen gesehen, frierend, gebückt, in ein paar Fetzen. Er war vom Pferd gestiegen, auf den Acker gegangen und hatte der Frau seinen Mantel über die Schultern gelegt. (C. A. hustete und räusperte seine plötzliche Verlegenheit fort.) Notwendig, sich nicht zu viele Gedanken zu machen. Trainieren. Fit sein. Selbstverständlich, natürlich, gewiß. Man konnte von den Tieren nur lernen, etwa die Funktion des Selbsterhaltungstriebs. Jagen war Leben mit allen Freuden und Anforderungen an Körper und Geist. Die Frauenwelt. Die Männerwelt. C. A. fühlte sich dem Mboge (dem Büffel) gewachsen, aber Muungo nicht, dem großen Gott, der auf Kenias hohem Berge wohnte.

C. A. war an Augustas Leistungen interessiert gewesen, sowohl in der Volksschule auf dem Dorf, wo der Lehrer in einer Schulstube gleichzeitig vier Klassen unterrichtet hatte, wie beim Hausunterricht oder in den Internaten und Universitäten, die sie später besucht hatte. Waren Augusta Leistungen bescheinigt worden, so war er stolz. Er liebte seinen Stolz und fragte nicht weiter (zum Beispiel, wie Augusta lebe). Er nahm nicht teil, oder nur obenhin. Er machte mit Augusta keine Ausnahme. Er telefonierte nicht. Er beantwortete keine Briefe. Er war in Einhaus zu finden. Wer kommen wollte, mußte kommen, und an der Gastlichkeit nahm er teil, solange es ihm paßte. Wochenendgäste in den Sommermonaten, Jagdgäste im Spätherbst und Winter, Silvestergäste – das war das übliche. C. A. maulte, wenn ein Gast, der sich für Tage angesagt hatte, Monate blieb. Aber er ekelte den Gast nicht hinaus. Er zog sich zurück und wurde unsichtbar. Dabei hätte sein Leben nach dem Krieg ganz anders aussehen sollen. In seinem Tagebuch war von einem kleinen, friedlichen Leben die Rede gewesen, im engern Kreis der Familie. C. A. hatte es sogar für möglich gehalten, daß er auswandern könnte, ob mit Frau und Kindern oder allein, war offengelassen. Aber schon bei der Niederschrift hatten sich Zweifel angemeldet, ob die Vorstellungen zu verwirklichen seien. Er hatte geschrieben: *Du bleibst nicht, der du bist. Du wirst nicht leben können, wie du es willst.* Die Zweifel waren berechtigt gewesen. C. A. lebte nicht das kleine, friedliche Leben; er reiste ins Ausland, was das Gegenteil von Auswanderung war. Wenn er Einhaus für eine Reise verließ, die mit Jagd nichts zu tun hatte, für einen Flug nach Berlin etwa, nach Kopenhagen, Zürich, Stuttgart, Wien, so klagte er im voraus. Es war ihm lästig, daß er in drei Wochen, vierzehn Tagen oder morgen schon da- und dorthin mußte, den und jenen zu treffen. Trotzdem verreiste er oft (auch nach Berlin und nicht einmal nur Augustas wegen).


3

Wiesbaden lag hinter ihr. Als Augusta vom Parkplatz unterhalb des Kurhauses in die Durchgangsstraße hatte einbiegen wollen, hatte die Ampel gerade auf Rot gewechselt. Während des Wartens hatte sie die Schilder gelesen, die links zur Autobahn, rechts auf die Taunusstraßen verwiesen. Als das Licht wieder Grün zeigte, war sie nach rechts eingebogen und hatte Wiesbaden in nördlicher Richtung verlassen.

C. A.s Berlin: das alte Berlin. Die Reichshauptstadt. Der Anhalter-Bahnhof. Das Metropoltheater. Das Deutsche Theater. Der Nollendorfplatz. Das Nollendorfviertel. Die Jockey Bar. Das Horcher. Der Potsdamer Platz. Die Tiergartenstraße. Das Bristol. Die Linden. Das Adlon. Das Knie. (Grammatikübung im Umgang mit dem bestimmten Artikel; Übungen im Verzicht darauf:) Bahnhof Zoo. Rennen in Karlshorst. Rennen in Hoppegarten. Feste (rauschende) im Offiziersverein. Gründe für die Ortswahl: Instinkt. Standesästhetik. Reglement.

C. A. hatte niemals in Berlin gewohnt, er war nur immer wieder hingefahren. Zuletzt (schon im Krieg) war er zu einem militärischen Lehrgang dort gewesen. C. A. hatte auf dem Gang des überfüllten Eisenbahnwaggons gestanden und auf die Telefondrähte geguckt, die vor dem Himmel wippten.

Fünfundzwanzig Jahre später hätte er wiederum die Eisenbahn benützen können, aber jetzt flog er. Mit Zeitistgeld hatte das nichts zu tun. Die Kastellanin packte seine Koffer. (Und in Berlin? Im Hotel? Augusta packte sie jedenfalls nicht.)
Die Grüne Woche, das Internationale Reit- und Springturnier waren nicht der Grund, nicht der eigentliche Grund, weshalb er nach Berlin gekommen war. Um eine moderne Landmaschine zu kaufen, war er nicht auf die Besichtigung während einer Ausstellung angewiesen, die Vertreter führten sie ihm auf seinen Feldern vor, und die Pferde sah er genauer im Fernsehen. Überhaupt mochte er Veranstaltungen nicht: das Gewühl, das Gedränge, das Geschrei, die vielen Menschen. Veranstaltungen veranlaßten ihn immer, die Notausgänge im Auge zu behalten. Er kam gerne eine Treppe herunter, auf der er stehenbleiben und sich umsehen konnte, wenn er Lust dazu hatte. Ebenso war er Häuser gewöhnt, Zimmer, groß genug, daß man an einer Reihe von Kunstgegenständen entlanggehen konnte oder an einer Reihe von Fenstern, aus denen man die Landschaft unter verschiedenen Gesichtswinkeln sah. C. A. beim Einkauf in einem Supermarkt oder im KaDeWe war undenkbar. Vor der Kasse Schlange stehen... Getümmel in Augenhöhe. Allenfalls bildeten Bars eine Ausnahme, auch Tanzbars.
Berlin und seine Bars und Nightclubs, das gehörte noch immer zusammen. Exklusive Bedienung, Darbietungen, Flirts mit den Bardamen. C. A. ließ sich einführen.
Der Empfangschef des Hotels hatte in einem von ihm (dem Empfangschef) als exklusiv bezeichneten Nachtklub einen Tisch nahe der Bühne reservieren lassen. Die Songs der Schwestern Morelli gefielen C. A. mäßig. Von den Kunst-

stücken der fünf australischen Jongleure war er entzückt. Eine schwarze Limbo- und Striptease-Tänzerin begeisterte ihn so, daß er fast aus dem Häuschen geriet, und söhnte ihn mit diesem Berlin, das wie eine Insel in Sibirien lag, aus: Ich bin ein Snob (Augusta mit List zugestanden) – ich komme wieder – ich liebe schöne Frauen.

Konnte es C. A. gleichgültig sein, was mit Berlin los war? Binsenweisheit, welches Deutschland (und welches Berlin) nach dem Kriege den Antikommunismus als Ersatz für nationale Identität propagiert hatte. Vorderhand war es ihm gleichgültig, indirekt nicht. (Jede Veränderung hätte oder hatte eine Wirkung auf Einhaus.)

Augusta stellt sich C. A.s Fragen: Wie übt sich einer in der Grammatik einer Stadt ein, die fünfundzwanzig Jahre verändert haben? Indem er sie häufig besucht? Wie fühlt sich einer – ohne alte Freunde oder alte Bekannte? (Wenn sie noch leben, leben sie – von Berlin her gesehen – jenseits der Elbe.) Aber C. A. fragt auch selber: Bedeutet in einer Stadt Aufnahme finden: die Stadt kennen, gleichgesinnt sein?

Navigationsschwierigkeiten: C. A. muß beispielsweise eine Straße sowohl hin- wie zurückgehen. Wenn er merkt, daß er es zum dritten Mal tut, lacht er über sich, spielt den Trottel aus Einhaus. Er macht ausgedehnte Wege, selten zu zweit. Um den Alex, das Bristol, das Schloß, den Dom wiederzusehen, hätte er sich eine Fahrkarte für die S-Bahn kaufen müssen. Augusta schlug ihm vor, die Fahrt gemeinsam zu machen oder auch in ihrem Wagen oder zusammen mit ein, zwei ihrer Freunde. C. A. sah davon ab; er begnügte sich mit räumlich und zeitlich schwebenden, durcheinanderblendenden Erinnerungen oder Vorstellungen von Erinnerungen, Gefühlen von Gefühlen. Er nannte Namen und horchte dem Klang der Namen nach. Falls auch Augusta

hinter den Klang zu kommen suchte oder nachforschte, was die Namen denn mehr sagten als sie bezeichneten, tat er – aus Furcht vor Mißverständnissen oder Geringschätzung, oder weil es sein Selbstgefühl stärkte, Augusta in Unkenntnis zu lassen? –, als legte er keinen Wert darauf.
Abends machte er mitunter Pläne für den nächsten Tag. Sofern das Gedränge nicht zu groß wäre, wollte er in den Straßen spazierengehen. Augusta sollte ihn begleiten. Aber schon verwarf er nicht nur die gemeinsamen Spaziergänge, sondern die Spaziergänge überhaupt (auch die Pläne für den nächsten Tag). Er verbarg seine Gefühle, und so gewann Augusta aus seinen Handlungen, die in keiner Beziehung dazu standen, oft den Eindruck von seltsamen Sinnesänderungen.
Auf die Provinzialität Berlins wollte er nicht aufmerksam gemacht werden. (Zu viele alte Leute, zu viele Vorkriegsmäntel, Kleinbürgermief.) Die vielen alten Leute störten ihn allerdings, obwohl er sich selbst gerne als krank und alt bezeichnete und diese Rolle durchspielte: so hatte er seinen Sarg längst in Auftrag gegeben. Kahlköpfig, gichtbrüchig, krummgeschlossen sah er sich dem Sargtischler zusehen. C. A. als Kunstgreis. Travestie. (Ich bin für die Einsamkeit geboren, ich kann nur in der Einsamkeit leben. Was er gerade nicht konnte.) Augusta weigerte sich hartnäckig, mit ihm zusammen den Sarg in Arbeit oder den fertigen Sarg in der Werkstatt besichtigen zu gehen. Abergläubisch wie der Einhäuser Tischler – nur hatte der, obschon er sich sträubte, die befohlene Arbeit nicht verweigern können – glaubte sie, sie beschwöre C. A.s Tod herauf, falls sie den Sarg in Augenschein nähme.
In Berlin fand C. A. sich plötzlich in dem Alter wieder, das er wirklich hatte; das beschwingte ihn – aber wozu? Für

Augustas Gefühl wurde er nicht älter. Selbst Fotografien, die sie von ihm kannte, Kinder- und Jugendbilder ausgenommen, änderten nichts an diesem Gefühl. Alterslos? Alt? C. A. – die ewige Gegenwart?

Augusta hatte das Autobahnfahren satt. Sie fuhr auf einer Überlandstraße durch den Taunus. Die Straße stieg und senkte sich, schwang sich durch den Wald, zwischendurch führte sie an Feldern und Wiesen vorbei, und dann blühten Schlehen und Weißdorn zu beiden Seiten. Gleich drauf tauchte sie in das nächste Waldstück ein und fuhr unter Fichten und hellgrün ausschlagenden Laubbäumen dahin. Sonnenflecken auf den frischen Blättern. Ich könnte mich hier verfahren. Ich könnte mich auf einem Waldweg verfahren. Ich könnte hier abhanden kommen. Einmal, als sie, aus dem Wald auftauchend, durch eine Kurve fuhr, sah sie vier Kühe auf der Wiese stehen. Sie hatte das Gefühl, es sei genau umgekehrt: sie selber stand, und die Kühe fuhren Karussell auf der Wiese. Danach bekam sie Lust, wen anzurufen. Felix?
Königstein im Taunus. Oberursel. Bad Homburg.
Ein Autofriedhof überkroch eine Apfelplantage.
Und sie überkroch ein Gedanke: daß C. A. sein ganzes Leben hindurch ein Doppelleben geführt habe. Hatte er nicht oft erklärt, daß man alles tun könne, nur dabei erwischen dürfe man sich nicht lassen? Die wohlverborgene Organisation eines solchen Doppellebens! Freundinnen, Zärtlichkeiten, Lust, Liebe. Aber was war das, was ihr da durch den Kopf kroch: eine Lüge wider besseres Wissen, um sich Gewesenes leichter zu machen, erfunden, weil es eine enge, unbeschwerte Bindung zwischen ihnen nie gegeben hatte, eine Bindung, die sie – vielleicht? – gar nicht ertragen hätte,

nach der es sie jedoch gleichzeitig verlangt hatte? Oder redete sie sich dies Verlangen jetzt ein, wo es leicht war, nämlich zu spät und ganz umsonst, gratis? Eine Phase der Unaufrichtigkeit? Welche Eigenschaften hätte der gedachte Vater denn haben sollen? Augusta konstruierte flink einen Vater, den man boxen und beißen konnte, hemmungslos berühren, anfassen, umarmen, mit dem man in die Sauna gehen konnte ohne Scheu vor einer Nacktheit, dem man sich anvertrauen konnte, der unverstellt redete und spontane Gefühle zuließ und nichts verdrängen machte, der die innere Dienerhaltung der auf dem Rücken gekreuzten Hände ausschloß, einer, der frei war von den Scheu- und Ohrenklappen der Konvention, auch der Klasse, einer, der einen gehen ließ und nicht fortwährend aufzog wie eine Uhr, mit dem man Sätze wechseln konnte, auf die es nicht immer ankam, unernste, unausgewogene Sätze. Aufhören mußte die Vorstellung eines in viele bleibende Klein-Ichs gespaltenen Ichs. Und Augusta wünschte plötzlich, daß C. A. davon erfuhr. Ach, die Raum und Zeit übersteigenden Wünsche, die sonderbare, mühelose Welt, in der sie wohnten! Und plötzlich fand sie, daß die Trauer um den wirklichen Vater durch das Bild des Gedachten unbewußt in ihr viel eher das Bedürfnis nach einem Bruder hatte entstehen lassen. Sie fühlte sich, als träumte sie und gäbe im Traum einer Person, über deren Identität sie sich gleichwohl nicht täuschte, ein anderes Gesicht und einen anderen Namen.
Wen anrufen. Ich könnte Lore anrufen. Ich rufe sie an.

Zweiter Versuch, sich über Berlin eine Meinung zu bilden: C. A. ließ sich zum Café Kempinski fahren, wo er bei einer Tasse Schokolade und einem Windbeutel (seinem Lieblingsbackwerk) hinter den Glasscheiben sitzen und in aller

Ruhe die Passanten auf dem Kurfürstendamm betrachten wollte.
Er schlürfte die Schokolade; es wurde ihm heiß davon, ihm fiel ein, daß er am Morgen schweißgebadet aufgewacht war; er hatte vom Krieg geträumt.
Erzähl mir den Traum, sagte Augusta. Träumst du nicht häufig vom Krieg? Er sah wie durch sie hindurch. Sein Blick verlor sich in der Ferne der Straße.
Was hast du geträumt?
Nichts für dich, sagte er.
Dann deute mir auch nicht an, was du für dich behalten willst, sagte Augusta, oder tust du es nur, weil du dich alleingelassen fühlen möchtest?
Vielleicht, sagte er, und sie spürte, wie er sich zwang, durch die große Glasscheibe zu blicken und dabei etwas wahrzunehmen. Draußen führte ein Mann einen mannshohen Bären, der nicht geführt zu werden brauchte, weil in dem flauschig schlotternden Fell ein zweiter Mann steckte. Ein dritter Mann stand mit dem Fotoapparat daneben, aber keiner der Passanten war bereit, sich mit dem Bären fotografieren zu lassen. Eine Sekunde lang die Idee, eine Karte nach Einhaus zu schicken: Er und der Bär, aber das Wort Einhaus zerstörte alles sofort. Ich passe nicht hierher, sagte C. A. leise. Er hatte in der Zeitung drei Studenten gesehen, die mit einem Kreuz in der Hand gegen einen Wasserwerfer angerannt waren. Ich begreife nicht, was sie wollen. Aber er hoffe, daß er die Zeitung noch nicht weggeworfen habe. Er wolle sich das Foto noch einmal ansehen. Doch vielleicht habe sie das Zimmermädchen inzwischen weggeworfen. (Grammatikübungen im Umgang mit dem Unbestimmten.)
Kennst du das Bild?

Die Berliner Boulevardblätter, die in den Kiosken auslagen, nahm er nicht in die Hand. Vorwand: billiges Papier, die Druckerschwärze an den Fingerkuppen. Grund: Standesinstinkt. Außerdem wollte er nicht herausgefordert werden.

Augusta hatte ihm schon in Einhaus von der Hetze der Springer-Presse gegen die Studenten erzählt. C. A. schätzte Sebastian Haffner. Augusta hatte ihm erzählt, daß Sebastian Haffner die Artikel der Springer-Blätter mit der Pogromhetze des STÜRMERS verglichen hatte, und hinzugefügt: Seit sie Benno Ohnesorg erschossen haben, ist Springer auf dem Kreuzzug.

C. A. hatte (in Einhaus) erwidert, Augusta übertreibe wie gewöhnlich. Er bilde sich seine eigene Meinung, indem er verschiedene Zeitungen lese.

Diese verschiedenen Zeitungen lagen auf dem Tisch. Die eine gehörte zur überregionalen Presse und war ein Blatt des Springer-Konzerns, am Verlag der zweiten Zeitung, eines Provinzblattes, war Springer beteiligt.

C. A. sagte: Eine Meinung läßt sich auf verschiedene Weise bilden. Jemandem nach dem Maul reden, ist etwas anderes, als ihm aufs Maul schauen.

Augusta: Und wem schaust du aufs Maul?

C. A.: Was meinst du?

Deine Zeitungen. Du schaust deinen Zeitungen aufs Maul.

C. A.: Sie vertreten die öffentliche Meinung.

Augusta: Der Öffentlichkeit aus dem Herzen sprechen, heißt immer: ihr einheizen.

C. A. (in Berlin) nahm sich vor, sofort im Hotel nachzusehen, ob das Zimmermädchen die Zeitung nicht weggeworfen habe. Der Wasserwerfer und die drei Studenten mit dem Kreuz interessierten ihn plötzlich.

Augusta nickte. Ja, sagte sie, ich kenne das Bild.
Bei seinem ersten Nachkriegsbesuch in Berlin hatte er sich einen Ruck gegeben und von einem Taxi zur Bernauerstraße fahren lassen. Augusta war nicht da gewesen, und so hatte er einige Eindrücke niedergeschrieben. Er schickte sie Augusta, um seine Eindrücke oder sich selber vergessen zu können, und bat sich gleichzeitig aus, daß Augusta sich ihm gegenüber niemals darüber äußerte, obwohl gerade das es war, was er wollte. Lauter fehlleitende Vorschriften! Warum diese Wälle, die, falls Augusta sie überstieg, sie nicht etwa schon ans Ziel gelangt sein ließen, sondern auf eine Flucht ebenso sinnloser Vorhöfe mündeten, welche sie auf ihrem Weg zu C. A. an ihm vorbeiführen sollten, und dennoch war von ihm alles in der geheimen Absicht in die Wege geleitet, daß gerade das Gegenteil einträfe. So verstieß Augusta, wenn sie redete, gegen das Schweigegebot, und wenn sie schwieg, gegen C. A.s tiefere, ihm selber nicht immer ganz bewußte Absicht, so daß alles, was sie machte, unbefriedigend für ihn blieb.
Er hatte damals die Mauer betrachtet, die Wachtürme der Volkspolizei dahinter, die vernagelten Fenster der geräumten Häuser, die Kreuze mit den verwelkten Blumen und Kränzen. Er hatte Platzangst in sich aufsteigen gefühlt. (Weil er im Taxi saß? Bloß weil November war?)
Von der Bernauerstraße hatte er sich, ohne auszusteigen, nach Dahlem fahren lassen, wo er das Völkerkundemuseum besuchte. Dort hatte er lange vor einer tönernen mexikanischen Maske gestanden, die lachte. Sie lachte mit den Augen, mit den Augenhöhlen, denn die Augen waren ausgestochen. C. A. hatte sich in dieses blinde Lachen vergafft, in diese Henkelohren, in diese Trunkenheit hinter der Vitrine, und sich eingebildet, daß hinter dem Glas etwas

singe, töricht, gurrend, kirrend, wie ein Vogel. Gleichgültig, ob es die Lache eines Mannes oder einer Frau war, es klang, als lache ein Vogel. C. A.s Irritation war im Moment verflogen: Menschen sind Vögel, hatte er gedacht, sie treten, balzen, welche lassen sich abrichten wie Hühnerhunde, welche klagen, welche kreischen wie Weiber; Tagvögel, Nachtvögel, Vögel, die nach Süden ziehen, Vögel, die nach Norden ziehen, ihr Gesang richtet sich nicht nach der Stimmung, sondern die Stimmung nach dem Gesang. C. A. hatte das Museum heiteren Sinnes verlassen. War er Berlin auf die Schliche gekommen? Welchem Berlin?

Elegie: C. A. und die Nacht, Liebhaber der Nacht als der äußersten Vereinfacherin, aber nach mir, C. A., fragst du nicht; bin ich dir so gleichgültig oder so klar? Liebhaber künstlicher Beleuchtung, Liebhaber der Kerzen-, Fackel- und Laterneneffekte, weißt du, wie ich lebe oder mit wem, in meiner vorletzten Wohnung bist du einmal gewesen. Liebhaber der Nachtstücke eines La Tour, in denen stille, versonnene Frauen anwesend sind (im Gegensatz zur Welt der Tagbilder, die der Mann beherrscht), was oder wieviel setzt du bei mir voraus? Liebhaber dieses Meisters gesenkter Augenlider, seitdem er erklärt hatte, daß das ihn am tiefsten anrührende Gemälde in Einhaus nicht die Kopie eines Malers der spanischen Schule, wie er anfangs angenommen, sondern die Kopie eines Nachtbildes von La Tour, ein Detail aus *Irene pflegt den heiligen Sebastian* war. So stand er denn jedesmal in Berlin in der Gemäldegalerie vor dem Bild, sag, was weißt du von mir, der Pfeil steckte tief und nur schön im Magen des Märtyrers, und im Schein der Fackel, die Irene über ihn hielt, warf der Pfeil einen langen und schönen Schatten über den Körper Sebastians, keine Spur eines Schmerzes, eines Leidens, kein Blut war zu sehen. Du bist nur dir auf der Spur, C. A., bin ich dir so klar? Wie tot lag der junge Mann da – von wächserner, elfenbeinerner Glätte und Schönheit, und Irene fühlte den Puls, eine zu einer knienden Statue erstarrte Figur, sag, was weißt du von mir, C. A., bist du immer nur dir auf der Spur? Ihr glattes Profil im Fackelschein erinnerte an ein Mädchen von Vermeer, und hinter ihr die Dienerinnen, die Trauernden, eine in ein helles Tuch Weinende, eine mit gefalteten Händen madonnenhaft in ein pflaumenblaues Kopftuch Gehüllte, und eine Schwarzäugige, Schwarzgekleidete, die, die Arme ausbreitend, auf den schön Daliegenden hintersah. Aber spüre ich dir denn nach, bist du mir ebenso gleichgültig, wie ich es dir bin? Gestalten, die wie Irene nah und lebensgroß, aber unerreichbar schienen, einer statuarischen Welt des Schweigens, des Nichthörens, Nichtleidens, einer verschlossenen Welt angehörten – aber ich gleiche mich an, C. A., auch ich kehre nur die Außenseite heraus, ich weise dich ab – oder einem zwar eindringlichen, aber bloß unpersönlichen Dasein, traumwandlerisch in irgendeiner Bewegung, aber nicht ansprechbar (aus Furcht, sie möchten vor Schreck dann wirklich zu Tode erstarren, meinte C. A.). Glaubst du, sie könnten überhaupt so etwas fühlen wie Schreck? Ich finde, sie sind einfach da, wie wir zwei jetzt, sagte Augusta. Wenn du wieder abgereist bist, bin ich immer erleichtert; solange du da bist, meine ich, ein anderes, ein altes Leben führen zu müssen, nicht meins. – C. A. hatte angefangen, sich für das Werk und das Leben La Tours zu interessieren, und Augusta besorgte ihm alles, was sie über ihn auftreiben konnte. – Ich täusche Arbeit vor, nur um dich nicht zu sehen, anderes zählt bei dir kaum, aber oft sitze ich nur zu Hause und tippe den immer gleichen Buchstaben auf der Schreibmaschine oder ich gehe spazieren und köpfe Disteln oder Nesseln mit dem Fuß. An einer Rippenfellentzündung, höchstwahrscheinlich aber an der Pest, war Georges de La Tour, der Sohn eines lothringischen Bäckermeisters, der zum Gutsbesitzer aufstieg, sechzehnhundertzweiundfünfzig im Alter von achtundfünfzig Jahren gestorben, er hatte sich, so erzählte C. A. Augusta, verhaßt gemacht bei der Dorfbevölkerung durch die große Zahl von Windhunden und Spaniels, die er sich hielt, als wäre er der Herr des Ortes, er hatte Bauern Stockschläge ausgeteilt und war von allen Steuern befreit, ein bis in unsere Tage verkanntes Genie. Warum stimmst du mich nicht heiter, C. A., warum störe ich dich? Jedesmal, wenn du kommst, bist du anders, und nichts hasse ich so sehr wie den Gedanken, mich aufzudrängen oder auf irgendeine Weise einzuschmeicheln, wir sind nicht befreundet, C. A. Er saß im Hotelzimmer, versunken in die Betrachtung anderer Nachtstücke – der *heiligen Magdalena mit der Öllampe*, wir sind nicht befreundet, C. A., der *heiligen Magdalena mit zwei Kerzenflammen*, der *heiligen Magdalena mit dem Spiegel*, er sah auf diese jungen, kräftigen Frauen mit hüftlangen Haaren, C. A., ich möchte dich etwas uns Betreffendes fragen, ja, ja, hier in Berlin, nicht in Einhaus, in Einhaus und für Einhaus würde ich die Frage anders stellen, einzig die raffinierte Bezeichnung Georges de La Tours für eine Frau mit einer Öllampe, eine Frau mit zwei Kerzenflammen, eine Frau mit einem Spiegel versetzt die Dargestellten in den Heiligenstand, und schon sind sie scheinbar entrückt, scheinbar unerreichbar, wie schnell, wie einfach das geht, sagte Augusta, da werden ein paar Buchstaben als Prädikat vor einen Namen gesetzt, und schon erscheint die Person in einem anderen Licht. C. A., ich möchte dich über unser

Prädikat, diese paar Buchstaben, die uns in den Adelsstand setzen, etwas fragen. Er sah auf die Frauen, ihre Blicke hypnotisierten ihn, ohne daß sie ihn angeblickt hätten. C. A., was ich frage, hast du dir nie vorgestellt, was andere – Leute einer anderen Klasse, Fremde – empfinden, sobald sie deinen Namen hören, daß sie dir aufgrund deines Namens mit Haß oder Ablehnung oder dich verletzender Ironie, mit Zynismus oder geteilter Bewunderung, mit Katzbuckelei begegnen? Das müßtest du doch kennen, C. A., weshalb redest du darüber nie? Er sah auf. Oder hast du darüber nie nachgedacht, weil es für dich immer selbstverständlich war, als Adliger zu leben? Und das, weil deine Anschauungen noch ihren Grund im Grundbesitz haben, weil du nicht durch Zufall wie andere Adlige, die heute Prokuristen einer Bank oder Waschautomatenbesitzer oder Vertreter für Landmaschinen sind, von einem Grundbesitzer zu einem bloßen Weltanschauungsbesitzer dich hast umstellen müssen? Weil du dir durch Zufall noch ein Leben und eine Einstellung leisten kannst, beinahe wie ein Herr des achtzehnten Jahrhunderts? Oder, C. A., sollten das nur mich betreffende und nur mich beschäftigende Fragen sein? C. A. betrachtete den Spiegel der *heiligen Magdalena mit zwei Kerzenflammen,* er betrachtete darin die Kerzenflamme, die auch die Frau darin betrachtete, und er betrachtete das Licht, das vor den Spiegel gestellt war: zwei goldene, sich rötlich verjüngende Flammen, nur wehte die eine starr vor der totalen Schwärze und die andere starr aus der totalen Schwärze des Spiegels heraus. C. A., hörst du, ich will nicht, daß für andere, mir Fremde oder nicht weiter Bekannte mein Name in ihrem Verhältnis zu mir eine Rolle spielt. Es sollte mir gleichgültig sein, aber es ist es nicht – und vielleicht spüre ich deshalb so oft, wie sie in ihren Sätzen förmlich werden, wie sie stillschweigend in eine andere Haltung wechseln, befangen, was auch mich wieder befangen macht, kennst du das nicht, C. A.? Oder wenn ich angesehen werde wie ein exotisches Tier, der Zoopsychologie der Klassen entlaufen, weil ich jemand bin, der nicht in einem Mietshaus, sondern in einem Schloß aufgewachsen ist, niemand also, der auf ein Schloß schaut und überlegt, wie es sich hinter der Fassade wohl leben mag. Hemmungen, C. A., die Tochter eines Großgrundbesitzers, eines Rittergutsbesitzers, Schloßbesitzers, eines Junkers zu sein, dazu die Qual der Anrede, so viele den Anredenden festlegende Formeln wie Finger an einer Hand: Comtesse, Fräulein von, Frau von, Gräfin Pe, Gräfin, und wer von den fünfen bin ich? Die Lust der Verkleidung, Lust der Verkappung, Lust des Inkognito, Lust des Gelächters, kommt sie daher? Ich mag es, unerkannt herumzuziehen, mir ist dann, als fühlte ich mein Verhältnis zu anderen weit wahrer, ohne das Ressentiment zu wittern, den Affekt zu spüren. – C. A. hatte die *Wahrsagerin* aufgeschlagen. Dort lauschte ein reicher, junger, wohl ziemlich naiver Bürgersohn den Voraussagen einer alten Wahrsagerin, während er von drei hübschen Gehilfinnen bestohlen wurde. Schau dir diesen Kontrast an, Augusta, sieh die versteckte Zusammenarbeit der Hände und Augen, dieser Gegensatz zwischen den unbeteiligten Blicken und den lautlosen flinken, geschickten Handgriffen. Aber es sind nur scheinbar unbeteiligte Blicke, sagte Augusta, sie könnten auch mir gelten. Ich fühle manchmal solche Blicke auf mir ruhen – im Zusammenhang mit meinem Namen, im Zusammenhang mit der Schwierigkeit des Mit-am-Tische-Sitzens, der Frage nach der Möglichkeit und der simplen Feststellung, daß es geht, und trotzdem, C. A.: Wenn ich meinen Freunden – Lore, Hermann,

Walter, Axel – die du immer noch nicht hast kennenlernen wollen, sage, daß mir in Einhaus immer wieder von Olympia gesagt worden ist, daß ich keinen der Arbeiter mit *Herr* anzureden hätte, so sehen sie darin nur die Karikatur, die Farce; ich aber sehne mich nach Veränderung, ich wünsche mir, nicht von so weither und aus etwas so Zurückliegendem wie Einhaus zu kommen.

Ich muß mit jemandem reden. Ich rufe Lore an. (Sie mußte sowieso tanken, ehe sie wieder auf die Autobahn zurückfuhr.) Ich rufe sie an; dabei kann ich mir immer noch überlegen, ob ich ihr sage, daß ich auf einen Sprung vorbeikomme, denn Göttingen – (Lore wohnte seit einem Jahr in Göttingen, mit ihrem Mann und dem Kind; sie war wieder Lehrerin, auch ihr Mann hatte Arbeit gefunden). Göttingen lag direkt an der Autobahn, fast direkt.

Dritter Versuch, sich über Berlin eine Meinung zu bilden: Seine kurzen, schnellen Berlinbesuche frischten auch die alten Erinnerungen auf, die C. A. Berlin verdankte. Ein Stapel geradezu professioneller Aufnahmen entstand, scharf, auf härtestes Hochglanzpapier kopiert. Berlin im Kriege, beispielsweise. Jemand hatte ihm einen kleinen goldenen Würfel geschenkt. (Wer? Es tut nichts zur Sache, wer, Augusta, bei welcher Gelegenheit und wozu.) Er hatte den Würfel jedenfalls in der Hosentasche, als er im zweiten oder dritten Kriegsjahr nach Berlin gefahren war. Es hatte sich nur um eine vorübergehende Abkommandierung von etwa einem Monat gehandelt. (War es im dritten Kriegsjahr gewesen oder doch im zweiten? Auf dem Foto sah man nur den Würfel.) Ein Monat mit einem Würfel. Falls die Mädchen, die er damals ausgeführt hatte, die Sache ernst zu nehmen drohten, hatte er den Würfel aus der Tasche gezogen, sich vom Ober einen Würfelbecher geben lassen und den Abend ausgeknobelt. Er war bekannt geworden für den Würfel, vor allem in der Jockey Bar, in der Adel und Schauspieler verkehrten, einem exklusiven Etablissement mit einem exklusiven Pianisten, einem Mann namens Zeller, der imstande war, auf bloßen Zuruf allerlei klassische Stücke zu spielen. C. A. hatte sich gelegentlich einen Ravel bestellt, worauf Zeller den *Bolero* spielte. Von da an ließ sich C. A. jedesmal, wenn der Würfel Ja sagte, den *Bolero* wiederholen. Der *Bolero* war seitdem sein Lieblingsstück geblieben.

Bei einem seiner Berlin-Flüge hatte er sich beim Empfangschef des Hotels nach der Jockey Bar erkundigt. Augusta fragte er gar nicht erst. Der Mann erinnerte sich des Namens, aber die Bar schien nicht mehr zu existieren. C. A. hatte die linke Augenbraue hochgezogen, war aber dann, nach kurzem Zögern, mit Augusta in den Nachtklub gegangen, der ihm vom Empfangschef empfohlen worden war, und wo ihn die Limbo-Tänzerin entzückt hatte.

Nächstes Foto: Herbst, Abendnebel, Park, Charlottenburger Schloß, vom Ufer der Spree gesehen. Es hatte ihn geärgert, daß er von der Spree her das Schloß nur als rätselhaft unförmigen Block gewahren konnte, als unsinnigen Schweizerkäse-Block im Nebel. Dagegen war die Schloßbrücke scharf und schön zu sehen. Die fahlen Nebelblasen der Laternen spiegelten sich im ölig-fauligen Gewässer, opalene Ballons, die etwas schwankten. Augusta war dabei gewesen.

Augusta bestritt es, als sie ihn am späten Nachmittag bei Kranzler abholte. Sie war nie mit ihm im Charlottenburger Park gewesen, bestimmt nicht. Es machte ihn unsicher. Er rechnete zurück, stellte fest, daß er überhaupt nicht dort gewesen war, jedenfalls nicht jetzt. Im Krieg vielleicht, vor dem Krieg.

Er sagte Augusta, daß er verabredet sei, verabschiedete sich von ihr, winkte dem Ober, zahlte, und ging so schnell wie möglich zum Hotel zurück. Die Zeitung lag noch auf dem Tisch. Kennst du das Bild? – Ja, Augusta kannte das Bild: Der Wasserwerfer war vom Europa Center her und an der Gedächtniskirche vorbeigerollt. Die drei Studenten mit dem Kreuz waren stehengeblieben, nicht gewichen. Sie stemmten sich gegen das Kreuz, das die Wasserstrahlen umzublasen versuchten.

Ohnmacht.

Wessen Ohnmacht? Kannst du nichts genau nehmen? Wessen Ohnmacht? Herrgott, versteh doch: Meinst du die Ohnmacht der Studenten? Des Kreuzes? Oder des Wasserwerfers?

C. A. hatte die Zeitung zusammengeknüllt und sie in den Papierkorb geworfen.

Von der Tankstelle in Oberursel rief Augusta in Göttingen an.

Lore fragte: Wo fährst du hin?

Nach Hause, zur Beerdigung.

Nach Einhaus?

Ja; mein Vater.

Lore schwieg, dann sagte sie: Ich hab's grad hinter mir. Mein Bruder ist verunglückt.

Welcher Bruder?

Augusta ... ich hab' nur einen.

Der?

Ja, der.

Und Hermann? Er hat ihn doch gemocht. Er ist doch hingefahren, als er vor Gericht stand und verurteilt wurde.
Hermann leidet, sagte Lore. Wenn Hermann verrückt werden könnte, er würde es jetzt.
Soll ich vorbeikommen?
Bitte. Wann bist du hier?

Vierter Versuch:
Um besser zu sehen, hatte sich C. A. im Taxi, das ihn vom Flugplatz zum Hotel fuhr, nach vorn gesetzt. Der Taxifahrer erzählte, über Weihnachten hätten die Studenten sogar in der Gedächtniskirche randaliert.
Nach dem Abendessen ging C. A. zur Gedächtniskirche. Die Kirche war geschlossen, erzählte er Augusta. Nur leeres blaues Licht in den Fenstern und zwei Polizisten in weißen Mützen vor dem Eingang. Sie sah ihn gehen, er ging schnell weiter, aber er war ihr so fremd in seiner Bewegung – er ging schnell weiter, als er merkte, daß er ums Haar gegrüßt hätte.
Er kam nicht zurecht mit Berlin.
Sie sah ihn sich quälen, und daß er sich quälte, quälte wiederum sie, aber sie sprang nicht ein, sie sah nicht, wo sie aufgekommen wäre.
In der ausgebrannten Ruine der Gedächtniskirche zog es. Es war düster, nahezu schwarz in ihrem Gewölbe. Was ein bißchen leuchtete, waren die Goldsplitter (falls es Gold war) der preußisch-byzantinischen Mosaik-Kunst in der Nische, in der der Christus lag.
C. A. stand vor der Nische und sah den Christus liegen. C. A. fand sich betroffen. Da lag er: vom Sockel gestürzt, das Gesicht im Mörtel, und für Augenblicke lag C. A. mit ihm da, an seiner Stelle.

C. A., sagte Augusta, hör auf, bitte!

Gegen abend – wann? (es war dieselbe Sache wie mit dem *Bolero*: man hatte ihn im Ohr, Augusta, hörst du? und konnte ihn nicht pfeifen), gegen abend also, Berlin, Ecke Joachimsthalerstraße Ku-damm. Da waren Tische aufgestellt, auf denen Listen lagen. Die Studenten standen bei den Tischen und versuchten die Passanten zu bewegen, ihre Namen in die Listen einzutragen. C. A. blieb stehen (er konnte Augusta nicht sagen, weshalb – es gab ja viele Leute, die vorbeigingen, die Ellbogen zeigten, wenn auch manche ihre Namen in die Listen schrieben), gleich trat ein Student an ihn heran und sagte höflich (damals noch höflich, Augusta, damals noch): Protestieren Sie mit uns gegen den kalten Staatsstreich.

C. A. zog die linke Augenbraue: Staatsstreich?

Die Antwort des Studenten klang wie auswendig gelernt: Die Große Koalition bedeutet die Abschaffung des letzten Widerspruchs in Deutschland. Die Mundtotmachung der Opposition bedeutet –

Da stand C. A. – und da stand der Student.

Da stehen sie.

(Hatte er unterschrieben? Hatte er sich abgewendet? Ein Foto ist kein Film, der weitergeht.)

Träumt sie mitten am Tag oder weiß sie nicht, was sie mehr lähmt: der eigene Alptraum von C. A.s Tagträumen oder die Bodenlosigkeit seiner tatsächlichen Alpträume, zu denen sie nicht vordringen kann? C. A. bleibt nicht stehen, biegt auch in keine Querstraße ein; er sehnt sich nach Kornfeldern, Rapsfeldern, Rübenfeldern, Kartoffelfeldern, Bächen, nach Knicks und alten Eichen. Sieht man es ihm an? Augusta schüttelt den Kopf. Die Leute gucken, die Blicke behelligen ihn. Ist etwas los mit ihm? Sie schüttelt wieder

den Kopf. Der Hut sitzt gerade. Der linke Schuh ist schwarz, der rechte Schuh ist auch schwarz. Wenn jetzt ein Demonstrationszug einböge, aus der Uhland-, aus der Fasanenstraße, würde dann ein Stein fliegen – ihm zugedacht? Es könnte auch ein Molotow-Cocktail sein (und grad auf ihn). Wer jung ist, lange Haare hat, gegen die Norm gekleidet ist (oder gerade der neuen Norm entsprechend), ist ein Student. Sieht ihm – sagen wir: ein Kommunist – an, wer er ist? Er zieht die Augenbraue hoch. Er geht soweit, sich einzubilden, daß jeder seinen Namen kennt.
Noch einmal zurück? Nicht gleich.
Er ging in eine Hotelbar in der Lietzenburgerstraße und trank zwei oder drei Manhattan. Er hatte sein Rezept. Der Mixer nickte. Und dann nochmal zurück.
Da lag der Christus. Zugegeben: eine Abwandlung, rohe Ahnung des Thorwaldsenschen; herausgekommen war etwas kleinlich Akademisches, Geizig-Mickeriges, nicht einmal süß im Ausdruck, eher eitel. (C. A. hatte sich vergewissert, daß er allein war. Dann war er hingekauert, um genau zu sehen. Er war betroffen.) Die Stirn im Mörtel. Die Nase war vermutlich heil geblieben, immerhin. Das linke Auge mußte knapp sehen können. Er lächelte. Die Augen waren wichtig. Er erhob sich, klopfte den Staub von den Hosen und trat zurück.
Exkurs: Augusta versucht, ihrem Vater etwas zu sagen.
C. A., sagt sie, wir haben uns noch nie gemeinsam an etwas erinnert, als hätten wir keine gemeinsamen Erlebnisse gehabt.
Ja, sagt er, und? Was willst du? Er stutzt.
Reden, sagt sie, über uns reden.
Augusta, sagt er, komm, aber nicht jetzt, und weicht auf

Einhaus aus. Nicht hier, sagt er, in Einhaus hätten sie nächtelang Zeit.

Sicher, meint Augusta, ein wenig spottend, da C. A. sich nicht beikommen läßt, so wie sie ihn kenne, habe sie auch kaum eine andere Antwort erwartet. In Einhaus, geht sie auf seine Ausflüchte ein, das bedeute, während ihrer Ferien, daß diese nicht morgen begännen, wisse C. A. so gut wie sie. Also in Einhaus irgendwann einmal – dieser von ihm so geliebte und gern vorgebrachte Aufschub. Sei es nur Gleichgültigkeit, oder wovor habe er Angst, müsse er an Einhaus Halt suchen, ehe er bereit sei, zu reden? In Einhaus würden sie ja doch nicht reden, zumindest sei es nicht das, was sie unter reden verstehe.

Er antwortet nicht, wiegt nur den Kopf.

Was sie in Einhaus spielten, sagt sie, komme ihr vor wie eine Komödie, oder sie lieferten sich statt La Tour'scher Nachtstücke im Kerzenschein Einhäuser Nachtstücke im Kerzenschein: C. A. bestimme den Termin, und Augusta erscheine zum Rapport wie einer seiner Eleven, der einzige Unterschied liege darin, daß C. A. den Verlauf des Gespräches mit ihr nicht beschleunige, sondern planvoll manchmal über Nächte hin ausdehne, beinahe wie abgeguckt aus den Erzählungen von Tausendundeiner Nacht – ja, ja, C. A., ich gebe zu, daß ich übertreibe, aber doch nur, damit du siehst, wie es für mich ist. Die Nacht, das Dunkle; er redet, lebt auf. Sein Eifer macht ihr sogar Spaß, weil sie die Ernsthaftigkeit, mit der er spricht, nicht ganz ernst nehmen kann, sie läßt sich trotzdem darauf ein, sie bewundert seine Fähigkeit, auch ganz Abseitiges noch als Beweis für irgend etwas heranzuziehen, sie bewundert die Unerschütterlichkeit, mit der er glaubt, was er sagt, schließlich macht es sie auch traurig, und ihre Einwände machen sie müde, und wenn sie

offen ist, paßt ihr das Ganze nicht mehr, sie fühlt nur noch, daß sie wartet. Die Pausen zwischen C. A.s Sätzen werden immer länger, die Gänge zur Toilette häufen sich, Augusta weiß nicht, ob er wiederkommt, nicht immer kommt er wieder, was sie aber erst nach einer schier endlosen Pause feststellt. Es ist zum Verzweifeln, wie rücksichtsvoll sie ist – nur etwa, um ihn nicht zu enttäuschen? – damit C. A. den Gesprächsfaden wieder aufnehmen kann, damit er sich, so lange er will, ausreden kann. Nur kommt Augusta, in dem, was er sagt, niemals vor, manchmal stellt sie eine kleine, lächerliche Zwischenfrage, nicht, um C. A. am Reden zu hindern, sondern um ihn am Reden zu halten, und falls C. A. ganz woanders einsetzt, als wo er aufgehört hat, weil es ihm auf dem Klo so eingefallen ist, oder falls er die Unterhaltung abrupt abbricht, weil er fürchtet, ansonsten könne zum Reden in den folgenden Nächten zu wenig übrig sein, sogar dann wartet Augusta, geduldig und lange, als warte sie auf eine zufällige Begegnung.
Nein, sagt sie, C. A., ich sitze nicht mehr in der Küche.
Küche? lächelt er verwundert, in welcher Küche?
Augusta hat die Küche im alten Küchenhaus gemeint, das abgerissen worden ist. Dort saß sie früher mit einem Heißhunger auf Bratkartoffeln und Margarinebrot. Eine Zeitlang kam Erwin, der Sohn des Schweinemajors, und seinetwegen erwähnt sie die Küche, erzählt sie C. A. ihre erste Geschichte. Erwin machte, was ihm paßte. Er kam, wenn er Feierabend hatte im Stall. War er angetrunken, kam er von der Hofseite aus zur Küche herein. Die Köchin, Fräulein Willems, erschrak jedesmal, denn Erwin konnte vom Haus aus, also von C. A. oder Olympia, gesehen worden sein, während er den Vorplatz überquerte, und Fräulein Willems sah sich bereits zur Rede gestellt, aber niemand hat

Erwin wohl je gesehen. Wenn er nüchtern war, kam er über den Hinterhof. Dort sah ihn niemand vom Haus. Doch ob er nun betrunken oder nüchtern, ob er über den Hinterhof gekommen war oder nicht, allemal ließ Fräulein Willems die Läden schließen, wenn er massig und träge, die Brust herausgewölbt und beide Hände in den Hosentaschen vergraben, in der Küche Auftritt hatte – Auftritt – so nannten Fräulein Willems und die Küchenmädchen seine Besuche, aber sie warfen ihn nicht hinaus, ganz zu Anfang hatten sie es probiert, er war zu stark. C. A., sagt sie leise: Ich erzähle dir eine Geschichte, ich – dir!? Erstaunt dich das nicht? Ich erzähle dir meine erste Geschichte.
Deine erste Geschichte? Warum? fragt er, daß du überhaupt redest und soviel, erstaunt mich viel mehr.
Young ladies are to be seen?
Er zieht die Augenbraue: Du bist respektlos geworden.
Respektlos geworden? sagt Augusta, C. A., aber damit gibst du zu, daß wir niemals über uns reden können. Also Erwin, und nicht wir, die Anekdote, und nicht wir.
Breitbeinig stand er am Herd, fährt sie fort – leichthin, um von der eingetretenen Spannung abzulenken, aber hört der Vater auch zu? Die Augen weit aufgerissen, schön war Erwin nicht, dafür schielte er zu stark, er sah Fräulein Willems zu, die am Herd hantierte, die Töpfe mit dem Abendessen von den Feuerstellen zog, Holzscheite aus der Kiste nachlegte, die Eisenringe wieder aufs Feuer zog, den Schürhaken an die blitzblank um den großen, alten Gutsherd herumlaufende Messingstange zurückhängte und bei allem so tat, als stünde Erwin nicht neben ihr, bis er sie anrempelte – ihr den Ellenbogen oder die Schulter in die Seite pflanzte, so daß sie ein paar Schritte zurückging, wobei sie leise aufschrie – und weiterschlenderte, durch die Küche;

er sah die Mädchen und Augusta in einer Ecke – dort, wo der lange Tisch unter der Fensterfront stand – Bratkartoffeln essen, spottete: Schiet, Bratkartoffeln! Bratkartoffeln bekomme er alle Tage, ein Spott, der Augusta klein machte in ihrer Ecke, und dann fragte er Fräulein Willems mit einer scharfen Kopfbewegung in Richtung des Hauses: und sie? Falls sie so tat, als habe sie die Frage überhört, faßte er sie um die Hüfte und zog sie vom Herd fort, um selber in die Töpfe zu gucken, danach ging er an den Eisschrank. Dort fand sich immer etwas, worauf er Appetit hatte oder was er nicht kannte, und deswegen kam er ja, er wollte probieren, was er zu Hause nie bekam: geräucherten Lachs, getrüffelte Straßburger Gänseleberpastete, ein Stück Spickgans, frische Ananas. Einmal zog er eine Dose Kaviar heraus, den ersten Kaviar, den Augustas Eltern damals nach dem Krieg hatten, sie wollten ihn am nächsten Abend mit ein paar Freunden essen, Olympia hatte das Diner mehrmals mit Fräulein Willems durchgesprochen. Fräulein Willems wurde bleich, als sie sah, wie Erwin, ihre schrillen Neins und Bitten überhörend, mit dem Kaviar zum hinteren Küchenausgang stakste, auf den Küchenhof hinaus, in den Schein der Laterne. Ein Taschenmesser hatte er bei sich. Gerda, eins der Mädchen, lief ihm nach, sie sollte ihm die Dose abnehmen, und Augusta lief Gerda nach, aber Gerda nahm Erwin die Dose nicht ab, hielt lieber Abstand, Erwin drohte ihr mit dem Messer, bohrte es dann in den Deckel, hob ihn ab, stach in den Kaviar, probierte, um ihn gleich auszuspucken. Schiet, meinte er, verdammter Schiet, das schmeckt ja wie Knüppel auf'n Kopp, klappte das Messer zu und schleuderte die Dose weit in den Teich. Er wartete noch den Aufprall auf dem Wasser ab und stolzierte dann, die Hände in den Hosentaschen, breitbeinig in die Dunkelheit davon. Er warf weg, was ihm nicht paßte, das war es, sagt Augusta, was ich dir sagen wollte, warf weg, was ihm nicht paßte, ich bin zu Ende, C. A.

C. A. hat zugehört, hält es aber nicht für richtig, nichts von dem, was sie vorgebracht hat, sagt er, sei nötig gewesen, klug sei sie eben doch nicht, da habe er sich geirrt, eher ein Dummchen, sich seinetwegen so ausgiebig mit einem Vergleich aufzuhalten, der sie auf die Ebene des ehemaligen Einhäuser Schweinestalls herabziehe und ihn, C. A., kränke. Hätte sie sonst, fragt er, einen so langen und unsinnigen Anlauf genommen? Für sie sei er immer zu sprechen; sie wisse doch, daß sie seine liebste und beste Tochter sei.
Verwechselt er sie mit Johanna?
C. A.s Erklärung, immer sei er zu sprechen, eine Erklärung, wie er sie auch Johanna zu geben pflegte, mochte die Unterscheidung trüben, und daß sie die liebste und beste sei, sagte er auch Johanna. Um ihnen beiden gerecht verteilt zu schmeicheln, oder um sie sich, und das sogar gleichzeitig, mit dieser liebsten-besten Phrase vom Leib zu halten? Nun, Johanna war zurückzuerobern, sie war leicht zu beeinflussen. Ein vager Vorbehalt von seiten C. A.s reichte in Einhaus aus, um sie wieder von dem zu überzeugen, was sie außerhalb Einhaus mit Recht schon angezweifelt hatte, so als fürchte sie, daß eine andere Meinung, als C. A. sie hatte, sie in Einhaus in die Isolation treibe. Wagte sie aber einmal einen Vorstoß gegen C. A., so war sie schnell zur Abbitte bereit. Johanna war stolz auf Einhaus, sie hing daran und hielt auch deshalb vor C. A. still, was selbst in ihren, nicht nur Augustas Augen kein Zustand war.

Die Hand wie selbstvergessen auf Augustas Arm, womit C. A. eine Vorsicht abgeworfen hat, die ihn sonst beherrscht, dichtet C. A. oder er spricht nur nach: Und wenn

dann die Nächte gleichgültig in den Bäumen blättern –
Wie? Augusta sieht C. A. zerstreut fragend an.
Die Zeile war nicht für sie gesagt. C. A. hatte nur weiter an Einhaus gedacht und an die Gespräche, die sie auf der Terrasse oder in der Bibliothek oder einem der Salons führen würden, aber jetzt, wo er seinen Gedanken aussprach, fiel ihm wieder ein, daß er das Haus am liebsten schlösse. Der Haushalt kam ihm schon lange zu aufwendig und kostspielig vor, allein beim Milchmann war in diesem Jahr für fünfzehntausend Mark eingekauft worden, die Rechnung war nur eine von vielen, die er laufend zahlte. Er werde das Haus schließen, das so sinnlos viel Geld kostete, der Verwalter sollte den Betrieb allein leiten, oder er würde einen Manager einsetzen, oder Johannes übernahm den Betrieb, alt genug dazu war er, und er selber ging nach Afrika, nach Kenia oder in den Sudan, wo er in einem kleinen Haus leben wollte für sich, ohne Olympia, ohne sie alle, die Kinder, anspruchslos und fernab der Zivilisation, nur von schönen, fremden schwarzen Menschen umgeben.
Augusta mochte dieses Gerede nicht. Zwar wußte sie, daß er nichts davon ausführen würde, aber diese ein wenig rührseligen Reden zwangen sie (was sie gern vermieden hätte) zu schroffen oder abwehrenden Erwiderungen, und in manchen Augenblicken auch zu einem Schweigen, worin sich Abwehr nur in anderer Form wiederholte, falls es nicht doch ein Schweigen war, das sich anfällig zeigte für eben diese Rührseligkeiten und Wunschvorstellungen, und dabei kam sie sich dann vor, als ducke sie sich unter ihren eigenen Schlägen.
Soll ich dir antworten? sagt sie.
C. A. schüttelt den Kopf. Er war dort, wo sagt er nicht, einer herrlichen, verführerisch schönen schwarzen Frau

begegnet, ganz jung, ganz frei, sie hängte sich nicht einmal an ihn, blieb, und plötzlich wieder ging sie, eine Laune, oder vielleicht – C. A. wußte es nicht, er stellte ihr keine Fragen, er ließ sie tun, was sie wollte, aber er war nicht der Mann oder nicht die Welt, die sie vielleicht gemeint hatte.

C. A. macht eine kleine Pause, er raucht, er hat sich ins Rauchen geredet, Augusta sieht ihn wie hinter Wolken – aber vielleicht hatte die Frau heute schon ein, zwei Kinder, und ihre schönen, dunklen Brüste waren schlaff.

Das war alles wie nur zu sich selbst gesagt, und C. A. verstummt, entrückt in irgendwelche Bilder irgendeiner Fremde.

Ich mag nichts dazu sagen, C. A., bricht Augusta nach einer Weile das Schweigen.

Ich mag nichts dazu sagen? Das hast du auch nicht, erwidert er plötzlich heftig. Bereut er, ihr überhaupt diese Liebe entdeckt zu haben, ist er aufgewacht? Versteh mich: das hast du auch nicht, daß kein Wort darüber hinter meinem Rücken je über deine Lippen komme, und eine Bemerkung in Olympias Gegenwart –

Aus.

Augusta nickt nur. Warum auch? Oder besser: wenn er öfters darüber redete, brauchte er dann dies Versteckspielen und diese Angst? Sie sagt nichts. Aus, wie wenn ein Sprung durch eine Tasse geht. Wie schnell, wie unverhofft diese Mißtrauenseinbrüche kamen, falls es nicht lediglich Mißtrauensumschwünge waren, wie bei Johanna, wenn Augusta nicht mit ihr sprechen kann.

Augusta sieht an C. A. vorbei. Es gab zwei Johannas: Johanna, die Einhäuser Schwester, die auch C. A. kannte, und die in Heidelberg studierende, draufgängerische, betriebsame und ehrgeizige, C. A. fast unbekannte, unter ihren

Heidelberger Leuten wie überhaupt unter anderen Leuten wie ausgewechselte Johanna. Aber war sie in Heidelberg oder in Einhaus aus dem Gleichgewicht gerissen? In Einhaus drängte sich Johanna ebensowenig C. A. auf, wie er sie auf seine Seite zu ziehen versuchte. In Einhaus war sie eine Art verhuschter, das Freie, Land und Natur liebender, Einhaus wie eh und je zugehöriger Vogel, in C. A.s Augen niemand, auf den es ernstlich ankam, niemand, der sich je entfernt hatte – was brauchte er sie also auf seine Seite zu ziehen? Ihre Kleider – sie zog sie aus dem Schrank, wenn sie in Einhaus ankam und stopfte sie wieder hinein, wenn sie abfuhr: alte, ausgelassene Röcke, Socken, dicke Kniestrümpfe, in den Jahren mitgewachsene Pullover, Hosen, deren Schnitt lange aus der Mode war – mochten C. A. darüber hinwegtäuschen, daß sie nicht mehr das kleine, dumme Schulmädchen, sondern Anfang zwanzig war. Johanna schien es einmalig bequem, diese alten Sachen in Einhaus deponiert zu haben, sie zog auch Augustas abgelegte Kleider an; da Augusta größer als sie war, hing sie in ihnen und fror auch ein wenig darin, aber ihr gefiel diese lockere Vermummung. Zusätzliches war da nur für ein Fest oder eine Feierlichkeit nach Einhaus mitzubringen. Man konnte nicht sagen, sie habe sich in die alten Klamotten gesteckt, etwa um C. A. zu täuschen, und weiter, daß sie täuschte, um etwas zu vertuschen, etwa wie alt sie wirklich war oder wie sehnsüchtig sie darauf wartete, anders von C. A. bemerkt und anerkannt zu werden. Die grauen und braunen und dunkelgrünen oder schwarzen Klamotten waren eine Äußerlichkeit. Daß C. A. Johanna betrachtete, wie er sie betrachtete, hing viel eher damit zusammen, daß sie in Einhaus versäumte, andere als ihm gewohnte Seiten von sich zu zeigen, und tat sie es einmal, dann wie etwas Unwichtiges, so daß C. A., der ja von sich aus nicht neugierig war, darüber hinweggehen konnte beziehungsweise mit einer üblichen Geläufigkeit darüber hinwegging, worüber sich Johanna dann bei Augusta beklagte. Warum C. A. das, was Johanna wichtig war, zum Nebensächlichen und Unwichtigen abwertete, konnte Augusta ihr zwar erklären, aber das änderte nichts. Und wenn Johanna ihr dann den Verlauf eines Vorlesungsstreiks oder einer schön bekifften Nacht, eines Skiwochenendes im Schwarzwald in aller Ausführlichkeit schilderte, im Gegensatz zu C. A., dem sie nur die vagesten Andeutungen davon gemacht hatte, so konnte Augusta ausführlich auf ihre Berichte eingehen, auch mit eigenen Erfahrungen und Erlebnissen kommen – Ski lief sie nicht –, trotzdem blieb sie ein behelfsmäßiger, für Johanna unbefriedigender Zuhörer. So war denn – die schwesterlichen Unterhaltungen ausgenommen –, was Johanna in Einhaus äußerte, nur für Einhaus gesagt. Johanna zog einen klaren Trennstrich, und das bekam auch Augusta zu spüren, wenn sie stritten. Wollte Johanna sie, indem sie einen Streit vom Zaune brach wegen nichts und wieder nichts, auf irgendeine ihr selber nicht klare Weise für eben das strafen, was sie, Augusta, in Einhaus versuchte und tat und Johanna selber unterlassen hatte und unterließ? Dabei stritten sie nicht einmal um C. A.

Sie maßen sich, und Johanna, die jüngere, herrschte. Augusta fürchtete sie wegen ihrer Ausfälle, so daß sie ihr lieber gleich zu Beginn eines Streits freiwillig gab, was Johanna sich sowieso aneignen würde. Trotzdem wäre übertrieben zu sagen, daß Johanna sie deswegen beherrscht hätte. Nur ging Augusta von sich aus vorsichtig mit Johanna um. Sie wollte so vor allem sich selber vor Kränkung schützen. Sie gab sich den Anschein, als kümmere sie Johanna nicht. Sie verhinderte aber nicht, daß Johanna diese Vorsicht als Gleichgültigkeit auslegte und sie gerade deswegen anschuldigte und angriff.

Im Guten tauschten sie sich aus – auf dem Kanapee, spazierengehend, in ihren Zimmern, wobei meist Johanna das Wort führte. Ihre braunen Augen sprangen aufmerksam hin und her und folgten den Gesten, mit denen sie ihren Worten Nachdruck verlieh. Und so erfuhr Augusta alles mögliche, und einmal auch von C. A.s Annäherungsversuchen. So gefährlich oder lächerlich ungefährlich sie waren –, sagte Johanna. Verwirrspiele? Nun ja – sie hatte sie nicht ernst genommen, und von C. A.s Seite schienen sie auch nur aus mangelnder Aufmerksamkeit zustande gekommen. C. A. auf nächtlich tappenden Füßen? Aber was hatte er denn gewollt oder auf was sich berufen? Ich weiß nicht, sagte Johanna, und berufen? Auf nichts. Ich bat ihn zu gehen. Möglich, daß er sich auf dem langen, dunklen Korridor nicht mehr zurechtgefunden, sich blind an Schränken und Kommoden entlanggetastet hat. Die totale Schwärze war auf ihn eingestürzt in der Nacht. Ebenso möglich aber, daß er sich nur in der Tür geirrt hat – oder hat irren wollen? Es war jedoch auch möglich, daß der schwach unter der Türschwelle hindurch auf den Flur hinausfallende Schein von Johannas Nachttischlampe ihn bewogen hatte, die Tür zu öffnen, um sich mehr Licht zu machen; er hatte geklopft, aber dann war er doch eingetreten ohne Johannas ‹Herein› abzuwarten – beide Male ein Glas und eine brennende Zigarette in der Hand und nur mit einer kurzen Hose für die Nacht bekleidet? Und Johanna konnte sich genau erinnern, daß er beide Male mit einem unsicher schwankenden Lächeln und von zuviel Alkohol benommenen Augenausdruck auf ihr Bett zugesteuert war, in

dem sie lesend – was er mit Überraschung feststellen mußte? warum mußte, Johanna? war vielleicht nur sie überrascht und C. A. gar nicht? – gelegen hatte. Wie, und er lachte? Aber sie hatte doch etwas von einem unsicher schwankenden Lächeln gesagt. Und er zitterte vor Mut? Ach, Johanna, sagte Augusta, ich will die Wahrheit gar nicht wissen, schweig lieber, es ist zu anstrengend, zu vieles zu wissen. Aber Johanna ließ sich nicht abbringen. So gefährlich oder lächerlich ungefährlich diese nächtlichen Besuche auch waren, sagte sie, dennoch hätte sie Mitleid gespürt und das Gefühl, daß Abwehr – sie hatte C. A. ja gebeten, wieder zu gehen – das Unrichtige wäre, war schreien besser, das Haus wecken? C. A. hatte sich zu ihr auf die Bettkante gesetzt, mit leerem Kopf blieb sie zurück, sie hätte weinen können über diese nächtlichen Gänge, ein Anblick, Augusta!
Johanna und C. A. kamen übrigens nie auf sie zurück. Johanna wollte nicht an sie erinnern, und C. A. blieb verschlossen. Höchstwahrscheinlich erinnerte C. A. sich nicht einmal an diese Besuche, meinte Augusta, in der Absicht, den Vater zu verteidigen. Das kränkte Johanna. Dann wären also ihr Mitleid, ihre Verwirrung, das schlechte Gewissen, weil sie ihn fortgeschickt hatte, ganz umsonst gewesen, auch das Gefühl, C. A. niemals so verbunden gewesen zu sein, denn er war ja zu ihr gekommen, sie hatte er ausgewählt, nicht etwa Augusta. Nein, niemals ließe sie zu, daß die Dinge zerredet würden, die sie in den zwei Nächten erlebt und durchgemacht hatte.
Je seltener Augusta nach Einhaus kam, desto enger schloß Johanna sich dem Bruder an. Augusta war er fremd geworden. Verschlossen, wortkarg begegneten sie sich, tauschten nur noch Fragen und Antworten, wie sie sie aus den ersten

Lektionen beim Erlernen einer fremden Sprache hätten kennen können, und sofern sie doch aneinander gerieten, nannte Johannes die Schwester Blaustrumpf, Weltverbesserin, Moralistin, Idealistin, und es lag angriffslustige Angst darin. Augusta sah nur, daß der Bruder längst angenommen hatte, was er nicht hatte übernehmen wollen, und sich vorschrieb, was er nicht hatte sich vorschreiben lassen wollen, und sie mochte dabei nicht zusehen. Der Weg des Bruders – er kam ihr vor wie Einreiten, Zureiten, fortwährende Dressur. Sie fragte sich oft, wer das bessere Gedächtnis für den Bruder habe, er, Johannes selber, oder sie? Johannes begann, C. A. nachzuahmen, er wiederholte, er stellte sich auf seinen Platz, er repräsentierte, er ging auf die Jagd, er schoß, er tötete, aber einmal hatte er nicht nachahmen, nicht wiederholen, keine Jagden geben, nicht schießen und nicht töten wollen, einmal hatte er die standesgemäßen Geselligkeiten ablehnen, er hatte Chirurg und nicht Landwirt werden wollen. Die Rebellion hatte nichts genützt. Er war als Sohn, als Erbe seit dem ersten Schrei, wie Augusta überspitzt formulierte, darauf vorbereitet worden, in die Fußstapfen des Vaters zu treten, er hatte sich der Erziehung unterworfen und war darüber vorzeitig einsilbig geworden, ein Pensionär im Eigentum.
C. A., sagt Augusta, ich gehe jetzt, ich bin verabredet, ich bringe zwei Türken, die bei Bosch arbeiten, Deutsch bei. Was sagst du, tust du?

Vorletzter Versuch, sich über Berlin eine Meinung zu bilden, ein Versuch, wie ihn Augusta nach C. A.s Bericht wiedergegeben haben könnte, oder Augusta erfindet eine Geschichte für C. A.:
C. A. konnte sich rühmen, mit Generalstabskarten fertig-

zuwerden, und er rühmte sich dessen. Kinderspiel daher, einen alten Zeitungsausschnitt an einen Stadtplan von Berlin anzulegen, um Bericht und Wirklichkeit zur Deckung zu bringen.

C. A. ist Augusta auf der Spur?

Höhe Hektorstraße, das unvornehme Ende des Kurfürstendamms. Er sieht sich um, kreuzt den Damm und steht vor dem Gebäude, das er gesucht hat. Ein Eckhaus, eine Hausruine. Im zweiten Stock: der Sitz des SDS (hat C. A. gelesen, steht dran). Aus diesem Haus ist er gekommen und hat das Fahrrad von dem Baum, an dem es lehnte, abgekettet. (Wo ist der Baum, und welcher ist es? C. A. schiebt das Kinn vor, sucht. Die Linde. Es muß sich um die Linde handeln.) Er ist aufs Fahrrad gestiegen und hat sich umgesehen, um sich in den Verkehr einzufädeln, der den Kudamm herunterkommt. (C. A. geht bis zur Ecke, guckt nach links, nach rechts.) Er hat Sandalen getragen. Es war einen Tag vor Pfingsten. Hier ist der andere auf ihn zugetreten und hat gefragt: Sind Sie Rudi Dutschke? Ich suche Rudi Dutschke; sind Sie's? Entschuldigen Sie, Sie sind doch... Wie immer die Frage formuliert war, Dutschke hat sie bejaht. Der andere hat gleich geschossen, von hinten, von irgendwo (wo C. A. jetzt steht), ist weggesprungen, hat sich hinter einen Bretterzaun geflüchtet (Bauzaun eher), ist verschwunden.

Der Angeschossene ist vom Rad gekippt, liegt auf dem Damm.

C. A. zieht Augustas Zeitungsausschnitt aus der Tasche und überprüft ihn. (Ihm ist eingefallen, daß er eine andere Darstellung gelesen hat, nach welcher Dutschke, sich den Kopf haltend, die Straße entlanggetaumelt sei und *Mutter* oder *Mama* geschrien habe.) C. A. steckt den Zeitungsausschnitt wieder ein. Sodann vermißt er die Ecke, die für den Sturz vom Fahrrad beziehungsweise für das Wegtaumeln Dutschkes in Frage kommt. Seine Vorstellung ist so deutlich, daß er Schmerzen spürt. Es überläuft ihn kalt. Er greift sich an den Hinterkopf, verschiebt den Hut dabei.

Passanten haben Rudi Dutschke zum Kiosk geschleppt, der auf der anderen Seite der Nestorstraße zu sehen ist. (C. A. sieht Blut auf der Fahrbahn.) Die Polizei hat wenige Minuten nach dem Attentat die Lage des Fahrrads mit Kreidestrichen auf dem Asphalt markiert. Der Zeitungsverkäufer hat nach einem Krankenwagen telefoniert, bis zu seiner Ankunft hat man Dutschke auf die Bank gelegt. (Auch auf der Bank Blutspuren? C. A. sucht die Bank, fragt sich, wie lange das Fahrrad und die ausgetretenen Sandalen auf dem Asphalt gelegen haben.) Der Zeitungsverkäufer hat gleich wieder Zeitungen verkauft. Er hat die Schüsse hören müssen. Gleich darauf haben ihm auch die Augen brennen müssen, die Polizei hat die Baustelle, in der der Attentäter verschwunden ist, mit Tränengas eingedeckt. Zu diesem Zeitpunkt haben die Reporter von Presse und Rundfunk schon an der Bordkante gestanden (an der C. A. jetzt steht) und sowohl das Rad wie die Sandalen gesehen (die C. A. sich vorstellen kann).

Was war bei C. A.s Ortsbesichtigung herausgekommen? Was würde er angeben können, wenn man ihn fragte. Welche Gründe hatte der Attentäter für sein Attentat gehabt? C. A. könnte antworten, es war ein junger blonder Mann (Aussage des Zeitungsverkäufers). Er könnte hinzufügen, es habe sich um einen Einzelfall gehandelt (Quelle: Springers Berliner Morgenpost). Er könnte sagen, daß der Einzellfall untypisch gewesen sei, ein Symptom für die ver-

schärfte Auseinandersetzung zwischen links und rechts (Quelle: FAZ). (Und wenn er nichts sagte? Einfach wartete? Er hieß das Attentat ja nicht gut.)
C. A. war in eine Art Trance verfallen. Die Nestorstraße, das Eckhaus verschwammen vor seinen Augen. Er selber schwamm. Er nahm sich zusammen.
Sein Blick haftete – noch nicht wieder völlig gefestigt – auf der Parkbank. Er assoziierte: sich setzen. Gleich darauf, scheu: besser nicht.

Augusta hatte ihn mitunter gefragt, ob er einmal mit ihren Freunden zusammenkommen wolle. C. A. hatte scharf verneint. Trotzdem hatte er sie beim nächsten Zusammentreffen gefragt, ob sie viele Freunde habe.
Augusta hatte geantwortet: Es gibt nie viele Freunde.
Der Satz hatte ihn nachdenklich gemacht, weil es sehr wohl sein Satz hätte sein können. Danach ließ er sich manchmal das eine und andere von ihren Freunden erzählen, und manches interessierte ihn. Sie erzählte ihm zum Beispiel, daß ihre besten Freunde zusammenwohnten, in einer großen alten Berliner Wohnung, die sie gemeinsam gemietet hatten. Kommune? Augusta lachte: Wenn du willst, kannst du es auch Kommune nennen, obwohl das nur so ein Schreckwort ist, wenigstens für dich. Es ist einfach so: Sie mögen sich, und wenn mehrere sich zusammentun und eine große Wohnung nehmen, so kommen sie viel billiger dabei weg, als wenn sich jeder sein scheußlich möbliertes Zimmer suchen müßte.
Und warum wohnst du nicht mit ihnen zusammen? fragte C. A.
Manchmal möchte ich es, dann wieder nicht, sagte Augusta. Wahrscheinlich bin ich lieber allein. Ich bin oft bei ihnen,

aber hinterher gehe ich nach Hause. Ich könnte nicht immer mit mehreren zusammenwohnen.

Das war der zweite Satz, der ihm einleuchtete, weil er ihn selber gesagt haben könnte. Also nahm er die Einladung an, und er hatte kaum ‹Ja› gesagt, als er sich schon darauf freute. Die Vorstellung, daß er ein halbes oder ganzes Dutzend junge Leute treffen werde, die unverheiratet miteinander lebten, war ihm zwar unbehaglich, wie er feststellte, unbehaglich auch die Frage, was er mit ihnen werde reden können, aber im selben Moment merkte er auch, daß er sich gerade auf das Unbehagliche zu freuen anfing.

Er kam in eine sechszimmrige Altberliner Wohnung. Auf dem Flur sah er sich in einem halbblinden Spiegel. Der Spiegel war vom Trödler, wie die meisten Möbel der Wohnung. C. A. bekam einen Teller Erbsensuppe vorgesetzt, an einem großen ovalen Tisch, um den herum zehn Stühle standen. C. A. aß Erbsensuppe gern.

Was hatte es zu bedeuten, daß in dem Zimmer weder Bilder noch Poster an den Wänden hingen?

Gar nichts. Diese alten Wohnungen haben so harte Wände, daß man keinen Nagel hineinbekommt.

Gewöhnlich essen wir hier gemeinsam, sagte Rosemarie Bauer, die Literaturwissenschaft studierte, oder, wenn Freunde da sind, sitzen wir hier und reden.

Und wer kocht?

Das geht reihum.

Erbsensuppen sind mein Schönstes, sagte C. A. und verlangte nach einem zweiten Schlag. Bohnensuppe, sagte er, Linsensuppe, Kartoffelsuppe – ich könnte davon leben.

Wirklich? fragte Rosemarie. Sie war aufgestanden, um C. A.s Teller nachzufüllen. Sie sah ihn listig an.

Rosemarie hatte ein sommersprossiges Gesicht, das immer

ein bißchen listig aussah, und es kostete C. A. Mühe, jetzt nicht schon wieder enerviert zu tun. Daß dicke Suppen auf Treibjagden eine Köstlichkeit waren, mittags, im Wald, aus Milchkannen geschöpft, die neben einem großen, von den Treibern angelegten Feuer standen, an dem man sich nach stundenlangem Stehen und heimlichem Kaltwerden aufwärmte, und daß der Magen, wenn er erst zu einer heißen, strammen Kugel geworden war, Wohligkeit ausstrahlte, Schutz gegen Regen, Schneetreiben und Wind, und daß dieses himmlische Säuglingsgefühl ihn jedesmal viel eher nach seinem Bett verlangen machte als nach einer Fortsetzung der Jagd, mochte er jetzt nicht sagen. Er befürchtete, sie könnten es gegen ihn verwenden.

Sie saßen zu sechst um den Tisch. Die beiden Betriebswirte Helmut Bialas und Axel Rodig, den Augusta nur als ‹die Pumpe› vorgestellt hatte, Rosemarie, die mehr stand und hin und her lief, als daß sie aß, nachdem sie die Suppe ausgeteilt hatte und ihre Wäsche von der Leine im Bad genommen hatte (falls dein Vaters aufs Klo gehen will), C. A., Augusta und Lore Wegener, die im vierten Stock des Hinterhauses wohnte und zwischen den beiden Wohnungen hin und her pendelte. Lore war verheiratet. Sie war Volksschullehrerin und hatte einen einjährigen Sohn. Werner Krakeel, der Medizinstudent, war nicht da. Er hatte Nachtdienst im Krankenhaus.

C. A. saß zwischen Rosemarie und Lore. Lore schien ihm älter zu sein als die anderen, dreißig, Anfang dreißig. Sie gefiel ihm. Er fand ihr rundes, großflächiges Gesicht, die hohen Backenknochen, die glatten, schwarzen Haare, streng aus dem Gesicht gekämmt und zu einem Schwanz gebunden, schön. Ihn irritierte nur, daß sie ein halblanges schwarzes Kleid trug. Er wußte nicht, ob er auf die Farbe

des Kleids Rücksicht nehmen müsse. Augusta, die seine Verlegenheit merkte, lachte: Lore trägt gern schwarz, sagte sie, es steckt nichts dahinter.
Man kann das doch nicht wissen, sagte C. A. mit einem kleinen Lächeln und ließ seinen Blick über Lore hinstreifen. Da sicher war, daß sie nicht Trauer trug, schien sie ihm noch schöner. Er fragte sie nach dem Beruf ihres Mannes.
Er ist Elektromeister bei Bosch, sagte Lore. Er wäre gern Physiker geworden, aber er hat nicht studieren können wie ich.
Weshalb nicht? fragte C. A.
Lore fing bei sich an. Sie war die Tochter des Filialleiters einer Raiffeisenkasse in Franken. Die Einstellung ihres Vaters, sein Statusdenken hatten ihren Weg vorgezeichnet: Oberschule, Abitur, Universität. Finanzielle oder psychologische Hindernisse lagen nicht vor. In der Familie ihres Mannes stand es anders. Sein Vater war Landarbeiter in einem hessischen Dorf, Knecht und Hufschmied, seine Mutter Melkerin auf demselben Gut. Ihr Mann war mit den Söhnen des Gutsbesitzers aufgewachsen. Sie waren zusammen in die Dorfschule gegangen, Hermann, Lores Mann, ging sogar mit einem von ihnen in dieselbe Klasse. Sie saßen nebeneinander auf der Schulbank. Hermann, der gut lernte, sagte ihm ein. Sie waren Freunde – spielten zusammen, schossen zusammen Spatzen. Als die vier Volksschuljahre um waren, schickte der Gutsbesitzer seinen Sohn aufs Gymnasium. Hermanns Eltern hätten ihren Sohn auch gern aufs Gymnasium gegeben, aber sie trauten sich nicht. Sie empfanden es als unzulässig, Hermann mit dem Sohn des Chefs weiter auf einer Schulbank zu lassen. Finanziell hätten sie es schaffen können. Sie hätten sich eben sehr einschränken müssen.

C. A. zündete sich eine Zigarette an und schnipste nervös ein Brotkügelchen weg. Lore sagte, die Dorfschule und die allgemeine Schulpflicht täuschten über den Klassenunterschied und die Abhängigkeiten hinweg. Solange Hermann und der Sohn des Gutsbesitzers Kinder waren, sei der Unterschied weniger merklich gewesen. Die Eltern ihres Mannes waren zwar so weit gegangen, ihn das Aufnahmeexamen für die Oberschule machen zu lassen, wie um sich selber zu bestätigen, daß es nicht an ihm liege, wenn er weiter auf die Volksschule gehen müsse, aber dabei war es geblieben. Hermann machte das bessere Examen als der andere, und vier Jahre später ging er von der Volksschule ab.

C. A. hätte Lore gern nach Einhaus einladen mögen, um sie über die Felder zu fahren, ihr von seinen Hügeln zu zeigen, *wie schön die Welt sein konnte*, aber er war jetzt verwirrt.

Die Pumpe warf ein, daß es für Arbeiterkinder fast unmöglich sei zu studieren.

C. A. nickte, als wüßte er das. Warum die Einhäuser Arbeiter ihre Kinder in die Volksschule schickten und nur die Tochter des Verwalters die Oberschule besuchte, der Sohn des Försters dagegen nur die Mittelschule, wußte er nicht. Er hatte es bis jetzt nicht bedacht.

Die Pumpe legte sich weit über den Tisch, sah hinter den runden Brillengläsern hervor in Rosemaries sommersprossiges Gesicht und sagte: So wie es ist, kann es also nicht bleiben. Was kommen muß, ist die ökonomische Veränderung, der die kulturelle folgen wird.

Das ist die Revolution, sagte C. A.

Natürlich, sagte die Pumpe. Ich wollte Sie nur nicht gleich erschrecken.

Rosemarie lächelte ihn an.

Wo haben Sie Ihren Mann kennengelernt, lenkte C. A. das Gespräch auf Lore zurück. Er fand sich nicht herausgefordert. Er war da gemeint gewesen. Er begab sich infolgedessen nicht auf Glatteis, wenn er zu bedenken gab, daß – er stockte und überlegte, was er sich überlegen müsse, heute abend oder in den nächsten Tagen.

Wir haben uns hier in Berlin getroffen, sagte Lore, auf einer Demonstration (derselben, auf der auch Augusta Hermann kennengelernt hatte): Ein Polizist hatte mit dem Gummiknüppel auf Lore eingeschlagen. Hermann hatte sich mit seinem massigen Körper herangeschoben und, als wäre er gestoßen worden, auf den Polizisten fallen lassen, ohne ihn anzufassen (was *Widerstand gegen die Staatsgewalt* gewesen wäre), sich Lore gegriffen und unter den Gummiknüppeln weggezogen.

C. A. schwieg. Er war nicht schlagfertig und wollte nichts Banales sagen. Also zog er nur die linke Augenbraue hoch, sog lange an seiner Zigarette und blies den Rauch steil in die Luft. Die anderen kannten die Geschichte.

Gestern hatte er sich munter geredet; gestern hatte er sich *munter gesehen:* er war im Zoo gewesen und hatte den Tieren in die Augen geguckt. Er hatte sich in seinem Element gefühlt. Tierblicke beruhigten ihn, sie sahen ihm nicht nach, verfolgten ihn nicht. Die Zoo-Elefanten hatten ihn sofort an Elefantenherden erinnert, die er in freier Wildbahn gesehen hatte, die Zebras an Herden, und C. A. wußte nicht nur, wie eine Herde von Zebras im mannshohen Steppengras aussieht, sondern hatte auch gesehen, wie ein Zebra von einer Löwin angefallen und geschlagen worden war.

Als sie am Antilopengatter standen, hatte er zu Augusta gesagt, er kenne mehr Antilopenarten, als hier zu sehen wären. Er zählte sie auf, beschrieb sie (auch die Antilopenart, die er auf seiner nächsten Safari schießen wolle, und was er dann sonst noch schießen wolle, einen Wasserbüffel, einen Bongo). Er war sich seiner Fähigkeiten bewußt geworden, gleichzeitig hatte ihn Fernweh befallen, und mit dem Fernweh ein wildes Todesweh. Ich fahre nach Afrika, hatte er zu Augusta gesagt, aber ich weiß nicht, ob ich wiederkomme. Wer braucht mich! Ich bin ein alter, kranker Mann.

Augusta kannte das Gerede. Sie hätte nun sagen sollen: C. A. sei nicht alt, sondern knapp vierundfünfzig, nicht krank, sondern gesund, und er werde auch wiederkommen, denn alle warteten auf seine Wiederkehr. Sie sagte nur: Tu doch, was dir Spaß macht. Solange es dir nur Spaß macht. C. A. hatte den Kopf geschüttelt. Er hatte das Gefühl der Überlegenheit verloren. Er drückte sich halbwegs, indem er Augusta plötzlich erzählte, er habe einmal die Skelette zweier Hirsche gefunden, deren Geweihe sich beim Kämpfen so ungeschickt ineinander verhakt hatten, daß sie Kopf an Kopf verendet waren. Ein andermal hatte er eine gehörnte Ricke geschossen. Man könne auch bei Tieren auf Fehlleistungen und absonderliche Zufälle stoßen.

Worauf hatte er damit angespielt? Er überlegte. Die Hauptsache war jedenfalls gewesen, daß er sich wieder in Fluß geredet hatte.

Rosemarie fragte ihn, ob er sich nicht die Wohnung ansehen wolle. Bialas und ich, sagte sie, zeigen sie Ihnen, dann können Sie sehen, wie der rote Mob und die Radikalinskis leben, um mit Axel Springer zu reden.

C. A. stand auf. Kommen Sie mit? fragte er Lore.

Warum? lächelte sie. Ich kenne doch alles.

Rosemarie und Bialas führten C. A. in den Korridor, an dem die Zimmer lagen. Sie zeigten ihm zuerst die Küche am Ende des Gangs. C. A. fiel nichts ein, was er hätte sagen können, bis er zwei Katzen auf dem Fensterbrett entdeckte, die in den Hinterhof guckten. Er erkundigte sich schnell nach ihren Namen. Suska und Trotzki, sagte Rosemarie. Die Zimmer wollte C. A. nicht betreten. Er blieb auf der Türschwelle stehen oder tat einen halben Schritt über die Schwelle und reckte den Hals. Er überflog mehr, als daß er sah. Sich auf nichts einlassen, nichts in die Hand nehmen, sich nicht kümmern, sich kaum aufhalten. Keins von den Büchern, die er in den Regalen stehen sah, hatte er gelesen. Er hatte erwartet, nur kommunistische Literatur vorzufinden. In Bialas' Zimmer sah er ein Poster an der Wand hängen, auf dem die Köpfe von Marx, Engels und Lenin abgebildet waren. Darunter stand: *Alle reden vom Wetter. Wir nicht.* Wieso? fuhr ihm heraus, gegen seine Absicht. Er sagte schnell: Reden vielleicht, aber alle leben vom Wetter, nicht wahr? Was, wenn die Saat vertrocknet, wenn die Ernte verregnet, verhagelt, und die Weinstöcke und Obstbäume erfrieren?

Da ist was dran, sagte Rosemarie.

Aber Bialas sagte: Der Satz stammt doch sowieso von den Plakaten der Bundesbahn.

C. A. war mutiger geworden. Über Pumpes Arbeitstisch hing ein Plakat, das zur Solidarität mit Vietnam aufforderte. Er sah es von der Tür aus und fragte, wie Herr Pumpe oder sie beide, Fräulein Bauer und Herr Bialas, oder Augusta und ganz allgemein die Studenten der Berliner Universitäten gegen die Amerikaner in Vietnam demonstrieren könnten, wo diese doch die Freiheit Berlins garantierten.

Bialas antwortete. Gegen die Flurwand gelehnt, sagte er: Moment mal: wie Sie die Frage stellen, haben wir sie nicht nur schon oft gehört, sondern, wie Sie sie stellen, ist sie auch

falsch. Sie tun ja, als wenn in Westberlin Vietnam und in Vietnam Westberlin verteidigt werde. Wir sind einfach der Meinung, daß die Amerikaner seit ihrem Krieg in Vietnam das Recht verloren haben, Freiheit zu verteidigen, von Freiheit überhaupt zu reden. In diesem Krieg dreht es sich darum, daß ein Volk aus dem kapitalistischen Lager ausbrechen will und daran gehindert wird. Vergessen Sie nicht, daß die Vietnamesen den Kapitalismus in der Kolonialzeit kennengelernt haben, und die ist vorbei.
C. A. war von Bialas beeindruckt.
Was wollen Sie später einmal machen? fragte er.
Bialas strich sich durch die Haare. Er sagte: Ich glaube, es ist schwer, in einem Betrieb, dessen Eigentums- und Organisationsform man ablehnt, einen Job zu bekommen. Es ist allerdings nicht weniger schwer, sich für einen Job zu entscheiden, der einem noch knapp vertretbar vorkommt, ohne daß man sich kompromittiert fühlt.
C. A. gefiel die Geradlinigkeit an Bialas. Er sagte, was er dachte, und er sagte es ihm, C. A., ins Gesicht. Das zählte zu guter Umgangsform. Ein Gespräch, wie er es mochte, *Auge in Auge*. Daß Bialas anders dachte als er, empfand C. A. nicht als störend. Er hatte gewußt, worauf er sich eingelassen hatte, als er Augustas Einladung akzeptierte. Dieses Gespräch im Flur erfüllte seine Erwartungen. Er überlegte sogar einen Moment, ob er Bialas nicht zu einem Job verhelfen könnte, aber ihm fiel nichts ein. Das wollte er sich in Einhaus in aller Ruhe durch den Kopf gehen lassen.
Er saß noch eine Weile am Tisch und redete mit Rosemarie, mit Lore, mit Bialas. Axel Rodig hatte eine Verabredung gehabt und war gleich nach der Erbsensuppe aufgestanden und gegangen.
Später, im Hotel, wußte C. A. nicht mehr genau, worüber

er so lang und breit geredet hatte. Den beiden Frauen hatte er wohl etwas von der Einhäuser Bibliothek vorgeschwärmt und ihnen Geschichten erzählt, die sie amüsiert hatten. (Die Nashorngeschichte? Die Geschichte eines Großonkels, der seinen Burschen für einen militärischen Vorgesetzten gehalten hatte, als er von einem Linienregiment zu den Gardeulanen in Potsdam abkommandiert worden war?) Bialas hatte ihn hinunter gebracht. Während sie nebeneinander im Hauseingang auf das Taxi warteten, hatte er Bialas gefragt, was sein Vater mache. Er war Gewerkschaftsfunktionär bei *Bau, Steine, Erden*. Worauf C. A. erwidert hatte, daß er ein sehr gutes Verhältnis zu den Gewerkschaften habe. Das möchte ich genauer wissen, hatte Bialas gesagt, aber da war das Taxi gekommen. Es machte C. A. froh (jetzt, wo er in seinem Hotelbett lag, vielleicht auch nur, weil er nicht gleich schlafen konnte), daß ihm in irgendeinem Zusammenhang, den er nicht recht rekonstruieren konnte, einmal ein historischer Beweis für den Fortschritt (auch) der Tradition eingefallen war. Heute abend hatte er erwähnt, daß sich einer seiner Vorfahren für die Abschaffung der Leibeigenschaft eingesetzt hatte. Das war bald ein Jahrhundert her. Alle hatten darüber gelacht, die schöne Lore, Rosemarie, Bialas, Augusta. Im Halbschlaf machte es ihn stolz, daß er sie zum Lachen gebracht hatte, und irgendwie war er froh darüber. Er fing an, nach Gründen seiner Fröhlichkeit zu suchen, aber da sie ihm nicht gleich einfielen, verschob er die Nachforschung. *Im Galopp kann man die Erde nicht pflügen*. Ein guter Satz, merk ihn dir, und es ist gut, daß sie darüber gelacht haben. Plötzlich befiel ihn eine geheime Feindschaft gegen sich selbst: gegen den, der er noch am Nachmittag gewesen war. Das war jetzt vorbei. In gewisser Weise konnte er doch noch mit den Jungen mithalten.

Augusta stand am nächsten Vormittag mit glücklichem Gesichtsausdruck am Fenster seines Zimmers, hörte sich an, was er ihr aus seinen Nachtgedanken wiederholte, und sah hinaus. Für Momente erlag sie der Täuschung, daß das, was nur Augenblicke waren, doch auch C. A.s wirkliches, jetziges Leben sei. Sie ging auf ihn zu und sagte: C. A., warum können wir nicht hier einen Anfang machen, warum können wir nicht so miteinander auskommen?
Nicht wahr? gab er, unterbrochen von einer Handbewegung auf den halb gepackten Koffer, zurück: nur, wie? Ich müßte in dieser Stadt leben, du weißt, wohin ich aber gehöre, auf gar keinen Fall nach Berlin.

Letzter Versuch, sich über Berlin eine Meinung zu bilden: C. A. mußte sich nachmittags ein Taxi nehmen, um zum Flugplatz zu kommen, da Augusta Vorlesung hatte. Der Taxifahrer, dick, rundköpfig, fünfzig oder drüber, machte einen aufgeweckten Eindruck, und C. A. sprach ihn ganz gegen seine Gewohnheit an. Er fragte ihn nach seiner Meinung über die Stimmung in der Stadt, und was man von den Aktivitäten der Studenten zu halten habe.
Der Mann antwortete gutmütig: Die gehören über die Mauer.
Die prompte Antwort bestürzte C. A. Er merkte, daß der Blick des Fahrers ihn im Rückspiegel fixierte; es war ein offenherziger Blick; der Mann dachte, was er sagte. (Sagte er, was er dachte?) Ins KZ stecken, sagte der Mann, wäre das beste. Sollen doch hingehen, wo sie her sind.
C. A. zog sich in die äußerste Ecke der Sitzbank zurück und blickte angestrengt aus dem Fenster, aber der Mann war jetzt nicht mehr zu bremsen: Maul halten sollen sie, studieren sollen sie. Wer zahlt denn alles, wenn nicht wir. Ver-

gasen. (Fortsetzung der Grammatikübung im Umgang mit der Gegenwart in der Vergangenheitsform.)
C. A. verspürte den Wunsch, auszusteigen. Vorsichtig, den Blick auf den Nacken des Fahrers gerichtet, griff er nach dem Türgriff und ließ ihn wieder los. Der Mann fragte: Oder sind Sie anderer Meinung?
C. A. sagte: Ich billige jedermann das Recht auf Beschwerde zu, sogar auf Widerspruch, aber ich weigere mich, Widerstand zu billigen.
Der rundköpfige Fahrer zog nur die Schultern hoch.
Das Taxi war in die Dudenstraße eingebogen, wie C. A. bemerkte; noch drei Minuten. Er atmete auf. Das Gespräch hatte ihm nicht behagt, aber unbehaglicher war ihm, daß seine Zuversicht von heute nacht verflogen war. Er dachte zurück, er grübelte, er suchte sie: sie blieb verschwunden.

In die Irre leitende Selbstvorwürfe, die Augusta besser unterlassen hätte:
Hätte sie sich nicht vorstellen können, was kam? Warum hatte sie nicht mit C. A. im Taxi gesessen. Sie hatte nichts verhindert. Und weiter: Sie hätte mit ihm nach Einhaus fahren und in Einhaus ständig um ihn sein müssen, ihn unterhalten, von seinen nächtlichen Grübeleien abhalten müssen. Augusta wußte es doch, sie kannte die Anziehungskraft dieser nächtlichen Grübeleien auf ihn, sie verhütete nichts, obgleich sie sich sagte, daß man auch ein kleines Kind nicht allein läßt, das noch nicht gut gehen kann und sich zu weit vorwagt. Aber wenn ihr dieses Bild auch im Kopfe war – und hinzukam, daß alles, was sie in der Folge über und von C. A. in Einhaus hörte, dieses Bild tatsächlich bestätigte –, so konnte sie es doch nicht über sich bringen, es tatsächlich auf C. A. und sich anzuwenden, denn das

hätte ja bedeutet, daß sie ihn in der Art einer Kinderfrau an die Hand nehmen und ihm unablässig sagen mußte: Du bist ein Kind, C. A. Du bist ein Kind. Was reimst du dir für unreimbares Zeug zusammen?
Sie sagte sich, er werde schon von allein gehen können. Und konnte er es nicht? Er tat ihr leid.

Eine Art Eichendorff-Taumel ergriff C. A., kaum daß er wieder in Einhaus war. Er saß halbe Nächte auf der Terrasse und hörte den Unken zu, die im Schilf des Teiches läuteten, den Enten auf dem Wasser, den Käuzchen, die in den Bäumen schrien. Die Luft war lau. Nachtfalter umflatterten die Windlichter auf der Balustrade der Terrasse. C. A. sah in die Sterne hinauf. Er fühlte. Er überließ sich. Er rückte ab. Es wunderte ihn nun, daß in Berlin, wo er sich mit Augustas Freunden unterhalten hatte, diesmal das meiste nicht so gewesen war, wie er es sich immer ganz richtig gedacht haben wollte. Am liebsten hätte er seine Verwunderung gleich wieder unterdrückt, als bloße Gedankenlosigkeit und Folge übermäßiger Eindrücke, für die sein Vokabular ihm nicht ausreichte. Er tat es nicht. Er überließ sich seinem Staunen, genoß es sogar, jetzt, wo er allein war, ungestört, wo er ausruhen konnte und niemand ihm zusah. Er machte sich ein paar Notizen. War ihm einer von Augustas Freunden persönlich grob gekommen? Herr Pumpe? Herr Bialas? Die schöne Lore? Fräulein Bauer? Nein. Aber was bewies das? (Und was bewies das Gegenteil?) Vielleicht waren sie nur höflich gewesen, weil er Augustas Vater war. Er hatte sich im Leeren bewegt. Sie hatten ihm nichts durchgehen lassen. Er hatte gelitten. Aber es war nicht um sie als Personen gegangen, sondern um ihre Meinungen, und in seinem Hirn hatten sich geradezu Furchen gezogen, als sie

sie vorbrachten. Man muß Angst um sie haben oder Angst vor ihnen, hatte er sich notiert. Er holte den Notizblock wieder aus der Tasche und unterstrich *um sie* und *vor ihnen*. Herr Pumpe hatte bei Tisch gesagt: Von dieser Gesellschaft erwarten wir uns nichts mehr. Wir möchten Schluß machen mit der Verkrüppelung des Menschen durch den Menschen, der vielen, die ihre Arbeitskraft zu Markte tragen, durch die, die davon leben. Das Wort *Revolution* fiel C. A. ein. Er unterstrich es, als er es notiert hatte. *Antikommunismus* – schrieb er – *mein Glaubensbekenntnis* und setzte dagegen: *Marxismus, diese Verzückung, die neue Religion*. Er unterstrich die Zeilen. Herr Pumpe hatte auch gesagt, daß sie für die praktische Arbeit noch viel lernen müßten. Das hatte ihn erschreckt, denn es war eine offene, unverhohlene, allzu frech getarnte Kampfansage gewesen, und er hatte ihr nichts entgegenzuhalten. Trotzdem war er nicht gegangen. Er hatte nur die Stirn gerunzelt. Er hätte rückfragen müssen. Er hätte klipp und klar sagen müssen: Was heißt das, und was meinen Sie damit? Er litt jetzt darunter, daß er es unterlassen hatte.

C. A. lauschte eine Weile auf den Wind in den Parkbäumen und überließ sich der Stimmung der Nacht. Das war Natur, daran würden sie nichts ändern können. Er wollte, daß es so bleibe. War er überhaupt in Berlin gewesen? Es kam ihm plötzlich unwahrscheinlich vor, denn was mit Berlin umschrieben wurde, kam gegen die Natur nicht an. Berlin war bedeutungslos, unwirklich, überflüssig. Seine Beunruhigung legte sich. Er saß und lauschte, trank und rauchte. Er war nicht in Berlin gewesen.

Am nächsten Abend saß er wieder auf der Terrasse, grübelte und erfand beim Nachdenken über die bittere Bürde des Daseins eine Wortfolge nach seinem Geschmack. *Bittere*

*Bürde,* er unterstrich es – und *die Last, sich über etwas klar zu werden.* Zwischendurch wendete er sich an Augusta: *Bitte, sag mir, was habt ihr gegen mich?* – Nun, sie war nicht da. Er schwankte. Er hatte ja zugegeben, daß sich die kritische Jugend von einer Gesellschaft, in der sich Konsum und Umsatz so verselbständigt hatten, daß der Genuß zum Stil und Verschleiß zur Triebfeder der Gesellschaft geworden waren, nichts Befriedigendes erwarten konnte. Oder bildete er sich das jetzt ein? Nein, er hatte es nachfühlen können. Aber Nachfühlen war etwas Halbes, und um etwas Ganzes daraus zu machen, notierte er sich mit energischen Zügen: *Haß, Verachtung, Versöhnlertum, Selbstbehauptung, Angst, Anerkennung, Kränkung.* Dann rauchte er, was ihn beruhigte. Am Ende unterstrich er die energische Tirade von *Haß* bis *Kränkung* und warf den Kugelschreiber auf den Tisch.
Er rauchte.
Als er wieder ins Grübeln geriet, redete er mit Augusta und schrieb (für sie) auf: *Die feindliche Parteinahme deiner Freunde.* Danach war er bereit, sie als Aufrichtigkeit zu betrachten. Kurz darauf fand er sie beinahe ehrenhaft, dann mit einemmal bis zur Lächerlichkeit ehrenhaft, schließlich bis zur Verächtlichkeit unweltmännisch. Er unterstrich das *unweltmännisch.* So ging man nicht mit Gegnern um!
Er hätte es verstehen können, wenn diese Linken mit Reformen zufrieden gewesen wären. Reformen waren etwas anderes, konnten als Justierung gelten, als Anpassung an die Lage. Er hatte selber einmal in die SPD eintreten wollen. Sie wollen politische Verantwortung, schrieb er, klar, ich kann es ihnen nicht verdenken. Nur wollen sie sich mit Mitsprache nicht begnügen, sondern verändern, nicht diskutieren, sondern handeln, das ist unerträglich.
Er rauchte.

Also galt es, sich bei denen zu versichern, die die Ordnung erhielten und verteidigten. Ihr Freiraum war vor allem wichtig. *Freiraum schaffen, Freiraum erhalten.* Er notierte sich die Wörter *Freiheit, Bescheidenheit* und *Selbstbeschränkung,* dazu eine Begriffsbildung, auf die er besonders stolz war. Er wollte sie Augusta bei ihrem nächsten Wiedersehen vorlegen: *Sittliche marktwirtschaftliche Ordnung.*
Er lehnte sich in den Korbsessel zurück und sah in den Park hinaus. Wind war aufgekommen.
Das war sein Angebot, das er Augusta machen wollte. *Freiheit. Bescheidenheit.* Abende- und nächtelang ließe sich darüber reden. Er freute sich darauf; er täte es ihr zuliebe, wie er die ganze Grübelei ihretwegen anstellte. *Sittliche marktwirtschaftliche Ordnung.* Letzte Sommernächte inspirierten ihn. Sie hatten es immer getan. *Indian summer nights.* Wie hatte ihm in Berlin nur einfallen können, sich für einen Menschen wie diesen Bialas einzusetzen, ihm durch Verbindungen einen Job zu verschaffen. Der junge Mann besaß angenehme Umgangsformen, gut und schön, immerhin ein Funktionärssohn. Er hätte sein Gesicht verloren. War er in Berlin gewesen? Nein. Doch, ja – die schöne Lore, ihre Backenknochen und ihr: Ich kenne das doch! (als er die Wohnung hatte besichtigen wollen und sie gebeten hatte, mitzukommen). Aber sie hatte gelächelt.
Wenn Augusta nur bald käme. Weshalb war sie nicht schon da? Sie hatte zu arbeiten. Er arbeitete schließlich auch. Sie mußte bald kommen. Die Gedanken verblaßten, trotz dieser Niederschrift. Die Zeit nahm ihnen das Gewicht.
Ich will sie nicht verlieren, notierte C. A. und er unterstrich *verlieren.*
*Vorkehrungen.* C. A. notierte: 1. Keine Fremden ins Haus

lassen, wenn sie da ist. 2. Zeit füreinander haben. (Ich nehme mir die Zeit.) 3. Reden und Zusammensein.
C. A. lehnte sich zurück und dachte nach, welche vorbeugenden Maßnahmen er darüber hinaus treffen könne. Er notierte sich: 4. Ich werde meinen Einfluß geltend machen. Punkt 4 unterstrich er zweimal. Dann richtete er sich kerzengerade auf und trank den Bourbon aus, schob sich hinter dem Tisch vor und schwankte die Treppen hinauf, wobei er Hände und Arme zur Balance abwinkelte wie eine asiatische Tänzerin.

Tatsächlich waren diesmal keine Gäste da. *Sittliche marktwirtschaftliche Ordnung.* Augusta ging auf und ab wie ein Tier im Käfig. Sag doch gleich schwarzer Schimmel, C. A.
So ging es nicht, C. A. war gekränkt, aber er gab nicht auf. Deine Freunde sind andere Menschen, als wir sie um uns zu sammeln gewohnt sind. Sie stehen zwischen uns. Wir verlieren den Kontakt zu dir. Willst du die Universität wechseln? Berlin ist kein Pflaster für dich. Hamburg zum Beispiel liegt vor der Haustür. Wir haben eine Unmenge Freunde in Hamburg.
Eine Fahrt in der Dämmerung zu den Schafweiden. Sie redeten erst auf der Rückfahrt.
Schau, sagte C. A., siehst du das noch mit deinen Stadtaugen?
Ein Hase hoppelte auf dem Feldweg eine kurze Strecke im Scheinwerferlicht, hockte sich quer auf den Weg, hoppelte weiter. C. A. stellte den Scheinwerfer für einen Augenblick ab. Als er ihn wieder einschaltete, hoppelte der Hase noch immer auf dem Weg. C. A. fuhr langsamer. Schließlich schlug sich der Hase mit einem Haken ins Feld.
Siehst du den Hasen?

Natürlich hatte Augusta den Hasen gesehen.
Und freut dich so ein Tier nicht?
Doch, sagte sie. Warum fragst du?
Er nahm sich Zeit. Eine nachmittägliche Fahrt über die Felder. C. A. wollte Augusta *die Natur* zeigen, sie ihr wieder näherbringen. Wie Feldherren standen sie auf seinen Hügeln und sahen auf andere, die ihm auch gehörten, auf Stoppelfelder, die schon wieder untergepflügt waren, auf Wälder.
Hast du manchmal Sehnsucht nach Einhaus?
Sicher, sagte Augusta, aber Sehnsucht wie nach anderen Orten, die mir gefallen haben.
Du gehörst doch hierher.
Ich bin hier aufgewachsen, sagte Augusta.
Er zeigte ihr nur, was er besaß, fuhr nicht ein paar Kilometer weiter, über die Einhäuser Grenzen hinaus an einen See, in einen staatlichen Forst oder ans Meer. Er wollte sie hier heilen, aber wovon?
Glaubst du, daß man besitzen muß, worin man aufgewachsen ist? fragte Augusta.
C. A. antwortete nicht.
Fällt es dir so leicht, dich von allem hier zu trennen? fragte er nach einer Weile.
Nein, sagte sie, es fällt mir schwer.
Er zeigte ihr, was sie auch ohne seinen Finger gesehen hätte: Ein Fasan stand unter einem Apfelbaum, Schwäne zogen singend am Himmel, Nebel füllte die Senke wie einen milchigen Teich.
Augusta bedankte sich bei C. A. für die Fahrt.
Sie saßen, in Plaids und Kotzen gewickelt, auf der Terrasse, während über dem Rasen die Fledermäuse eine Säule von Mücken umjagten.

C. A. sagte: Sieh, ich besitze Einhaus nicht. Ich verwalte es für Johannes. Ich habe Einhaus von meinem Vater übernommen, und ich verwalte es nach bestem Wissen und Gewissen, um es weiterzugeben.

Augusta lachte: C. A., du bist doch nicht dein Arbeitnehmer!

Streitet ihr euch wieder? sagte Olympia. Dabei ist es so schön hier draußen. Genießt die letzten Abende, an denen man draußen sitzen kann.

Gut, du magst recht haben, sagte C. A., als Olympia gegangen war, um im Fernsehen die Tagesschau zu sehen, aber ich bin kein Ausbeuter. Die Entwicklung des Menschen ist das Wesentliche, seine Freiheit, seine Würde in Freiheit. Jeder muß an die Verantwortung herangeführt werden, anderen wie dem Eigentum gegenüber. Das ist nicht minder wesentlich und ebenso unerläßlich wie die Freiheit.

Machen wir Nägel mit Köpfen? fragte Augusta. Sie wickelte sich fester in ihre Decke, ihr war kalt.

Das tue ich, gab C. A. zurück.

Nein, sagte sie, du widersprichst dir. Du redest von der Freiheit des Menschen, also aller Menschen, aber du meinst nicht alle. Du sagst: Die Freiheit konkretisiert sich im Besitz – also im Besitz von einigen, im Privatbesitz der Produktionsmittel, der auf einige beschränkt ist. Deine Freiheit kann also die Freiheit aller gar nicht sein. Paß auf: Im Grünen Salon liegt eine Postkarte auf dem Tisch, die euch irgendwelche Freunde aus Rumänien geschrieben haben...

Es sind nicht irgendwelche Freunde, unterbrach C. A. sie. Ich weiß, ich hab' die Unterschrift gelesen.

Sie sind zur Jagd dort.

Auch das habe ich gelesen, sagte Augusta. Und ich habe weiter gelesen, wie traurig sie die Leute in Rumänien finden, *wie traurig geworden, seit ihnen der Besitz genommen* ist.

Sie wissen, wovon sie reden, sie sind zum zweiten Mal dort.
Auf Jagd, sagte Augusta.
Auf Jagd.
C. A., wenn sie es wirklich wüßten, so müßte ihnen klar sein, daß höchstens ein halbes Hundert Familien traurig sein können, denn es gab nicht mehr Leute in Rumänien, die etwas besaßen, was ihnen weggenommen werden konnte. Stimmt die Rechnung?
Warst du schon einmal dort?
Nein, aber ich beherrsche das Einmaleins.
C. A. zündete sich eine neue Zigarette an.
Nimm die Karte weg, sagte Augusta. Es geniert mich, daß bei uns so etwas herumliegt und jeder es lesen kann.
Bei uns? fragte C. A. listig.
Also schön: bei euch.
Und es kommt auch nicht jeder in den Grünen Salon.
Das ist mir noch peinlicher – für dich und deine auserwählten Freunde, die du einlädst.
C. A. runzelte die Stirn.
Versteh doch, sagte Augusta, du verbindest die Freiheit mit dem Besitz, du trennst sie aber auch voneinander, denn nicht alle Leute, denen du die Freiheit konzedierst, besitzen etwas, und im selben Atemzug schiebst du den Besitzlosen den Riegel vor, indem du den Privatbesitz mit dem Wert *unantastbar* versiehst. Damit hast du dich salviert, denn du sagst damit, daß alles gut ist, wie es ist, und daß es so bleiben soll. Wie frei sind denn deine Melker oder Traktoristen? Wenn sich herausstellt, daß der Betrieb ihre Arbeitskraft nicht mehr braucht, weil du ihn rationalisiert hast, so kündigst du ihnen. Sie sind frei – nämlich gezwungen – zu gehen. Und das schlimmste ist: Du handelst sogar konsequent, wenn du ihnen kündigst, denn du bist ja für Ein-

haus verantwortlich, wie du sagst. Du mußt deinen Betrieb rentabel halten, um ihn unbeschädigt weitergeben zu können.

Ich bin froh über unsere Gespräche, sagte C. A. am nächsten Abend. Sie machen mich munter, irgendwie.

Mich nicht, sagte Augusta. Sie klären nichts, sie führen zu nichts. Wir reden aneinander vorbei. Wir füllen die Zeit aus.

C. A. streckte das Kinn vor, und während er sich mit der Hand die Kinnlade entlangstrich, fragte er zwischen den Zähnen hindurch: Was sind wir, Freund oder Feind? *(Ich werde meinen Einfluß geltend machen.)*

Augusta sah ihn nur an. Seine Mimik sollte ihr Furcht einflößen, sie kannte das, aber damit die Geste vollkommen war, fehlte etwas: C. A. mußte die linke Augenbraue noch verhörend in die Höhe ziehen. Augusta wartete. Er tat es, indem er langsam, jedes Wort vernehmlich vom anderen absetzend, zwischen den Zähnen herauspreßte: Ich dulde in meinem Haus keine Aggression. Das weißt du jetzt.

Augusta stand auf und ging ins Haus. Sie wollte die Tagesschau im Fernsehen anstellen, aber Olympia, die vor dem Kamin saß, sagte: Laß bitte. Ich kann diese Bilder aus Vietnam nicht mehr sehen. Setz dich her.

Augusta setzte sich zu ihr.

Olympia fragte: Habt ihr euch gestritten?

Nein. Streit kann man es nicht nennen.

Aus einem Briefentwurf Augustas in Einhaus an C. A. in Einhaus:

In Gedanken, sagst du, könntest du dich teilen, in Wirklichkeit nicht. Wie soll ich mich da zurechtfinden? So wie ich bin, nimmst du mich nicht hin. Ich leide darunter, daß ich, für was ich tue und denke, dein stillschweigendes Einverständnis nicht erlangen kann. So wende ich mich gegen dich. Was dein Einverständnis nicht hat, läßt du bei mir nicht zu. Es ist dir nicht möglich zu akzeptieren, daß ich einen anderen Weg gehe als du, einen anderen, als du ihn mir vorzeichnen und vorschreiben willst, immer noch.

C. A. nahm sich Zeit. Er hatte sich zurückgezogen. Demütigung, Zurechtweisung durch Unerreichbarkeit. Seine zweite Form, Einfluß geltend zu machen.
Augusta schien in diesen Tagen, als sähe sie Einhaus zum letztenmal. Es war nicht das letzte Mal, es war nur ein altes Gefühl. Waren ihr bei früheren letzten Malen die Gegenstände auf den Leib gerückt oder hatten sich die Gebäude und Wege verzerrt und waren geschrumpft, wenn sie sie angesehen hatte, so hatte sie diesmal das Gefühl, sie spiele die falsche Rolle in einem falschen Film, und was sie sage, sei immer noch nicht deutlich genug. Auch ihre Träume, die sich um das Haus drehten, schienen auf Distanz zu gehen; Verlust der Farben; Splitter von Worten.

Traumstück: Einhaus ragt aus einem Meer von Nebel, helle Fenster im Nachtlicht, weit weg. Sie hält mit beiden Händen die Eisenstange eines Geländers umfaßt und sieht hinüber. Eine Baumkugel ragt aus dem Nebel.
Traumstück: Sie befindet sich in einem Zimmer, in dem sie wohnen soll, aber der Stuhl steht unter dem Tisch, und der Tisch steht unter dem Bett, und das Bett ist unter den Schrank gerückt. Die Fenster sitzen an der Decke, eins ist geöffnet. Sie setzt sich auf den Fußboden, den Kopf in den Händen. Wollt ihr Platz sparen? fragt sie, aber so geht es nicht. C. A. setzt sich neben sie. Er zuckt mit den Schultern.

Du hast es doch immer gewollt, sagt er, dir war doch alles zu groß. Ich bin müde, sagt er traurig und lehnt den Kopf an ihre Schulter. Sie sagt: Jetzt ist alles noch größer. – Versuche, dich einzugewöhnen, sagt C. A. Er stöhnt. Sie ringt die Hände und stürzt sich zur Decke hinaus.
Traumstück: Sie geht über die hartgefrorene Schneefläche auf das Haus zu. Sie kann weit sehen, Mond und Milchstraße leuchten. Sie setzt sich und blickt auf das Haus. Sie legt sich in den Schnee, rollt sich ein paarmal und läuft wie auf Schlittschuhen auf ein Wäldchen zu.
Traumstück: Sie stößt ihren Bruder zwar nicht unter das Eis, aber sie verhindert auch nicht, daß er unter die Eisschollen kommt.
Sie stürzt durch den Treppenschacht. (Schlägt sie auf?)

Olympia bemühte sich bei Tisch, die Unterhaltung in Gang zu halten, als fürchtete sie jedes längere Schweigen. C. A. hörte sehr genau auf das, was sie sagte und warf nur manchmal ein Wort ein. Wenn Augusta redete, so hörte er nicht hin. Trotzdem verfolgte er ihre Sätze genau; er lauerte auf Zwischentöne, nicht um sie ihr vorzuhalten, sondern um sie sich zu merken. Augusta konstatierte die Öde des Gefühls. Weiter so, redete sie im stillen mit C. A., so geht es schneller. So sind wir uns nur noch gleichgültig. – Aber es war auch Angst dabei.
In der Nacht, bevor sie nach Berlin zurückfuhr, trafen sie sich zufällig im Treppenhaus. Augusta kam die Treppe herunter, und C. A. war, ein halbvolles Whiskyglas in der Hand, auf dem Weg in sein Schlafzimmer, wo alles wie immer bereitet war – das Bett aufgeschlagen, die Nachttischlampe angeknipst, die Tür zum Flur hin halb offenstehend, damit sich C. A., falls er die Lichtschalter im Treppenhaus nicht

fände, auch in der Dunkelheit zurechtfinden könnte. Auf unsicheren Beinen verstellte er ihr den Weg, schüttelte den Kopf, um die Doppelbilder vor seinen Augen loszuwerden, zog Augusta in seinen Arm und küßte sie. Ich liebe dich, sagte er, aber – ich bin ein alter Mann. Er wandte sich schroff ab, darauf bedacht, auf dem Rest der Treppe so wenig wie möglich zu schwanken. Er drehte sich nicht mehr um.

Augusta setzte sich auf den Treppenabsatz und stützte den Kopf in die Hände. Nach einer Weile ging die Tür oben, dann ging eine zweite Tür. Sie wußte, daß es die Tür zwischen seinem Schlafzimmer und seinem Arbeitszimmer war und daß er jetzt dasaß und grübelte und sich Notizen machte. *(Ich will sie nicht verlieren –* Gedankenstrich *Ich – alter, kranker – liebe sie, hasse sie Mann.* Gedankenstrich. *Mann.* Gedankenstrich. *Verstehe sie nicht.)*

Lieber Himmel, dachte Augusta. Dann stand sie auf, stieg langsam die Treppe hinunter, schloß die Haustür auf und ging hinaus. Einhaus lag im Dunkeln unter den Bäumen. Das Fenster seines Arbeitszimmers ging nach der anderen Seite hinaus. *(Habe ich dich zu sehr auf die Probe gestellt, mein Sohn? Mit offenen Armen stünde ich –* er probiert die Geste, breitet die Arme. Es gefällt ihm, so dazustehen. *Schau her,* sagt er – aber die Geschichte vom verlorenen Sohn fiel ihm ein, und er strich das Wort *Sohn* aus und überschrieb es mit *Tochter.* Jetzt war es die Tochter, die die Axt an das Haus –) Augusta hörte die Turmuhr: zwei. Da kehrte sie um. Als sie zurückkam, war es auch hinter dem Fenster seines Arbeitszimmers dunkel.

Am nächsten Vormittag ließ er sich nicht blicken. Er erschien auch nicht zum Mittagessen. Als sie ihn gegen drei Uhr suchen ging, fand sie ihn an seinem Schreibtisch. Es war ihm nicht angenehm, daß sie gekommen war. Er sah

sie mit starrem, auf Abstand haltendem Blick über den Tisch hinweg an. Da blieb sie mitten im Zimmer stehen.
Es ist dir klar, sagte C. A., daß ich deine Einstellung in meinem Hause nicht dulde.
Mir ist gar nichts klar, sagte Augusta.
Laß deine Einstellung in Zukunft in Berlin, wenn du herkommst.
Du meinst: in Berlin, *wo ich herkomme*, sagte Augusta. Sie lächelte ihn an.
Er wollte keine Berührung.
Augusta wandte sich um. In der Tür sagte sie: Du machst dich lächerlich.


Blieben die Träume. Daß sie wieder in Berlin war, änderte nichts daran, daß sie von Einhaus träumte. Es war nur so, daß es jetzt wieder Kinderträume waren.
Sie ist ein Kind und geht durch eine endlose Pappelallee auf Einhaus zu. Es gibt keine Pappelallee, denkt sie, aber der Himmel treibt einen Keil zwischen die Bäume, und in dem Keil ist Einhaus zu sehen. Sie geht. An der Allee liegt ein Friedhof. Durchs Tor sieht sie rostige Eisenkreuze unter den Büschen und in einer kreisförmigen Lichtung zwei Grabplatten, die nebeneinander liegen. Auf einer ist eine Schrift, die sie nicht lesen kann. Sie legt sich auf die andere – verschnauft – ist im Wald von Einhaus. Jetzt brüllt der Wald, obwohl es ganz still bleibt. Sie steht erschrocken, und während sie steht, stürzen die Bilder aller ihrer früheren Aufenthalte in diesem Wald auf sie ein. Hier war sie vier und dort elf und dort acht Jahre alt und so fort. Als es vorüber ist, kommt sie sich wie gehäutet vor. Sie fühlt sich todmüde. Das ist vorbei, Gott sei Dank, das wird ihr so leicht nicht wieder passieren. Jetzt ist sie sechs.

Sie hat sich den Bahndamm hinaufgetastet, sitzt auf einem Stein und sieht auf das Haus, an dem keine Eisenbahn vorbeiführt. Darüber will sie nachdenken. Aber sie ist zerstreut, vom Gehen vielleicht, vielleicht auch nur zu erschöpft, um sich um das Haus jetzt noch zu sorgen.
Lauter Leute in grauen Kugelanzügen, deren Gesichter Augusta nicht sehen kann. Trotzdem weiß sie, daß sie es selber ist, sechs-, siebenmal. Die sechs oder sieben schlagen Knierollen an einer Stange, die hoch an der Hausfront befestigt ist. Wenn die erste Kugel im Fenster ist, ist die zweite draußen, die dritte wieder im Fenster undsoweiter. Dasselbe auch umgekehrt; ein sie-sie-sie-sie-sie bis in die Augenwinkel hinein, ein Hangeln über der Tiefe, ein heilloses Umherschießen nach einer Musik aus den Dachfenstern des Hauses, in denen Trompeter stehen mit sehr großen Trompeten.

Blieb für die Zukunft die Kraftprobe in Form von kurzen Anrufen, die Olympia anmelden mußte, oder von ein, zwei Zeilen am Rande von Briefen, die Olympia geschrieben hatte: Spitzen, Sticheleien, Verhöhnungen. Frieden war nicht möglich, nicht einmal eine Art von Frieden. Wenn er irgendwo eingeladen war oder selber Gäste hatte und nach ihr gefragt wurde, redete er wie von einem zerbrochenen Spielzeug; dabei griff er, wenn es sich machen ließ, nach einem Buch oder einem landwirtschaftlichen Magazin, das herumlag, schlug es auf und tat, als überfliege er die Seite, die er zufällig aufgeschlagen hatte.
Kurz nach der Wahl des Bundespräsidenten hatte er in Berlin zu tun. Die Studenten hatten gegen die führenden Leute der NPD demonstriert, ohne deren Stimme die Wahl des einen der beiden Kandidaten nicht möglich war.

Augusta, die ihn vom Flugplatz abholte, sagte: Du weißt, daß ich nicht das erste Mal dabeigewesen bin. Ich weiß, was ich tue, was regst du dich also auf.
Über zweitausend Menschen waren von der Technischen Universität zum Kurfürstendamm und vor das Hotel gezogen, in dem von Thadden abgestiegen war. Das Hotel war von einem Polizeikordon abgeriegelt gewesen.
Daß Ihr Deutschen nicht Frieden halten könnt!
*Ihr* Deutschen?
Augusta lachte ihn aus.
Die Demonstranten hatten versucht, den vor dem Hoteleingang stehenden Sicherheitsbeamten klarzumachen, wen sie da beschützten. Aber die Sicherheitsbeamten hatten sie auf die Straße zurückgedrängt.
Du hast nichts auf der Straße zu suchen!
Das Polizeiaufgebot war enorm gewesen. Die Beamten chargierten mit Knüppeln und Tränengas, bis sie die Demonstranten auseinandergetrieben hatten.
Du solidarisierst dich nicht.
Solidarisierst du dich nicht?
Ich?
Du mußtest auf die Stimmen der NPD hoffen, falls du nicht für die Wahl Heinemanns, sondern Schröders gewesen bist.
Als Augusta C. A. am übernächsten Tag wieder zum Flugplatz bringen wollte, verspätete sie sich etwas, so daß er schon in der Halle wartete, als sie das Hotel betrat. Er stand vor einer großen, mit einer weißen Plastikschicht bezogenen Wand. Die Wand war mit den Namenszügen vieler Gäste bedeckt, die in dem Hotel gewohnt hatten. Da hatten Filmstars signiert, Preußen-Prinzessinnen, Boxer, ein oder zwei Nobelpreisträger, die Enkel und Urenkel von Generälen, nach denen verschiedene Militärmärsche benannt

waren, Bankiers. C. A. entzifferte, mit schief gelegtem Kopf. Zwischendurch griff er in die Brusttasche, zog seinen Füllfederhalter hervor und unterschrieb neben einem siegreichen Rennfahrer. Er stockte, besah die Feder, die nicht schreiben wollte, schraubte daran herum und setzte neu an, als der Portier an ihn herantrat:
Ihr Fräulein Tochter ist gekommen.
C. A. stand mit der Feder in der Hand, sah über die Schulter zurück und sagte: Danke.
Der Portier sagte: Verzeihung, mein Herr, sie nimmt nichts an, die Wand ist vor kurzem versiegelt worden.

Traumstücke:
Eine Abendgesellschaft. In langen grauen Roben und wie zur Vorführung eines Reigentanzes gekleidet, gehen die Damen umher; sie reichen einander die Hand, und jede wünscht jeder Glück. Auch Augusta trägt die graue Robe. Sie geht wie alle, redet, lächelt wie alle, hält Abstand wie alle, geht von einer Dame zur anderen mit langen grauen Schritten. Da weht plötzlich ein Wind und bläst die Damen in den Hintergrund des Salons. Das Licht nimmt zu. Der Salon füllt sich mit Möbeln, Gerümpel des Hauses – darunter ein altes Bild in einem schweren Goldrahmen, aus dem eine dicke, dekolletierte Frau mit verrutschter Perücke eine Teetasse schleudert, aus der sie getrunken hat. Mit Entsetzen sieht Augusta, daß die Tasse auf sie zufliegt. Sie kann nicht ausweichen, hört nur das Sausen und die Verwünschungen, die die Frau der Tasse nachschreit.
Stimmen. Zuerst nur Stimmen. Ein Durcheinander von Stimmen. Die Rede ist von Jagden, Treibjagden. Eine Elchjagd, eine Büffeljagd. Eine Stimme übertönt die anderen und sagt: *Der Führer.*

In diesem Augenblick sieht Augusta die Gesichter, lange Reihen, zu zweit und dritt hintereinander, graue, alte Gesichter rings um die Jagdtafel, die im Grünen Salon aufgestellt ist. Augusta erkennt keinen wieder. Die Stimmen klingen gedämpfter. Jetzt ist C. A. zu erkennen. Er sitzt allein und kehrt ihr den Rücken. Er beugt sich vor: *Wachteln. Mein Lieber, das freut mich für Sie.*
Augusta, gepreßt: Das darf dich ...
C. A. fährt herum, starrt sie weißwütend an. Sie schreit: Das kann dich nicht freuen!
Eine Kastratenstimme ruft: *Aber er ist vom Führer zur Wachteljagd geladen.*
Tür.
Treppe.
Zimmer.
Koffer.
Als sie die Treppe hinunter will, stürzt ihr der Diener fuchtelnd entgegen. Er greift nach dem Koffer, will sie ins Zimmer zurückdrängen. Sie ringen. Sie gibt ihm den Koffer nicht.
Die Treppe.
Die Halle.
Die Haustür.
Der Vorplatz ist leer, nur ihr Auto steht auf dem alten Platz. Sie reißt die Autotür auf und wirft den Koffer hinein. Als sie zurücksieht, steht C. A. in der Tür, das Gewehr in der Hand. Er nimmt es hoch und legt auf sie an. Sie sieht die Mündung der Büchse, den winzigen, blaßsilbernen Ring, der schnell wächst und C. A. jetzt verdeckt. Schreien? Sie hört das Martinshorn eines Polizeiwagens, weit weg, von der Chaussee her. Aber sie hört auch den Schuß.

# Im Kaleidoskop

I

Lores Bruder hatte das Abitur nicht geschafft. Ihr Vater, der Bankdirektor, hatte ihn erbost von der Schule genommen und in die Lehre gesteckt, was den Jungen eine Zeitlang interessiert hatte – dann war er verschwunden. Ein Vierteljahr später stellte er sich der Polizei. Er hatte mit zwei Freunden eine Sparkasse ausgeraubt. Die Sache war naiv angelegt gewesen, und die Polizisten hatten die Freunde mit ihrer Beute von ganzen siebentausend Mark sofort erwischt. Da hatte er sich gestellt, war aber trotzdem zu einer ziemlich langen Haftstrafe verurteilt worden, weil der Richter in ihm den Rädelsführer gesehen hatte. Im zweiten Haftjahr war er in eine Außenstelle der Anstalt verlegt worden: In einer alten Wehrmachtsbaracke in der Heide hatte er mit zwei oder drei Dutzend anderen Häftlingen Zelluloidspielzeug herzustellen. Am Freitag vergangener Woche war das Zelluloid explodiert, und Gerd und vier andere Häftlinge waren dabei umgekommen.
Lore hatte sich verändert, sie sah schlecht aus und älter, als Augusta sie in Erinnerung hatte. Sie stand mit aufgerissenen Augen in der Wohnungstür und sagte: Mein Gott, mußt du gerast sein, ich habe dich erst abends erwartet.
Es ist halb sechs, sagte Augusta. Komme ich zu früh?
Gar nicht, aber ich habe mich noch nicht einmal umgezogen.
Willst du dich neuerdings umziehen, wenn ich komme?

Lore nahm ihr den Mantel ab und hängte ihn auf. Erst jetzt sah Augusta ihren kleinen Jungen, der sich halb in ihren Rock gewickelt hatte.
Peter kann ja laufen!
Das konnte er doch schon in Berlin, sagte Lore.
Augusta bückte sich, um ihm die Hand zu geben, aber er erkannte sie nicht und versteckte seine Hände hinter dem Rücken, dann rannte er in braunen, ausgefransten Filzpantoffeln, die ihm viel zu groß waren, ins Wohnzimmer voraus, wo er sich in einem Haufen Holzklötzchen niederließ. Augusta setzte sich auf das geschwungene Roßhaarsofa, das Lores Mann schon in Berlin gehabt hatte, während Lore hinter einem Stuhl stehenblieb und durchs Fenster starrte. Sie trug Schwarz, wie früher, eine schwarze Bluse unter einem schwarzen Trägerrock, nur daß sie jetzt auch schwarze Strümpfe anhatte. Sie sah Augusta nicht an, sie sah durchs Fenster. Die Wohnung war im vierten Stock, und die Straße lag wie eine schmale Schlucht unter dem Fenster. Irgendwo mußte tief die Sonne stehen. Augusta merkte, daß Lore hinaussah, um nicht loszuweinen. Da sie spürte, daß sie selber weinen würde, wenn sich Lore jetzt zu ihr umdrehte, starrte sie auf Hermanns Uhren, die an der Wand hingen. Eine Sammlung von alten Taschenuhren, Uhr neben Uhr, in allen Größen, in ein ovales Feld gehängt. Einige hatten keine Zeiger mehr, keine lief. In Berlin war manchmal die eine oder andere aufgezogen gewesen.
Lore sagte: Wer fragt jetzt zuerst, du oder ich?
Ich, sagte Augusta.
Es gab nicht viel zu erzählen. Hermann hatte sofort frei bekommen. Er hatte Lore vom Bahnhof aus angerufen und ihr nur gesagt, daß er hinfahren müsse. Am Abend hatte Lores Vater angerufen und ihr alles erzählt. Er war außer

sich gewesen, hatte gesagt: Mein Gott, dieser Junge ... Aber Lore sagte: es klang auch, als wäre er schon wieder beleidigt, irgendwie beleidigt in seiner Stellung. Die Polizei hatte zuerst gewollt, daß Lore ihren Bruder selber identifizierte. Als sie Hermann auf dem Friedhof wiedersah, hatte er nur gesagt: Diese Wahnsinnigen. Es gab gar nichts zu identifizieren. Da hätte jeder jeder sein können, einer wie der andere, alle fünf. Am Ende hatte die Polizei den Anstaltszahnarzt geholt, und der tat dann, als erkennte er sie.
Lore sagte: Dabei macht es mir gar nichts aus, ob wir meinen Bruder begraben haben oder einen von den anderen. Komisch. Ich habe immer gedacht, es würde einem etwas ausmachen, aber in Wahrheit ist es ganz gleichgültig.
Haben sie herausgefunden, wie es passiert ist?
Nein. Sie werden auch nichts herausfinden. Natürlich hieß es gleich, daß einer geraucht haben müsse, und Rauchen sei verboten gewesen, wegen des Zelluloids. Aber daß die Baracke nur einen Ausgang hatte und keinen Notausgang, das haben sie nicht gesagt. Hermann hat erst fragen müssen. Er ist ja an der Brandstelle gewesen, und als er fragte, wo der Notausgang gewesen sei, sind sie verlegen geworden und haben von einem schwebenden Verfahren geredet. Das schwebt also jetzt.
Augusta war aufgestanden und sah mit zum Fenster hinaus. In der Straße unten herrschte starker Verkehr. Autobusse hielten an der Haltestelle, Leute stiegen aus und verschwanden im Warenhaus auf der anderen Straßenseite, es war kurz vor Ladenschluß, sie kamen von der Arbeit und mußten noch einkaufen.
Lore sagte: Als du anriefst, stand ich auch hier und sah hinaus, den ganzen Tag habe ich hier gestanden.
Setz dich doch, sagte Augusta.

Lore setzte sich auf den Stuhl, nun mußte sie den Hals recken, um weiter zum Fenster hinaussehen zu können. Das war Lore. Das alte Zartgefühl, das Augusta für sie empfand, war gleich wieder dagewesen, als sie Lore in der Wohnungstür hatte stehen sehen. Ich hätte doch erst später kommen sollen, sagte Augusta. Aber Lore widersprach: Unsinn. Es ist gut, daß du da bist. Bleibst du über Nacht?
Nein. Ich muß weiter. Morgen ist das Begräbnis.
Dann bleib wenigstens, bis Hermann kommt. Hermann würde dich bestimmt gerne sehen.
Wenn es nicht zu spät wird?
Nein, in einer Stunde ist er da, um acht spätestens. Er wollte noch bei seiner Abendschule vorbeigehen und sich die Aufgaben geben lassen.
Peter, der zwischen seinen Bauklötzchen saß, langweilte sich. Mit gesenktem Kopf schielte er zu Lore hinauf, die ihm den Rücken zudrehte. Dann rappelte er sich hoch und tappte auf Zehenspitzen durchs Zimmer. Er verlor seine Pantoffeln, aber er tappte weiter, an Augusta vorbei, er übersah die Hand, die sie ihm hinstreckte, und tappte bis zu der Stehlampe. Dort hielt er sich fest und trat vorsichtig auf den Fußschalter. Das Licht ging an, dann ging es aus, dann ging es wieder an. Peter starrte mit gerunzelter Stirn hinauf.
Du kannst über Nacht bleiben, sagte Lore. Hermann muß morgen um fünf aufstehen, und wenn du dann losfährst, kommst du bestimmt zurecht. Sie streckte den Kopf vor und sagte: Weißt du, es ist albern: ich will nur wissen, wer alles ins Kaufhaus geht. Manche kommen gleich wieder heraus. Aber manche bleiben auch lange drin. Ich habe den ganzen Tag zugeguckt. Und mit unveränderter Stimme fuhr sie fort: Soll ich dich jetzt fragen?

Was?
Woran ist er gestorben?
Herzschlag, ich weiß nicht einmal, ob er überhaupt krank gewesen ist.
Haben sie dir telegrafiert?
Nein, Olympia hat mich angerufen, und meine Schwester ist auch an den Apparat gekommen.
Ist es sehr schlimm für dich?
Nein. Eigentlich nicht. Augusta hob langsam die Schultern und ließ sie sinken.
Ich habe deinen Vater gemocht, sagte Lore.
Augusta lächelte zum Fenster hin und sagte: Du hast ihm gefallen. Er hätte eine Tochter wie dich haben sollen.
Glaubst du, daß er an Töchter dachte, als er damals bei uns war und ich ihm gefiel?
Sicher nicht, sagte Augusta, aber ich glaube nicht, daß er das immer auseinanderhielt.
Jetzt sah ihr Lore zum erstenmal voll ins Gesicht. Augusta merkte es, sie wartete, ohne ihr den Kopf zuzudrehen, bis Lore sagte: Ich wußte nicht, daß ihr euch so schlecht verstanden habt.
Ich bin nicht mehr nach Hause gefahren, sagte Augusta. Ich habe ihn seit Berlin nicht mehr gesehen. Vielleicht hat Johanna ja recht. Sie ist nur ans Telefon gekommen, um mir zu sagen, ich hätte ihn auf dem Gewissen.
Das ist gemein, sagte Lore ruhig.
Augusta zuckte die Achseln: Habe ich dir erzählt, daß er mich erschießen wollte?
Lore sah Augusta an: Das hast du geträumt.
Geträumt habe ich es auch, aber später hat er es wirklich gesagt. Es ist nach einer unserer Demonstrationen gewesen. Als ich zwei Wochen später nach Hause kam, fragte

er mich, ob ich dabeigewesen sei. Er hatte es in seiner Springerzeitung gelesen. Ich habe ja gesagt. Und da hat er geschrien: Wenn du mit deinen Genossen kommst, stehe ich in der Tür und schieße euch über den Haufen! Dich zuerst!
Lore, die wieder ans Fenster getreten war, sagte, ohne den Kopf zu drehen: Peter, laß doch die Lampe, wir wollen noch kein Licht! und zu Augusta sagte sie: Das ist seine neueste Entdeckung, er hat den Schalter entdeckt. Ich stehe den ganzen Tag am Fenster und sehe hinaus, und er knipst hinter meinem Rücken das Licht an, dann gehe ich und mache das Licht wieder aus, und wenn ich wieder am Fenster bin, tritt er wieder auf den Schalter. Ich könnte den Stecker herausziehen, aber das kommt mir wie Betrug vor. Sie sahen sich an. Plötzlich machte Lore große Augen und sagte: Du denkst, daß ich mich drücken will.
Nein.
Gut. Ich habe nur überlegt, ob ich es dir sagen kann.
Was?
Ich glaube, daß du deinem Vater gar keine Chance gelassen hast, etwas anderes zu tun, als diesen Unsinn zu brüllen.
Vielleicht nicht, sagte Augusta. Wir haben uns beide keine Chance gelassen. Er war so außer sich, als hätte er drauf gewartet, es endlich sagen zu können.
Dann hat er sich selbst auf dem Gewissen, sagte Lore.
Augusta antwortete nicht. Sie sah an Lore, die mit verschränkten Armen dastand, vorbei zum Fenster.
Und wann geht deine Schule wieder los?
Lore drehte sich zu Augusta um: Zur Zeit bin ich krank geschrieben. Dienstag muß ich noch einmal ins Krankenhaus zur Nachuntersuchung. Und zu Peter sagte sie: Laß endlich die Lampe, Peter; wir brauchen kein Licht. Willst

du ein bißchen schlafen, Peter? Wie wäre das? Ich bringe dich hinüber, und wenn Hermann kommt, wecke ich dich. Dann kannst du mit uns essen.
Das Kind sagte nichts, es ließ nur unschlüssig den Kopf hängen, aber als Lore seine Hand ergriff, ging es willig mit. In der Tür sagte Lore: Ich mache uns gleich einen Tee.
Wenn man blinzelte, sahen Hermanns Uhren an der Wand wie eine Schmetterlingssammlung aus. Es war still im Zimmer, von der Straße röhrte der Verkehr herauf; Augusta saß gegen die Sofalehne gelehnt und blinzelte zur Wand hinüber. Jetzt hörte sie, daß eine der Uhren doch tickte, sie fand nicht heraus, welche es war, vielleicht eine von denen, die keine Zeiger mehr hatten. Augusta lauschte: sie tickten anders, als sie in Einhaus getickt hatten, die Wand- und Standuhren, Stutzuhren, Pendulen, Kaminuhren mit Amoretten, oder der Fisch mit der Uhr unter dem Glassturz. In Einhaus gingen alle Uhren, im Treppenhaus, in den Fluren, in den Salons; sie zeigten eine unterschiedliche Zeit, aber sie gingen. Nachts war es ein Schlagen und Läuten, ein endloses Glockenspiel, das im Treppenhaus anfing und sich fortsetzte, von Flur zu Flur. Da drehten sich Liebespaare unter dem Glassturz, der Mond rollte einen emaillierten Himmel hinauf; und wenn sie stockten, zog man sie auf. Beim Glockenschlag hieß es: Brei. Um sechs. Um sieben: Lebertran. Hänsel, streck deinen Finger heraus! Hänsel stockte, aber er streckte den Finger, der nicht fett werden wollte, schluckte, aß Fisch mit dem Fischbesteck und schnitt Kartoffeln nicht mit dem Messer, er faßte das Glas beim Stiel, und er pfiff auch nicht im Haus. Hänsel, den Finger! Er streckte.
Habe ich dich geweckt? fragte Lore und stellte den Tee auf den Tisch.

Nein, nein, ich habe bloß nachgedacht.
Über deinen Vater?
Ja, und vielleicht auch über deinen.
Sie sind alle bloß unglücklich, unsere Väter.
Alle?
Und sie genießen es noch. Man kann es ihnen ansehen. Kaum sind sie ein bißchen unglücklich, genießen sie es schon. Sie fühlen sich gleich wieder bestätigt. Nur: in was? Und warum müssen sie sich immer bestätigt fühlen?
Sie haben eine Menge erlebt, sagte Augusta.
Meinst du ihre Hitlerzeit? Lore lachte in sich hinein und sagte: Mein Vater sagt immer: Da herrschte wenigstens Ordnung. Deiner auch?
Nein. Er war gegen Hitler, aber er hat nichts dagegen getan.
Lore sagte: Ich glaube, es war sehr schwer, wirklich etwas gegen Hitler zu unternehmen.
Sicher. Ordnung herrschte ja, sagte Augusta. Aber sie konnten doch wenigstens etwas gegen ihn unternehmen, als der Krieg vorbei war.
Lore lachte hell auf: Da mußten sie erst für Ordnung sorgen. C. A. hat auch immer von Ordnung geredet.
Ich habe ihn einmal gefragt: Welche Ordnung meinst du eigentlich? Er sagte: Ich denke an die Zeit vor Hitler. Ich fragte: Also meinst du die Weimarer Republik? Er sagte: Nein, vorher. Ich sagte: Da warst du noch gar nicht auf der Welt, denn den Ersten Weltkrieg kannst du doch nicht meinen!
Was hat er da gesagt?
Nichts. Einmal hat er wirklich Ordnung zu machen versucht, das war gleich nach dem Krieg. Er war aus der Gefangenschaft gekommen, das Haus war voller Flüchtlinge, und mit seinem Vater, der damals noch lebte, stand er sich

nicht gut. Da ging er nach Flensburg oder Husum, nahm sich ein Zimmer und fing an zu schreiben. Damals hat er versucht, sich über sich selber und über die Hitlerzeit klarzuwerden. Manches, was er da schreibt, ist auch gut, ganz richtig beobachtet, nur – und das hat mich so erschreckt –, daß er nicht ein einziges Mal versucht hat, hinter die Gründe zu kommen. Er versuchte ehrlich mit sich zu sein – dabei wiederholte er nur dieses grauenhafte, anerzogene Vokabularium, lauter Wörter aus Uhland-Balladen, Offiziersmessen und schwarz-weiß-roten Zeitungen. Er merkte es nicht einmal, er merkte auch nicht, daß diese Wörter alles verdrängten, was er sich vorgenommen hatte, die ganze Ehrlichkeit, und am Ende war alles so, wie es eben gewesen war. Er hatte sich nur wiederholt.
Wir wiederholen uns auch, sagte Lore.
Bildest du dir ein, daß das in Ordnung ist?
Nein, sagte Lore.

Kurz bevor Lores Mann nach Hause kam, telefonierte Augusta mit Tante Hariett.
Sie war den Tag über im Bett geblieben, aber sie war nicht allein.
Ich habe mit dir geredet, sagte sie zu Augusta. Ich habe auch mit C. A. geredet. Aber sag mal, Augusta, du mußt ja gerast sein, daß du jetzt schon in Einhaus bist.
Ich bin nicht in Einhaus, sagte Augusta.
Wieso nicht? Wo bist du denn?
In Göttingen. Bei meiner Freundin.
Ich hab' doch gewußt, daß du nicht nach Hause fährst.
In einer Stunde oder zwei fahre ich weiter, bestimmt.
Augusta merkte, daß ihr die Tränen gekommen waren. Während sie zuhörte und redete, sah sie Tante Hariett bei

vorgezogenen Gardinen in der grünen Dämmerung des Hotelzimmers liegen, sah sie den weißen Schrank angucken und zur Decke hinaufsehen, die einen Stuckfries hatte; sah ihre schlecht durchbluteten, schon ein wenig klumpigen Hände auf der Bettdecke liegen. Und was habe ich gesagt? fragte Augusta.
Tante Hariett sagte streng: Du hast wieder einmal nichts geredet. Ich habe es dir gesagt.
Und C. A.?
Ach, C. A., sagte Tante Hariett.
Augusta bat sie, für sie in Einhaus anzurufen und zu sagen, daß sie in der Nacht oder am frühen Morgen eintreffen werde.
Fahr vorsichtig, sagte Tante Hariett. Du rast immer so. Aber sie sagte auch: Wenn ich gewußt hätte, daß du nicht nach Einhaus fährst, hätte ich mir nicht so viele Gedanken machen müssen, daß ich nicht mitgefahren bin!
Ich fahre vorsichtig, Tante Hariett.
Während sie redeten und aßen, war Peter, der seinen Platz neben seinem Vater hatte, auf die Sitzbank gestiegen und hatte sich eins von seinen Spielzeugautos gelangt, die auf dem Fensterbrett aufgereiht standen. Es war ein gelber Oldtimer mit roten Sitzen und Speichenrädern, kaum größer als seine Hand. Mit dem Auto fuhr er hin und her über den Tisch: der Motor brummte (und die Spucke flog), dann fuhr das Auto zu Peters Teller, hupte und fuhr über den Tellerrand und in den Kartoffelbrei. Nach einigen Schleifen fuhr es zu Peters Mund hinauf und lud eine Ladung Kartoffelbrei ab. Augusta war konsterniert, aber Lore verkniff sich das Lachen, und Hermann warf einen kurzen Blick auf Peters Teller. Du hast ein komisches Auto, sagte er zu Peter.

Obwohl Augusta Hermann bald nach Lore kennengelernt hatte, war ihr Verhältnis zueinander lange förmlich geblieben. Schließlich hatte sie seine Geschichte herausbekommen und er die ihre, seitdem herrschte eine große Sympathie zwischen ihnen. Lore sagte ihm jetzt: Johanna hat zu ihr gesagt, daß sie ihn auf dem Gewissen habe.
Hör nicht zu, sagte Hermann. Stand sie sich denn besser mit ihm?
Nein. Augusta schüttelte den Kopf. Aber sie ist pfiffiger, sie verscherzt sich nichts.
Ihre Sache, sagte Hermann. Und wie geht es dir in München?
Augusta überlegte einen Moment. Gut, sagte sie dann. Sogar die Arbeit gefällt mir. Sie lassen mir freie Hand.
Magst du denn deine Zeitung?
Augusta lachte. Wenn du mir eine Zeitung nennen kannst, die du und ich mögen, dann sag es mir, dann geh' ich dorthin.
Und was macht dein Felix?
Augusta atmete durch die Lippen. Sie starrte auf den Aschenbecher. Das ist nicht so schnell gesagt.
Willst du ihn anrufen?
Jetzt nicht. Ich kann das von zu Hause aus machen.
Er weiß, daß du nach Hause fährst?
Ja. Augusta dachte nach. Oder nein, ich glaube, ich habe es ihm nicht gesagt. Wir haben zwar miteinander telefoniert, gestern, nein, vorgestern abend, aber daß mein Vater gestorben ist, weiß er noch nicht.
Hermann blickte von seinem Teller auf.
Er schien grad geschlafen zu haben, als ich ihn anrief, sagte Augusta und sah in den Aschenbecher.
Geht ihr so vorsichtig miteinander um?

Nein, sagte Augusta und sah Hermann an.
Wie ist Felix eigentlich?
Augusta sah auf den Tisch und lächelte: Rechtsanwalt ist er, sechsunddreißig Jahre alt, eins zweiundachtzig groß, besondere Kennzeichen: keine.
Das ist ja schon etwas, sagte Hermann. Und wie geht dir's mit ihm?
Das ist nicht so schnell zu sagen, meinte Augusta. Ich weiß es nicht. Übrigens stimmt es gar nicht, was ich von den besonderen Merkmalen gesagt habe. Felix besteht eigentlich nur aus besonderen Merkmalen.
Praktisch, sagte Hermann. Er lehnte sich in die Sitzbank zurück und verschränkte die Arme. Da hat man etwas, woran man denken kann. Außerdem vergißt man solche Leute nicht so leicht. Ich meine, man kriegt nicht gleich raus, woran man mit ihnen ist.
Laß doch, unterbrach ihn Lore.
Augusta sagte: Frag nur weiter.
Hermann gab ihr zurück: Sag nicht, daß es dir nicht selber aufgefallen wäre. Er steckte sich eine Zigarette an und verkniff sich ein Grinsen: Eine Anhäufung deutet auf Mangel.
Lore lachte und griff Hermann in die Haare.
Soll ich weiterbohren? fragte er Augusta.
Ja, sagte sie.
Du antwortest ja nicht.
Ich? Augusta schwieg verwirrt. Dann sagte sie langsam: Weißt du, Hermann, es ist das erste Mal, daß mich jemand nach ihm fragt. Vielleicht muß ich das erst üben.
Du fragst dich doch selber manchmal!
Ja, sagte Augusta. Aber da kann ich vor mich hin denken und brauche nicht zu antworten.
Hermann sagte: Dann üb mal.

Peter war müde. Er hatte den Kartoffelbrei satt und das Auto auch, er verkroch sich auf Hermanns Schoß und steckte den Daumen in den Mund. Hermann nahm ihn in die Arme und wiegte ihn.
Er hat ganz große Pupillen, sagte Augusta.
Peter drehte den Kopf weg und umhalste seinen Vater.
Wir gehen gleich schlafen, sagte Hermann. Wir gehen jetzt alle schlafen. Du schläfst bei uns, Augusta, und um fünf fährst du weiter.

Augusta lag auf dem Sofa ausgestreckt. Künstliche Wüsten anlegen, schreien. Pläne, Schmetterlingspläne, Tagträumereien, Tagträume, und man fängt an, sich zu erinnern, Felix. Da ist man mit dem Ganzen fertig. Im Grunde fertig. Da ist man fertig. Aber daß man deswegen (immer noch) den Kopf in die Hand stützen möchte wie die Putten unter der Sixtinischen Madonna: endloses Dasitzen, Zusehen, Warten, Zuwarten, begriffsstutzig bedenkenlos, entsetzlich dumm, das Kinn in der Hand, lächeln, hören, warten, bloß da sein und nicht vergessen, was man sagen will, was man ja doch niemals sagt. Es könnte sein. Immerhin könnte es sein. Nein, es kann nicht mehr sein. Flüchte dich gar nicht erst in den Konjunktiv, es kann nicht mehr sein. Weggehen. Nicht klammern. Nicht hinhalten. Nicht rückfallen. Weggehen. Daß es nicht leicht ist, das ist klar – sollte es leicht sein?
Sie stand auf und machte Licht. Geblendet sah sie sich um. Dann ging sie zum Telefon, das auf dem Schreibtisch stand. Sie setzte sich nicht an den Tisch, sie blieb stehen und wählte die Münchner Nummer. Es läutete. Sie ließ es läuten. Kaputt? Nein. Sie legte den Hörer auf und wählte ein zweites Mal dieselbe Nummer. Wieder das Freizeichen. Sie ließ es

ein halbes dutzendmal läuten. Als sie den Hörer zum zweitenmal auflegte, sagte sie laut: Wunder gibt es also auch nicht.

Eine Zeitlang saß sie auf der Sofakante. Als ihr kalt zu werden anfing, zog sie sich an, zuletzt die Strümpfe und Schuhe. Fertig. Auf dem Schreibtisch lag Papier. Sie nahm einen Zettel und schrieb an Lore: *Danke schön, Lore. Ich kann nicht schlafen, ich fahre lieber. Auf dem Rückweg komme ich wieder vorbei; ich rufe vorher an.* Sie schrieb das alles in großen Druckbuchstaben, weil sie wußte, daß Lore ihre Schrift nicht lesen konnte. Dann nahm sie ihre Handtasche und wollte gerade das Licht ausmachen, als sie noch einmal an den Schreibtisch ging und an den Rand des Zettels schrieb: *Sag Hermann, es gibt nicht gleich so viele Antworten, wie er immer denkt.* Das war in ihrer gewöhnlichen Handschrift geschrieben. Sie nahm den Zettel und stellte ihn gegen die Lehne des Roßhaarsofas, damit Lore ihn gleich fand. Dann machte sie das Licht aus.


## 2

Sie fuhr in dem großen, schwarzgläsernen Rohr.

HANNOVER  86 KM
HAMBURG   251 KM
LÜBECK    316 KM

Sie überholte den Tankwagen und die beiden Fernlastzüge und blendete auf. Wieder lag der helle Streifen der Fahrbahn vor ihr, den die Reifen unter sich wegfraßen. Sie war allein. Man war allein auf der Autobahn. Augusta blendete ab für den schnellen Entgegenkommer, der auf der Gegenfahr-

bahn herankam und gleich darauf mit umschlagendem Fahrgeräusch an ihr vorbeisauste. Man war nie so allein wie nachts, wenn die Autobahn leer war und man aufgeblendet fahren konnte. Du brauchst nicht zu fürchten, daß ich nicht vorsichtig fahre, sagte sie laut. Ich fahre in unserem Rohr, weißt du noch, Tante Hariett? Du warst in Einhaus gewesen. Damals war Winter, kein Schnee lag, es war Nacht, als ich dich nach Hamburg zurückfuhr und dir das Bild einfiel: Die Autobahn ist ein großes, schwarzgläsernes Rohr. Ich habe es C. A. wiedererzählt. Er saß am Steuer und nickte. Dann sagte er: man kann auch Hohlweg sagen oder Röhre. Ach, C. A., Tante Hariett –
Der Himmel war bewölkt, die Nacht tintig: kein Stern. Es war zwei Uhr, es wurde nicht Tag, aber zwischen Schwarz und Schwarz entstand allmählich ein Unterschied. C. A., fragte sie laut, warum haben wir uns so schlecht gestanden? Wie die Hirsche mit dem ineinander verhakten Geweih, die du gesehen haben willst. Klar, daß ich ja gesagt habe, als Olympia mich fragte, ob ich kommen werde, ja, natürlich, als wenn das natürlich wäre. Wirst du dich freuen, wenn ich dastehe zwischen den Leuten, zwischen den achthundert, die die Anzeige bekommen haben, oder zwischen *deinen Leuten*, die schon seit Mittag dastehen und warten, weil du selber einmal bei ihnen stehengeblieben bist und gefragt hast, wie es der Frau gehe oder den Kindern, oder du hast nach der Wohnung gefragt und hast den Dachdecker oder Maler geschickt. Was machst du, wenn ich dastehe und du mich nichts fragen kannst. Wir stehen uns schlecht. Immerhin wäre es vor einem Jahr noch anders gewesen, oder wenn es wenigstens noch wäre, wie es in Straßburg zwischen uns war. Aber wir waren ja gar nicht zusammen in Straßburg.

Hannover lag hinter ihr. Sie war ins Rasen geraten. Sie hatte das Seitenfenster ausgestellt, so daß sie im Fahrtwind saß.

Abzweig BREMEN  HAMBURG 85 KM

Wenn sie wirklich achthundert Anzeigen verschickt haben, wie Johannes gesagt hat, wissen es jetzt mindestens achthundert Leute, daß es vorbei ist mit deinen Reisen. Ich war allein in Straßburg, zu zweit allein, sozusagen. Wir haben uns schlecht gestanden und gut gekannt. Wir haben uns zu schlecht gestanden und zu gut gekannt. Da sollst du dich freuen, wenn ich jetzt komme? Laß es; du machst ja keine Kompromisse, war es nicht so? Also umkehren. Umkehren. Nein, weiterfahren, fertigwerden mit diesem Tag und mit morgen. Schreien. Wenigstens singen. Hör zu, C. A.: EinHundkamindieKücheundstahldemKocheinEi – oder besser gleich: DerHerrderschicktdenJockelaus – ich bin nicht Johanna. Ich kann nicht um Verzeihung bitten, weil es grad paßt. Es ging auch gar nicht um deine *Verzeihung*. Einer von beiden sollte sich aufgeben. Das kann nicht ich sein, das bin ich dir schuldig; verstehst du?

Gegen drei Uhr wollte es dämmern. Noch keine Farben, nur die Tintenwolken traten deutlicher hervor. Erste Abstufungen der Dunkelheit; Schwarz, das umschlug in Nachtblau. Die Heide lag immer noch schwarz, Augusta raste nicht mehr. Der Tachozeiger strich zwischen fünfundachtzig und achtzig hin und her. Aus dem Bremer Abzweig war ihr eine Kolonne von Fernlastzügen entgegengekommen. Jetzt der Umriß eines ersten Hauses. Gleich danach ein Haus mit einem ersten hellen Fenster. Abblenden, Gas –

Abzweig FALLINGBOSTEL
Einer der Lastwagen bog nach Fallingbostel ein, die anderen beiden überholte sie hinter dem Abzweig im Wald. Als sie bei Bispingen aus dem Wald herauskam, gab es einzelne Bäume und Häuser entlang der Autobahn. Das Rohr drehte sich jetzt, drehte sich langsam: vom Horizont lösten sich Landzungen. Und an die Wände des Rohrs, die nun nicht mehr schwarzgläsern waren, sondern grau-taubenblaugläsern, streiften die entgegenkommenden Wagen aus Hamburg und ein oder zwei Überholer, die aus Bremen kamen.
Der erste Elbarm.
AUTOBAHNDREIECK HAMBURG-SÜD
Augusta ordnete sich auf der fünfspurigen Autobahn ein.
Die Norderelbe.
Augusta bog rechtzeitig ab.
KIEL    99 KM
LÜBECK 62 KM
Hamburg drehte sich weg wie ein gigantischer Verschiebebahnhof. Auch die Lichtbögen über dem Hafen waren auf die Drehscheibe montiert.
KIEL    91 KM
LÜBECK 54 KM
Einstand im Morgengrauen. Der Himmel hatte sich der grauen Fahrbahn angeglichen. Die ersten Farben: blaßblaue Autobahnschilder, die wenig später kornblumenblau wurden. Erste gelbe Placken der Rapsfelder, erstes Taggrün der Büsche, Gehölze, Nebelfladen über den Wiesen.
KÖNNER TRAGEN GURT

Der Zinksarg.
Der Zinksarg im Eichensarg; Sarg in Sarg. Vorstellung von einer Kuchenform in einer anderen Kuchenform. Augusta blinzelte durch die Wimpern. Gestorben. Auf einem ungeheueren Bett – aber leise gestorben. Nicht wie sein Vater, der elf Tage geschrien hatte. In einem Zimmer gestorben, lautlos in einem Zimmer, das man nun nicht mehr betreten würde, obwohl es nicht abgeschlossen war. Nichts würde verändert werden, nichts umgestellt, nichts weggeräumt, unberührbar auf Jahre und wie es gewesen war: der Kamm vor dem Spiegel, die bunten, verschieden lang gespitzten Stifte in der Glasschale auf dem Nachttisch, der Wecker daneben, der die Uhrzeit zeigte, bei der er stehengeblieben war, die Stunde null plus bei herabgelassenem Rouleau, das Sterbezimmer des Herrn. Als seine Mutter starb, war alles anders gewesen: auch sie war leise gestorben, aber sie war nur noch eine Handvoll gewesen, kaum sichtbar in den mächtigen Voluten des weißen, hüfthohen Betts. An ihr Zimmer in Weiß und Rosa hatte bald nichts mehr erinnert. Die Möbel waren Stück für Stück verschwunden, die rosa Seidentapeten abgenommen und gegen eine Papierbespannung ausgewechselt worden, neue Möbel hatten sich eingerichtet, andere Leute, neue Gäste, das Sterbezimmer der Dame war aufgelöst.

Augusta bog lange vor Lübeck von der Autobahn ab. Sie wollte durch die Stadt fahren, deren Türme jetzt blau gegen den grauen Himmel stachen. Uhlenflucht. Albe. Sie wollte wenigstens das Meer wiedersehen. Versäumtes nachholen. C. A. hatte das Meer nicht gemocht.
Ein Traum, C. A. Ich hab' ihn geträumt. Kennst du die Geschichte vom Langen, Dicken und Dünnen, in der der

Dicke einen See austrinkt und der Dünne die Berge durchschaut? Ich habe geträumt, daß ich mich streckte wie der Lange, meine Siebenmeilenfüße ragten weit über den Horizont hinaus in den Himmel und warfen keinen Schatten. Kennst du das jetzt?
Wenigstens das Meer wiedersehen.
Die Lübecker Bahnhofsuhr zeigte zehn nach fünf. Ein Mann fegte das Trottoir vor dem Backsteingebäude, es war mühsam und zwecklos, denn er fegte gegen den Wind. Auf der Brücke standen die Puppen. Holstentor, Markt, den Kolberg hinunter. Die Türme von Heiliggeist steckten wie ein grober Kamm im Himmel. Sie hatte nie so deutlich gesehen, daß sie schief standen. Durchs Burgtor hinaus verließ sie die Stadt.
Am Travemünder Kai lagen die Fährschiffe nach Skandinavien. Der weiß-rote Leuchtturm ertrank in Bäumen. Augusta fuhr die Kaiserallee hinauf, vorbei am Kurhaus und am Casino. Die Hotels hatten geschlossen, die Rolläden waren heruntergelassen. Die Häuser standen wie Filmkulissen. Der Film hatte in einem Seebad der Jahrhundertwende gespielt. Die Kulissen hatte man stehenlassen.
Vor dem *Seetempel* parkte Augusta und stieg aus. Der Wind war feucht von Tang und Salz. Auf der Kante des flachen Meers ritt ein Punkt. Als sie die Augen zusammenkniff, verschwand er hinter der Kante. Zwei Möwen kämpften in der Luft. Das Meer war entfärbt, ausgeblichen. Augusta hätte sich Sonnenflecken gewünscht, ziehendes Gelb über schwarz-grünem Flaschenglas.
C. A. hatte das Meer nicht gemocht, obwohl er an der Ostsee aufgewachsen und ihm erinnerlich gewesen war, daß er es zum erstenmal vom Arm seiner Gouvernante gesehen hatte. Es hatte noch Badekarren am Strand gegeben. Die

Gouvernante war mit ihm auf dem Arm vom Badekarren hinunter ins Wasser gestiegen. Das hatte er noch gewußt.

Augusta ging den Waldweg hinauf, der vom *Seetempel* zum *Steilufer* anstieg. Die Buchen hatten zarte, helle Blätter ausgeschlagen. Ihre glatten Stämme waren auf der Wetterseite schwarz gestreift, so daß es aussah, als würfen sie doppelte Schatten im doppelt glanzlosen Licht. Warum hatte C. A. das Meer nicht gemocht? Weil es nicht seines war, nicht *mein Meer* genannt werden wollte wie die Felder, die Hügel oder der Wald, weil ihm *Auge in Auge* nicht entgegenzutreten war? Weil keine Aussicht bestand, daß es kam, um ihn um Verzeihung zu bitten?

Sie dachte an C. A. Nicht sonderlich schwer, sich zu erinnern, was sie als letztes von ihm gehört hatte nach ihrem Bruch. Ein Freund hatte ihr die Nachricht überbracht, einer *seiner* Freunde; was dieser ihr heimlich zu erzählen hatte, war so voll unfreiwilliger Komik gewesen, als hätte er sie informiert, daß C. A. sich unter der Hand eine Pornosammlung zugelegt habe: C. A. hatte Wahlversammlungen besucht. Er hatte Jochen Steffen in Plön gehört und Norbert Gansel in Segeberg: Weit weg von Einhaus, mit hochgeschlagenem Kragen, im Hintergrund eines verräucherten Lokals verkrochen, hatte er zugehört, ziemlich sicher, daß niemand, der solche Versammlungen besuchte, ihn erkennen werde. Eine Geste? Eine Geste für mich? Mutmaßung. Er war in Lokalen gewesen, in die er grundsätzlich nicht ging. Er hatte Reden gehört, die *er* für Jargon halten mußte. Er hatte Leute gesehen, die sonst die Mütze zogen, wenn er sie ansprach. Am Ende hatte der Freund ihr auszurichten gehabt, daß sie wiederkommen könne, wann sie wolle. Daß sie nur den ersten Schritt tun müsse –

Hinter dem Wäldchen die Wiese, die steil anstieg und naß von Tau war. Sie rannte die Wiese hinauf. Jetzt lag das Meer im Abgrund, wie sie es nie hatte liegen sehen. Es war schwarz. Sie hatte sich nie vorgestellt, daß die Ostsee schwarz aussehen könne, sie war nie hier gewesen. Ein metallener, schwarzer Schild, halb gegen die Höhe gelehnt. Auch der Himmel drüber schien schwarz in dem Licht von nirgendwoher, das die Bucht überwehte. Augusta stand geblendet und übernächtigt auf der Höhe. Sie fror, und ihr schwindelte. Sie staunte das Meer an und die Möwen, die im Aufwind über der Kante des Steilufers schwebten.
Jenseits der Bucht mußte Einhaus liegen. Sie überlegte, aber sie wußte nicht, wann man in Einhaus-Dorf aufstand, seit die Sonnabende arbeitsfrei waren. Putzten die Jäger schon die Hörner für das Halali im Gebüsch? Sie glaubte, die Kirchturmspitze von Kirchdorf erkennen zu können, wenn sie die Augen zusammenkniff, aber da fielen die ersten Tropfen, und der Regen, der einsetzte, löschte die Illusion. Sie zog den Kopf ein. Du wirst mich nicht sehen, C. A., weder unter den Achthundert noch zwischen deinen Leuten. Ich werde nicht da sein; du bist ja auch nicht dabei. Du nicht und ich nicht, also sind wir quitt. Aber sie merkte sofort, daß ihre Rechnung nicht stimmte, und nahm das *quitt* schnell zurück. Wir befinden uns *Auge in Auge*. Zufrieden? Sie rannte die Wiese hinunter. Sie wußte, daß sie schnell fahren mußte. Während sie durch das Buchenwäldchen rannte, überlegte sie, wie weit sie zurückfahren müßte, bis sie telegrafieren könnte, daß sie nicht kommen werde.

Suhrkamp Verlag GmbH
Torstraße 44, 10119 Berlin
info@suhrkamp.de
www.suhrkamp.de